BYOIN DE SHINU TO YU KOTO
by YAMAZAKI Fumio

Originally published in Japan by SHUFUNOTOMO CO., LTD., Tokyo
Korean translation rights arranged with
SHUFUNOTOMO CO., LTD., Japan
through THE SAKAI AGENCY and BC Agency.

이 도서의 국립중앙도서관 출판예정도서목록(CIP)은 서지정보유통지원시스템 홈페이지(http://seoji.nl.go.kr)와 국가자료종합목록 구축시스템(http://kolis-net.nl.go.kr)에서 이용하실 수 있습니다. (CIP제어번호 : CIP2020011933)

병원에서 죽는다는 것

야마자키 후미오 | 김대환 옮김

잇북
it BOOK

병원에서 죽는다는 것의 비참함

현재 일본에서는 사망 원인 중 1위를 차지하는 암 때문에 해마다 20만 명 이상이 유명을 달리하고 있다. 다시 말해 매년 일본인 사망자의 네 명 중 한 명이 암으로 사망하고 있다는 말이다(통계청 자료에 의하면 한국도 단일 질병 중에서는 암이 가장 큰 사망 원인이다. 2018년 기준으로 한 해 동안 인구 10만 명당 154.3명이 암으로 사망하고 있다. 이는 1983년 통계 작성 이래 36년째 1위의 기록이다).

이 통계가 사실이라는 것은 자신의 주변 사람들만 둘러보아도 쉽게 알 수 있다. 즉, 암으로 사망하는 것이 매우 흔한 일이라는 말이다. 이는 곧 이 책을 읽는 당신이나 당신의 가족에게도 언제든 일어날 수 있는 일이란 것을 의미한다.

이렇게 많은 사람들이 암으로 사망하는 현실을 감안하면 일반인들이 '암＝죽음'이라고 생각하는 것도 무리는 아니다.

그러나 암=죽음이라는 생각은 잘못된 것이다. 어떤 암을 불문하고 암은 갑작스럽게 말기 상태로 진행되지 않기 때문이다. 모든 암에는 발생 초기부터 말기까지 각각의 단계가 있다. 그리고 조기에 발견된 발생 초기의 암인 경우에는 대부분 완치가 가능하고, 초기를 지나 상당히 진행된 암이라도 절반 이상이 치료되는 것이 실상이다.

게다가 지금 이 순간에도 암의 원인을 밝혀내려는 노력이, 암을 정복하기 위한 노력이 곳곳에서 이루어지고 있다. 암이 정복될 날은 머지않아 반드시 올 것이다.

다만 현 시점에서는 불행히도 말기 암을 앓는 사람들이 있고, 그 수도 해마다 20만 명에 이른다.

그리고 말기 암 환자 대부분이 일반 병원에서 죽어가고 있다. 그러나 일반 병원의 의료 시스템은 이들처럼 죽어가는 사람들이 아니라 병을 치유하고 호전시켜서 사회로 복귀하는 환자들을 위해 움직인다. 그 때문에 많은 말기 암 환자들은 바쁘게 움직이는 의료 시스템 속에 종종 홀로 남겨진다.

이런 상황 속에서 그동안 얼마나 많은 환자들이 비참함을 느끼며 죽어갔을까? 또 얼마나 많은 환자의 가족들이 가슴에 영원히 지우지 못할 상처를 남겼을까?

내가 쓰려고 하는 이 책의 전반부는 이처럼 바쁘게 움직이는 의료 시스템 속에서 비참한 죽음을 맞은 환자들의 이야기가 중심을 이룬다.

그리고 후반부는 그러한 시스템 속에서도 의료 관계자나 환자의 가족들이 잠시 잠깐만이라도 환자의 입장에 서면 비참한 상황을 충분히 피할 수 있다는 이야기를 쓰려고 한다.

끝으로 이 책에 소개한 이야기는 모두 사실을 근거로 했음을 밝혀둔다.

차례

| 한 남자의 죽음 |

잃어버린 목소리

그해 1월 12일 이른 새벽에 한 남자가 죽었다. 향년 78세.

그가 인생의 마지막 두 달 가운데 만약 희망이라는 것을 느낀 기간이 있었다면 병원에 입원하고 나서 처음 일주일 동안이었을 것이다. 나머지 7주는 고통과 절망, 불신과 분노의 연속이었음이 틀림없다.

그의 일흔여덟 해 생애에서 마지막 7주 동안 맛본 고난은 그가 살아오면서 겪은 그 어떤 고난과도 비교가 되지 않을 정도로 잔인했다. 그것은 실낱같은 희망조차 가질 수 없는 무의미한 고난이었고, 비참함의 연속이었다.

약 두 달 전 11월 중순이었다. 그는 고열과 심한 기침에 따른 호흡곤란을 호소하며 가까운 병원을 찾았다. 담당 의사는 그가 호소하는 증세와 가슴 청진만으로 중증 폐렴이라 판단했다. 아니나 다를까 서둘러 엑스선 촬영을 해보니 양쪽 폐 모두 불투명 유리처럼 뿌옇게 나타났다. 이는 의사의 판단을 객관적으로 뒷받침하는 것이었다. 그는 곧바로 입원 수속을 밟았다.

그러나 입원 후 점적 주사(많은 양의 약물을 높은 곳에서 긴 시간에 걸쳐 한 방울씩 떨어뜨려서 정맥으로 흘러들도록 하는 주사)와 항생제 투여, 산소 흡입 등의 치료로도 그의 증상은 호전되지 않았다. 그칠 줄 모르는 기침과 끊임없이 끓어오르는 가래는 그를 호흡 부전 상태로 몰고 갔다.

의사들은 급기야 그의 기관氣管을 절개하기로 했다. 기관 절개로 그는 목소리를 잃겠지만, 그렇게라도 하지 않으면 얼마 못 가 목숨을 잃게 될 것이다. 쉴 새 없이 끓어오르는 가래는 더 이상 저절로 멎기를 기대할 수 없는 상태여서 전경부前頸部에서 기관을 절개해 뚫은 구멍으로 흡입기를 사용해 빼내지 않으면 질식해버릴 것이기 때문이다.

그는 일시적인 처치라는 의사들의 설명을 듣고 기관 절개에 동의했다.

실제로 그는 이루 말할 수 없이 고통스러웠다. 이 고통에서 벗어날 길이 죽음밖에 없는 건 아닐까 하는 생각마저 들었다. 고통으로부터 해방될 수 있는 것이라면 무엇이든 해보고 싶었다.

의사들은 능숙한 솜씨로 짧은 시간에 기관을 절개했다. 구멍이 뚫린 기관에서 끈적끈적한 가래가 흘러나왔다. 간호사들은 그 절개구에서 엄청난 양의 가래를 빼냈다. 가래가 빠져나가자 그는 자신의 폐 구석구석까지 신선한 산소가 퍼지는 것을 느낄 수 있었다.

그의 증상은 눈에 띄게 가벼워졌다. 목소리를 내지 못하게 된 그는 의사들과 악수하고 미소를 지어 보이는 것으로 감사의 마음을 전했다. 그는 의사들의 격려를 들으며 자신이 건강해질 것이라 믿었다.

그런데 다른 폐렴과는 달리 회복이 늦어지자 의사들은 의문이 들기 시작했다. 더구나 기관 절개구에서 빼낸 가래가 일반적인 염증에 의한 분비물과는 사뭇 달랐다.

의사들은 '어떤' 질환을 의심하면서 기관지 내시경 검사와 식도 내시경 검사를 동시에 진행했다.

그리고 자신들이 알아낸 사실에 절망했다. 그가 걸린 폐렴은 어떤 치료로도 완치될 수 없는 것이었기 때문이다.

입을 다문 사람들

그는 손을 쓰기에는 너무 늦어버린 말기 식도암 환자였다. 진행될 대로 진행된 암은 식도와 주변 기관으로 전이되어 기관벽氣管壁을 파괴하고, 식도와 기관 사이에 작은 터널을 형성하고 있었다. 그 터널을 통해 자극이 강한 위액, 삼킨 침과 음식물의 일부가 식도에서 폐 쪽으로 끊임없이 흘러들어가고 있었기 때문에 폐렴 증상이 좋아질 리 없었던 것이다.

그날부터 모든 음식물의 경구 섭취가 금지되었다. 입으로 무언가를 마시거나 먹으면 식도에서 기관으로 유입되는 분비물의 양이 더욱 늘어날 것이기 때문이다.

절식이 결정되자 그의 오른쪽 빗장뼈 아래에서 심장으로 연결된 정맥에 가늘고 부드러운 튜브가 삽입되었다. 앞으로는 그의 생명을 유지시킬 모든 영양분이 이 튜브를 통해 한 방울씩 흘러들어가게 될 것이다.

이처럼 영양액을 심장으로 직접 보내는 점적법을 '중심정맥 영양법'이라 하는데, 성인이 하루에 필요로 하는 칼로리를 충분히 공급할 수 있는 방법이다. 이 가느다란 튜브가 그의 생명 에너지를 전담하게 되었다.

이러한 치료를 받음으로써 약 일주일 동안 그의 증상은 입원 당시보다 꽤 호전되었다. 그는 완치에 대한 희망을 가졌다. 하지만 그것이 전부였다.

병원에 입원하고 나서 일주일이 지나자 그는 자신의 증상이 어느 일정한 상태에서 조금도 좋아지지 않는다는 사실을 깨달았다. 그뿐만이 아니었다. 오히려 온몸이 쇠약해지는 것을 느꼈다.

그때까지는 침대에 앉는다든지 대변이나 소변을 침대 옆에 놓여 있는 휴대용 변기에 보는 것이 가능했는데, 갑자기 그런 동작들이 너무 힘들어져버렸다. 무기력한 권태감이 그의 온몸을 감싸기 시작했다.

자신의 증상에 대해 물어보려 해도 기관을 절개한 탓에 목소리가 나오지 않았고, 필담을 나누려 해도 펜을 쥔 손가락에 힘이 들어가지 않았다.

말하고 싶은 것과 묻고 싶은 것이 머릿속에 가득했지만 어느 하나 상대방에게 제대로 전달할 길이 없었다. 불안과 의문에 찬 시선을 보내도 왠지 의사와 간호사, 심지어 아내조차 자신과 눈을 맞추려고 하지 않았다. 그는 주위 사람들 모두가 자신을 피하고 있다는 느낌을 받았다.

그리고 그는 깨달았다. 회진 때 병실에 들르는 의사도, 가래를 빼러 오는 간호사도, 문병 오는 친구들도 그리고 아내도 모두 약속이나 한 듯 항상 말끝에는 "반드시 좋아질 테니 힘내세요."라고 말한다는 것을. 그는 이미 혼신의 힘을 다하고 있는데도 모두들 자신의 마음을 알아주려고 하지 않았다.

'내가 정말 폐렴이 맞아? 정말로 고칠 수 있는 거야? 왜 이렇게 오래가는 거지? 왜 이리도 아픈 거지?'

입원 2주 후부터 그는 절망의 늪에 빠졌다. 회진하는 의사와 가래를 빼주러 오는 간호사들을 그저 매섭게 노려볼 수밖에 없었다. 손발을 버둥거리며 항의할 만한 체력이 남아 있지 않았고,

그럴 마음도 사라져버렸기 때문이다.

그의 눈에서는 더 이상 감사하고 신뢰하는 빛을 찾아볼 수 없었다. 오로지 불신과 분노만이 가득했다.

고통 속의 가래 제거

그를 괴롭히는 것은 주위 사람들에 대한 끝을 알 수 없는 불신과 분노뿐만이 아니었다. 직접적으로는 빈번하게 이루어지는 가래 제거 처치가 그를 괴롭혔다. 절개구를 통해 가래 흡입용 튜브가 기관 속에 삽입되면 그때마다 눈물이 날 정도로 심한 기침에 시달려야 했다.

지금까지는 이 조치가 자신이 완치되리라는 희망으로 이어져 있었기 때문에 어떻게든 참을 수 있었다. 그러나 호전될 기미는 전혀 보이지 않고, 오히려 상태는 더욱 악화되고 있었다. 그런 사실은 누구보다도 그가 잘 알았다. 게다가 밤중에도 자주 가래를 빼내야 했기 때문에 잠을 충분히 자지 못했다. 고통을 견뎌내도 아무 보상이 없었던 것이다.

입원 5주째, 그는 혼자 일어설 힘조차 잃고 말았다. 그 무렵 의사들은 하루에 한 번 회진을 돌았는데, 그는 하루 종일 눈을 감고 있을 뿐 의사들이 와도 눈을 뜨려고 하지 않았다.

의사들이 침대 곁에서 그를 내려다보며 뭐라 말한다. 그들의 말이 공허하게 귓전을 스쳐간다. 그들 중 한 명이 그의 몸을 흔들며 불러보지만 눈을 뜨고 그에 반응할 마음이 없었고, 눈을 뜨는 것조차 귀찮았다.

눈을 뜨고 그들이 부르는 소리에 대답한다고 해서 무슨 의미가 있을까. 그는 자신이 이미 도저히 손을 쓸 수 없는, 다시 말해 버려진 상태라는 것을 알고 있었다.

의사들이 불러도 순순히 눈을 뜨지 않자 이번에는 자신의 머리 위에서 "꽤 심각해졌어. 점적 주입량을 늘려야 할 것 같군." 하고 말하는 소리가 들렸다.

'뭘 하든 고통스럽기는 마찬가지니까 그냥 빨리 편하게 갈 수 있게 해줘! 너희들 맘대로 내 몸을 주물러대지 말란 말이야.'

'이제 어찌 되든 좋으니까 제발 그만 좀 하라고.'

그는 마음속으로 몇 번이나 그렇게 소리쳤다. 그러나 어차피 아무도 알아주지 않을 것이다.

간호사들은 정해진 시간에 그를 찾아와 기계적으로 기관 절개구에 튜브를 삽입하고 가래를 빼낸다. 그때마다 좋든 싫든 연신 지독한 기침을 하게 된다. 감은 두 눈에서 눈물이 흘러내린다. 회한의 눈물도, 슬픔의 눈물도 아닌 격심한 기침 반사가 일으키는 고통의 눈물이다.

가래 제거는 확실히 그의 생명을 연장시켜주는 조치이기는 했다. 간호사 중에는 그에게 말을 건네면서 가래를 빼내는 이도 있었다. 그러나 몇 주나 같은 동작이 되풀이되어도 눈을 감은 채 아무 말도 하지 않는 그를 어느덧 말없는 물체로만 보게 된 간호사도 있었다.

이런 간호사는 가래를 빼낼 때 아무 예고도 없이 불쑥 기관 속으로 튜브를 들이밀었기 때문에 그의 고통은 배가되었다. 그럴 때마다 그는 몹시 화가 났지만 더 이상 자신의 마음을 표현할 어떤 수단도 없었다.

침대 위의 물체

그 무렵 그는 자신의 의지와는 상관없이 실금도 하게 되었다. 할 수 없이 요도에 카테터(소변의 배출이나 방광 세정, 방광 내 약 주입을 위해 사용되는 고무 또는 금속제의 가는 관)가 삽입되었고, 엉덩이에는 하루 종일 일회용 기저귀가 채워지게 되었다.

또 욕창을 예방한답시고 기계적으로 몸을 좌우로 흔들어대는 바람에 고통이 이루 말할 수 없었지만 기관이 절개되어 신음소리조차 낼 수 없었다.

그는 정말로 아무 말도 못하는 물체에 지나지 않았다. 머릿속만 온전한 상태였다. 그렇지만 아무도 그것에 신경 쓰지 않는 듯했다. 그도 고통과 굴욕의 소용돌이 속에서 자신이 존엄한 인간이라는 사실을 잊어버린 듯했다.

의사들은 그가 어떤 운명을 밟을지 처음부터 잘 알고 있었다. 결국 그를 폐렴에서 벗어나게 하지는 못할 것이다. 그 지경까지 진행되어버린 암은 어떻게 손쓸 도리가 없다.

앞으로는 그저 연명지상주의延命至上主義를 표방하는 현대 의학의 가르침에 순종할 뿐이다. 조금이라도 더 생명을 연장시키기 위해 폐렴을 억제하는 항생제의 투여, 고칼로리 수액의 지속적인 공급, 잦은 가래 제거, 효과는 미지수이지만 항암제 투여 등의 치료 방침이 정해졌다.

그의 늙은 아내는 물론 자식들에게도 치료 방침이 전달되었다. 아내는 남편의 병을 낫게 할 수 없다면 차라리 조금이라도 고통을 덜어주는 게 낫지 않을까 생각했지만, 일분일초라도 더 살 수 있게 치료하겠다는 의사들의 말에 그저 "잘 부탁드리겠습니다."라고 동의하고 말았다.

이렇게 해서 그의 모든 운명은 자신의 의지와는 아무 상관없이 정해지고 말았다. 물론 이 불행한 환자에게는 처음부터 마지막까지 "폐렴이니까 금방 나으실 거예요."라는 말로 격려해준다는 것도 약속되어 있었다.

간호사는 의사의 방침에 따라 간호할 뿐이었고, 가족들은 그의 주위에서 그저 방관할 뿐이었다.

의료적인 측면에서 보면 그의 마지막 3주는 너무나도 평온했다. 의사들은 이 말없는 환자를 하루에 한 번 정기적으로 찾아와 기관 절개부의 거즈를 갈아주고, 가끔 항생제의 종류를 바꿔 주기만 하면 되었기 때문이다. 쇠약해질 대로 쇠약해진 데다 어떠한 의사 표시도 의미가 없다는 것을 깨닫게 된 그는 무슨 일이 일어나도 눈을 감은 채 미동도 하지 않았다. 의사와 간호사들에게 이렇게 편한 환자도 없었으리라.

간호사들은 의사의 지시대로 자주 그를 찾았다. 비참한 처지에 놓인 그를 동정해서 위로하려는 것이 아니라 기관 절개부에서 가래를 빼낼 의무가 있었기 때문이다. 특히 말을 걸어도 그가 아무 반응을 보이지 않게 된 뒤로, 그녀들은 환자의 심각한 병세보다 퇴근 후의 사적인 일 따위를 생각하면서 그저 기계적으로 몸을 돌려 눕히거나 불쑥 가래를 빼내곤 했다.

그는 나날이 쇠약해져가고 있었다. 그의 손발은 마치 말라죽은 나뭇가지 같았다. 아내는 줄곧 그의 곁에 있어주었지만, 진실은 입 밖에 꺼내지 못하고 그저 헛된 격려를 하거나 어쩔 줄 몰라 하며 쇠약해져가는 모습을 지켜보기만 할 뿐이었다.

처음에는 종종 말을 걸던 아내마저 그의 상태가 더욱 악화되자 입을 다물어버렸다. 단지 그의 앙상한 손발을 잠자코 바라보며 가끔 눈물을 흘릴 뿐이었다. 그녀의 피로도는 정점에 달해 있었다.

이 무렵에도 자주 가래를 빼냈고, 그때마다 말라비틀어진 그의 몸은 격렬한 기침과 함께 침대 위에서 요동쳤다.

아내가 가끔 눈물을 훔치는 것을 알아차리고 난 뒤로 그는 자신의 상태가 도저히 회복될 수 없는 지경에 이르렀다고 믿게 되었다. 계속되는 고통 속에서 이제 한시라도 빨리 모든 상황이 끝나기만을 바랐다. 그러나 몸을 움직이기는커녕 단식도 마음대로 할 수 없는 처지여서 스스로 목숨을 끊는 것은 도저히 불가능했다.

아내의 결심

그러던 어느 날 그의 아내가 마침내 한 가지 결심을 하게 된다. 생각해보면 그녀에게는 정말 잔혹한 나날이었다. 아무 희망 없이 묵묵히 그의 곁을 지킨다는 것은 그 어떤 고통과도 비교할 수 없었다.

무엇보다도 나날이 야위어가는 남편을 위해 아무것도 해줄 수 없다는 사실이 그녀에게는 엄청난 고통이었음은 말할 필요도 없을 것이다. 죽음을 눈앞에 둔 남편에게 마음으로부터 우러나온 이별의 말을, 감사의 말을 한마디도 건넬 수 없다는 것은 얼마나 슬픈 일일까. 그녀는 몇 번이나 불신 지옥에 빠진 남편에게 진실을 털어놓고 싶어 몸부림을 쳤다.

이제 시간이 얼마 남지 않은 소중한 이 순간에 남편이 아내인 자신에게 마음을 닫은 채 세상을 떠나려 하고 있다는 것은 정말이지 참을 수 없는 일이었다.

'남편은 이미 육체적으로나 정신적으로 최악의 상태에 있다. 암이라는 진실을 말해준다 해도 지금보다 더 나빠질 수 있을까? 적어도 거짓말 때문에 생긴 불신에서는 벗어나게 해줄 수 있지 않을까? 병에 걸린 것은 내가 아니라 남편이다. 남편은 자신을 괴롭히는 것의 정체를 알 권리가 있다.'

이런저런 생각이 그녀의 머릿속에서 돌아다녔다. 하지만 진실을 말해주고 싶은 충동을 느낄 때마다 의사들이 진지한 얼굴로 해준 충고가 떠올랐다.

"환자에게 진실을 밝혀서는 절대로 안 됩니다. 환자는 자신이 암에 걸렸다는 사실을 알게 되는 순간 삶의 의욕을 잃고 급속도로 악화됩니다. 자칫 생명이 단축될 수도 있습니다. 무엇보다 더 이상 도와줄 수 없을지도 모른다는 식으로 말하는 것 자체가 너무 죄송스런 일이 아닐까요? 일분일초라도 더 살게 해드리는 것이 지금으로서는 최선의 방법이라 생각합니다."

결국 그녀는 진실을 말해주고 싶은 충동을 뿌리쳤다. 솔직히 어느 쪽이 옳은지 그녀는 알 수 없었다.

그러나 어느 쪽이 옳든 그녀는 이제 그만 이런 상황에서 벗어나고 싶었다. 지금까지 "모든 것을 선생님께 맡기겠습니다."라고 말해왔지만, 의사들은 이 지독한 상태를 하루라도 더 연장시키는 것밖에 다른 생각은 없는 듯했다. 물론 그것은 의사들의 양심과 선의에 근거하고 있었지만, 그녀의 남편이 마음속으로 '이제 그만 좀 해.' 하고 외치는 것과 똑같은 말을 그녀도 마음속으로 하기 시작했다.

어느 날 그녀의 생각은 마침내 폭발했다. 그녀가 의사들에게 말했다.

"남편의 고통만 길게 늘려줄 뿐이니 이제 더 이상 치료는 하지 말아주세요."

흔히 사람들은 '무엇과도 바꿀 수 없는 목숨'이라고 말하지만, 지금의 남편과 같은 상황에 처한 사람 앞에서도 과연 그렇게 말할 수 있을까. 그녀는 지금 남편이 인간다운 삶을 살고 있다고는 도저히 생각할 수 없었다.

의사들은 처음엔 이해하지 못하겠다는 듯 "사모님의 소중한 남편 분을 하루라도 더 오래 사실 수 있게 해드리려고 열심히 노력해왔습니다. 또 그것이 사모님의 마음이기도 했고요."라고 말했지만, 이내 그녀의 의견에 동의하게 되었다. 의사들도 자신들이 하고 있는 치료에서 더 이상 아무 의미를 찾을 수 없었기 때문이다.

그 무렵에는 단지 누가 먼저 그의 생명을 연장시키기 위한 노력을 그만두자고 말할까 하는 것이 문제였다. 이런 말은 보통 아무도 하지 못한다. 생명 연장에 관련되어 있는 한 그 누구도 쉽게 그만두자고 말할 수 없을 것이다.

그러나 그의 아내가 말을 꺼내자 상황은 바뀌게 되었다. '가족이 바라는 일이니까.'라고 그 변화의 책임 소재가 확실해졌기 때문이다.

다음 날부터 그의 고칼로리 수액은 일반적인 생리식염수와 5퍼센트 포도당액으로 바뀌었다. 그리고 가래를 빼낼 때의 고통을 덜어주기 위해 수액 속에 대량의 진정제를 투여하기로 결정했다. 물론 이번에도 모든 결정이 환자인 그의 뜻과는 전혀 상관없이 이루어졌다.

그는 이튿날부터 자신의 사고가 다른 사람에 의해 통제되고 있다는 것을 느꼈다. 사고력이 저하된 상태에서 참을 수 없을 만큼 잠이 쏟아졌다. 그는 강제적으로 잠에 빠져들었다. 가래를 빼낼 때의 반응도 둔해져서 주위 사람들은 그의 고통이 줄어든 줄 알고 기뻐했다.

그는 계속 잠을 잤다. 그리고 점점 더 쇠약해져갔다. 이미 죽은 것이나 다름없었다. 의사, 간호사, 아내 모두가 그의 호흡과 심장이 멈추기만을 기다렸다.

모든 것이 끝났다

그로부터 일주일 후 그는 눈을 뜨지 못하고 말도 할 수 없게 된 채, 정말이지 인간으로서 그 어떤 뜻도 나타낼 수 없는 상태에서 숨을 거두었다. 솔직히 말해 의사와 간호사들은 그제야 겨우 안도의 한숨을 내쉬었다. 의미를 찾을 수 없는 의료 행위는 피곤할 뿐이었기 때문이다.

그의 아내는 그의 죽음을 예상했으면서도 세상을 다 잃은 듯 슬퍼하며 격렬하게 울부짖었다.

그녀는 한동안 그렇게 울고 난 후 눈앞에서 미동도 하지 않고 누워 있는 남편의 시신을 멍하니 바라보았다. 이윽고 "이제 더 이상 치료는 하지 말아주세요."라고 말한 자신이 후회스럽기도 했지만, '이 정도면 최선을 다한 거야.'라는 생각도 들었다. 어쨌든 모든 것이 끝났다.

의사들이 멍하니 넋을 놓고 있는 그녀에게 물었다.

"남편의 시체를 해부해도 되겠습니까?"

그녀는 분노가 치밀었다. 또 나한테 선택의 결정을 미룬단 말인가. 더 이상 남편의 몸에 아무도 손댈 수 없다. 이제야 겨우 자신에게로 돌아온 남편이다.

그녀는 대답했다.

"이대로 그냥 돌아가고 싶어요."

의사들은 떨떠름한 표정을 지었지만, 결국 그녀의 굳은 의지 앞에서 물러날 수밖에 없었다.

한겨울의 어슴푸레한 새벽이었다. 그녀는 자식, 친지와 함께 남편을 데리고 추위에 떨면서 집으로 돌아갔다.

이렇게 해서 한 늙은 남자의 마지막 두 달 동안의 이야기는 끝난다.

이 노인의 죽음은 비참하기 그지없지만 병원에서의 죽음치고는 그다지 드문 일도 아니다. 이런 죽음은 병원에서 종종 볼 수 있다. 잠시 여기서 내가 굳이 이런 이야기를 하는 의도에 대해 설명하고자 한다.

내가 의사가 된 지도 벌써 16년의 세월이 흘렀다. 16년을 짧다고 할 사람도 있을 것이고, 길다고 할 사람도 있을 것이다. 그동안 나는 1만 명이 넘는 환자를 진찰했고, 대부분이 건강을 되찾아 퇴원했다. 그러나 300명에 가까운 환자들이 죽는 것도 보았다. 물론 나는 의사로서 그들의 죽음을 보아온 것이다.

최근 6년 동안은 나도 모르게 죽어가는 환자의 입장에 나 스스로를 세워보게 되었다. 그리고 그때마다 "의사로서 환자를 상대하면서 무책임하다."는 소리를 들을지도 모르지만, 지금과 같은 병원이라면 '인간이 죽음을 맞이할 장소'로는 적합하지 않다는 생각을 하게 된다. 내가 만약 불치의 병에 걸려 몇 개월밖에 살지 못한다면, 내 마지막 삶은 결코 병원에서 보내고 싶지 않을 것 같다.

이 책에 나오는 이야기는 모두 사실에 근거한 것이다. 나는 의사지만, 비참한 죽음을 맞은 많은 환자의 입장에 서서 그들의 기분을 조금이나마 대변할 수 있기를 바란다.

앞으로 쓸 이야기 가운데 몇 편은 여러 사람의 마음을 불편하게 만들지도 모른다. 그러나 사실에 근거한 이야기라 어쩔 수 없다. 나의 바람은 독자들을 불편하게 만드는 것이 아니라 사실을 있는 그대로 전함으로써 그런 사실을 바꿀 방법을 찾는 것이기 때문이다.

나는 몇 가지 비참한 사실에 근거한 이야기를 쓴 다음 몇 가지 희망으로 연결될 가능성이 있는, 사실에 근거한 이야기도 쓸 생각이다. 자, 그럼 이제부터 이야기 속으로 들어가 보자.

| 밀 실 |

심부전 응급환자

그날 오후 초보 의사 기타자와는 몹시 우울했다. 오전에 있었던 일을 생각할수록 자신의 미숙함이 자꾸 떠올랐기 때문이다.

자신은 그토록 중요한 순간에 우왕좌왕 당황하기만 할 뿐 거의 아무 도움도 되지 못했다. 게다가 그렇게 한심한 모습을 모두에게 보여주고 말았다. 그것은 매일 간호사나 환자들에게 "선생님, 선생님." 하고 불리는 사이에 자신을 어느덧 어엿한 의사로 생각하기 시작했고, 처음에는 선생님이라 불리는 것이 쑥스러웠지만 최근 들어서는 그렇게 불리지 않으면 불쾌해지거나 일부러 대답을 하지 않게 되는 등 전보다 훨씬 위엄을 갖추게 된 그에게는 참을 수 없는 일이었다.

그의 미숙함을 적나라하게 드러나게 한 일이란 바로 이런 일이었다.

그날 오전 외래 진료를 마무리하려던 참이었다. 한 환자가 불쑥 진료실 안으로 뛰어 들어왔다. 정확히 말하면 가족들이 그를 데리고 왔다. 하지만 가족들이 비명을 질러대며 갑작스럽게 진료실 문을 박차고 들어오는 바람에 그에게는 뛰어 들어온 것으로밖에 생각되지 않았다.

외래 진료실 안으로 뛰어 들어온 사람은 일을 하다가 갑자기 쓰러진 급성 심부전心不全 환자였다. 40대 후반으로 보이는 그는 얼굴이 이미 사색이 되어 있었고, 의식이 없는 것은 물론 호흡도 금방 정지될 것만 같았다.

환자와 기타자와 두 사람 모두에게 불행은 그때 외래 진료실에 의사라곤 의과대학을 졸업한 지 겨우 1년밖에 안 된 기타자와 혼자뿐이었고, 그가 이런 빈사 상태의 환자를 만난 것도 그때가 처음이었다는 데 있다. 기타자와는 쩔쩔매면서 간호사에게 이런저런 지시를 내렸지만 목소리는 몹시 흥분되어 있었고, 머릿속은 혼란스러웠다.

그래도 산소흡입 조치와 심전도 모니터 장치를 연결시키라고 간호사에게 지시하고, 자신도 점적 주사를 놓기 위해 혈관을 찾았지만 맥이 잡히지 않을 정도로 저하된 혈압 때문에 좀처럼 뜻대로 되지 않았다.

이마에 맺혀 있던 땀이 환자의 축 늘어진 팔에 뚝뚝 떨어졌다. 우물쭈물하는 사이에 환자의 호흡이 정지되었고, 심전도 모니터 화면도 고르지 못한 심장 박동을 나타냈다.

그는 큰 소리로 외쳤다.

"기관 내 삽관揷管 준비!"

환자의 정지된 호흡을 인공적으로 관리하는 데 필요한 조치이지만, 사실 그는 한 번도 시술해본 적이 없었다. 보고 배운 대로 목구멍 안쪽의 기관을 향해 삽관용 튜브를 밀어 넣었다. 그러나 튜브는 식도에서 더 이상 나아가지 않았다. 삽관 때문에 상처를 입은 인두咽頭 점막의 혈액이 튜브 끝에 묻어 나왔다.

얼마 안 가서 심전도가 일직선을 그렸다. 마침내 심장도 멎은 것이다. 그는 기관 내 삽관을 포기하고 심장 마사지를 하기 시작했다. 간호사에게 인공호흡용 간이 산소 흡입기의 백을 누르라고 지시하고 심장 마사지를 계속했지만 침착성을 잃은 기타자와와 간호사의 리듬이 맞지 않아 소생 처치는 효율적으로 이루어지지 않았다.

그는 절망적인 기분으로 심장 마사지를 하고 있었다. 등과 배에서 식은땀이 흘렀다. '운이 나쁘다.'고 생각했다. 현기증도 났다.

그때 소식을 들은 다른 의사가 뛰어 들어왔다. 선배 의사인 그는 뭐라고 소리를 지르면서 재빨리 기관 내에 기도 확보를 위한 튜브를 삽관하고 인공호흡용 백을 누르기 시작했다. 기타자와에게는 그대로 심장 마사지를 계속하라고 지시했다. 간호사도 금세 본래의 리듬으로 돌아와 모두 일사불란하게 움직이기 시작했다. 선배 의사의 능수능란한 손놀림은 기타자와의 미숙함을 더욱 두드러지게 했다.

기타자와는 겨우 마음을 놓으면서 자신이 설 곳이 없다는 것을 느꼈다. 환자의 심장은 다시 규칙적으로 뛰기 시작했다. 그러나 자발호흡은 돌아오지 않았다. 환자는 집중치료실로 옮겨져 다양한 약물과 인공호흡기에 의지하게 되었다. 아무튼 기타자와에게는 난처한 상황이 일단락된 셈이지만, 그 후로 그는 우울한 기분을 떨쳐버릴 수 없었다.

무뚝뚝한 환자

그날 저녁 집중치료실에서 보내오는 그 환자의 심전도를 간호사 스테이션에서 모니터하던 기타자와는 같은 화면에 표시되는 다른 환자 오바야시의 심장 박동 수가 심하게 요동치고 있는 것을 알았다.

사실 오바야시의 상태는 그날 아침부터 이미 악화되고 있었다. 하지만 기타자와는 그의 주치의가 아니었다. 더군다나 오늘 있었던 소동으로 자신이 근무하는 병동에 입원 중인 오바야시의 변화 따위에는 신경 쓸 겨를이 없었다.

오바야시는 칠순을 코앞에 둔 위암 환자였다. 2년 전에 위를 전부 들어내는 수술을 받았는데, 두 달쯤 전에 복부 팽만을 호소하며 이 병원에 입원했다.

오바야시의 배가 복수腹水 때문에 불룩하다는 것은 입원 후에 바로 알 수 있었다. 복수 속에 있는 세포가 암세포라는 것도 개구리처럼 불룩한 배에 주사기를 꽂아 채취한 복수를 검사해보고 알았다. 암의 재발에 따른 암성癌性 복막염이었다. 그러니까 오바야시의 상태가 그리 긴 기간을 두지 않고 악화된 사실은 주치의도 입원한 순간부터 알 수 있었던 것이다.

오바야시는 무뚝뚝하고 조용한 환자였다. 회진할 때 의사들이 그의 침대로 가서 "어떠세요?"라고 물으면 늘 "괜찮습니다."라고 똑같은 대답만 되풀이했다. 그가 주치의에게 먼저 질문하는 일은 거의 없었다.

그는 간이 나빠 복수가 차는 것이라는 주치의의 설명을 믿고 있는 듯했다. 주치의나 가족들은 병명 고지를 할 마음이 털끝만큼도 없었기 때문에 순진한 그의 성격은 안성맞춤이었다.

입원하고 얼마 후, 식욕이 떨어져 좀처럼 식사를 할 수 없게 된 그는 우쇄골하에서 심장으로 연결된 정맥에 가는 튜브를 꽂고 고칼로리 수액을 투여받게 되었다.

그러나 그 조치는 그가 쇠약해지는 속도를 늦춰주기는 했지만 멈추게 할 수는 없었다. 그는 조금이라도 먹는 것 자체가 삶이라 여겼기 때문에 맛없는 병원식과 필사적으로 싸웠다. 그것은 시시각각 다가오는 죽음과 살려고 하는 의지가 벌이는 처절한 싸움이었다.

간호일지를 보면 어느 날 그가 "오늘은 세 입이나 먹었다고 좋아했다."는 기록이 있다. 어렸을 때부터 농사를 지으며 흙과 함께 살아온 그에게 음식물은 자연이 준 은혜였다. 그런 음식물을 먹는다는 것이 그에겐 살아 있다는 증거이기도 했다.

그런데 그런 그의 상태가 일주일 전부터 급격하게 나빠지기 시작했다. 그날 그는 음식을 한 입도 먹을 수 없었다. 아무리 애를 써서 목구멍으로 음식물을 밀어 넣어도 몸은 받아들이려고 하지 않았다. 의사도 가족도 그 어느 누구도 아무 내색을 하지 않았지만 그 사실은 확실히 그의 병이 회복될 수 없는, 죽음에 이르는 병이라는 것을 그에게 말해주고 있었다.

다음 날 그는 곁에 있던 아내에게 말했다.

"난 이제 틀렸어."

그리고 그때까지 누구에게도 말하지 않았던 땅문서의 소재를 알려주었다. 가족들에게 유언도 했다. 아내와 자식들은 당황하며 그에게 말했다.

"무슨 말도 안 되는 소리예요? 기운 차리고 어서 일어나세요."

그러나 그는 "잠자코 내 말이나 마저 들어."라며 자신이 전하려던 말을 모두 쏟아냈다.

그 후에도 그는 의사들이 회진할 때면 (의사들에게는 꺼져 들어가는 목소리로 들렸지만) 여느 때와 마찬가지로 "여전합니다. 괜찮습니다."라고 대답할 뿐이었다. 의사들이 자신을 치료하기 위해 혼신의 힘을 다하고 있는지는 몰라도 안 되는 것은 안 되는 것이고, 게다가 어떤 질문을 한다 해도 어차피 진실은 말해주지 않으리라 생각했기 때문이다.

오바야시처럼 인생의 대부분을 자연을 벗 삼아 살아온 사람에게는 마침내 생명의 등불이 꺼져 대지로 돌아가는 것은 전혀 이상하지 않은 일이었다. 그는 자신이라는 존재가 자연의 일부에 지나지 않는다는 사실을 쇠약해져가는 육체를 통해 잘 알고 있었다.

그래서 아무리 노력해도 먹을 수 없게 되자 비록 병명이 무엇인지는 몰라도 죽음이 가까이 와 있음을 느낀 그가 가족들에게 유언을 남기고, 머잖아 자신에게 찾아올 죽음을 자연스럽게 받아들일 준비를 할 수 있었던 것이다.

그리고 의사인 기타자와가 큰 혼란에 빠진 그날, 오바야시의 죽음은 그의 인생과 마찬가지로 자연의 흐름 속에서 조용히 찾아오고 있었다.

오바야시 같은 말기 암 환자의 마지막 순간이 그렇게 평온할 리 없다고 생각하는 사람도 있을지 모르지만, 실제로 말기 암 환자 가운데 3분의 1은 통증을 느끼지 못한 채 마지막 순간을 맞는다. 오바야시는 그 3분의 1에 속하는 환자였고, 통증 때문에 괴로워하는 일은 없었다.

드디어 무대에 등장한 주치의

그날 아침부터 오바야시의 혈압은 조금씩 떨어지고 있었다. 호흡도 얕아지기 시작했다. 고통을 호소하는 일이 거의 없던 그에게 주치의는 지금까지 특별한 조치 없이 그저 막연히 고칼로리 수액과 그 수액에 섞어 항암제를 투여하라는 지시만을 내렸다.

그런데 이날은 너무나 조용한 그의 존재를 깜빡 잊은 듯하던 주치의가 간호사들에게 이런저런 지시를 내리며 바쁘게 움직이고 있었다. 그 모습은 마치 그때까지 무대에 올라갈 순서를 기다리던 연극배우가 마침내 자신이 활약할 수 있는 장면을 맞닥뜨린 것과도 비슷했다.

우선 점적 주사에 떨어지기 시작한 혈압을 끌어올리기 위한 승압제가 추가되었다. 그리고 그가 얕은 호흡으로 괴로운 듯 어깨를 들썩이자 산소가 공급되었다. 하지만 승압제를 투여하고 산소를 공급해도 이미 방치해버린 병이 불러온 죽음의 기운은 막을 수 없었다. 가족들에게도 "오늘 밤을 넘기기가 힘들 것 같으니 친지 분들께 연락해두시죠."라고 통보가 갔다.

오후에는 호흡이 더욱 얕아져서 아래턱만 겨우 헐떡이듯 움직였다. 호흡 촉진제가 투여되고, 강심제가 투여되었지만 아무 의미가 없었다. 심전도 모니터 화면의 파형은 어지러울 정도로 움직이면서 심장이 필사적으로 뛰고 있다는 것을 보여주었지만, 호흡이 충분하지 않으면 심장은 효과적으로 활동하지 못하고 그저 헛일만 되풀이할 뿐이다. 혈압은 계속 떨어지고 있었다. 저녁 무렵이 되자 뇌에도 더 이상 산소가 공급되지 않아 방금 전까지만 해도 가족들이 부르는 소리에 어렴풋하게나마 눈을 뜨던 그는 이제 완전히 외계와의 접촉을 끊게 되었다.

기사회생의 기회

그날의 일로 잔뜩 의기소침해 있던 기타자와는 간호사 스테이션에서 오바야시의 심전도를 지켜보는 동안, 외래 진료실에서 자신을 풀죽게 만든 환자의 금방이라도 멈출 것 같던 심전도가 떠올랐다.

'여기 또 한 사람 죽음에 직면한 환자가 있다. 낮에 응급조치를 한 그 환자와는 달리 이 환자는 말기 암이고, 의사와 가족 모두 그의 죽음을 어쩔 수 없는 것으로 받아들이고 있다.'

기타자와의 머릿속에 한 가지 생각이 떠올랐다. 모두가 체념하고 받아들이는 오바야시의 죽음이 자신에게는 기회가 될지도 모르겠다는 생각이었다.

기타자와는 오바야시의 주치의를 만나 오바야시가 임종할 때 도와주고 싶다는 말을 꺼냈다. 의아한 표정으로 그를 쳐다보는 주치의에게 기타자와는 낮에 있었던 일을 설명하고, 쑥스러운 웃음을 지어 보이며 말했다.

"실은 기관 내 삽관을 해보고 싶어서요."

주치의는 기관 내 삽관에 의한 인공호흡은 오바야시에게 아무 소용이 없다는 것을 알았지만, 어차피 죽을 사람이라는 생각에 "그러게."라고 허락했다. 간호사에게는 구급소생 준비를 해두라고 지시했다.

그날 밤 8시가 지나 심전도 모니터 화면이 가리키는 오바야시의 심박동 수는 그때까지 1분에 100 이상이었던 것이 언덕길을 굴러 내려가듯 60, 50으로 떨어지기 시작했다. 그 파형은 더 이상 심장이 제 기능을 하지 못하고 있음을 나타내고 있었다. 기타자와는 이제 얼마 안 있으면 그의 심장이 멎을 것이라고 생각했다. 가볍게 진저리를 쳤다.

그때 가족들이 간호사 스테이션으로 달려와 환자의 호흡이 멈춘 것 같다고 말했다. 주치의와 기타자와는 당직 간호사들과 함께 병실로 뛰어갔다.

침대 위에서 핏기를 잃고 사색이 된 오바야시는 눈에 잘 띄지 않을 정도로 턱을 들어올린 채 호흡하려는 의지를 보이고 있었지만 흉곽의 움직임은 없었다. 호흡이 정지된 것이나 마찬가지였다. 심전도 모니터 화면의 파형도 금방이라도 일직선이 될 것 같았다.

기타자와는 곧바로 심장 마사지에 들어갔다. 환자를 지켜보고 있던 가족들은 소생 처치에 방해가 된다는 이유로 간호사를 시켜 병실 밖으로 내보냈다. 병실 안에는 이제 정말로 숨을 거두려고 하는 환자와 의사 두 명, 간호사 네 명만 남게 되었다. 그곳은 일방적인 의지가 지배하는 밀실로 바뀌었다.

심전도 모니터의 초록빛 파형만이 그곳에서 이루어지는 일을 객관적으로 보여주고 있었다. 기타자와가 오바야시의 앞가슴 왼쪽, 그러니까 심장 바로 위의 흉곽을 등 쪽으로 힘껏 누르자 모니터의 심전도 파형은 온전한 심장의 움직임을 나타냈다. 기타자와가 리듬에 맞춰 1분 동안 60회 정도 심장을 마사지하자 그 횟수만큼 오바야시의 심장은 규칙적으로 뛰었다. 하지만 마사지를 멈추면 파형은 금방 평탄해져서 심장이 이미 정지되었다는 것을 나타냈다.

이어서 주치의가 심장 마사지를 맡아주자 기타자와는 마침내 자신이 원하던 기관 내 삽관을 할 수 있게 되었다. 기타자와는 오전처럼 당황하거나 허둥댈 필요가 없었다. 실패는 이미 허락된 것이다. 주치의는 가볍게 심장 마사지를 하면서 기타자와에게 삽관 순서를 말해주었다.

그는 그 지시에 따라 이제는 아무 의지도 나타내지 않는 환자의 입을 오른손 엄지와 집게손가락으로 억지로 벌린 다음 ㄴ자형 후두경喉頭鏡을 혀를 따라 삽입하고, 목구멍의 가장 깊은 곳에 있는 혀의 뿌리 부분을 들어올렸다.

그때 툭 하고 둔탁한 소리를 내며 환자의 얼마 남지 않은 앞니가 하나 부러졌다.

"이를 지렛대로 삼으면 안 돼."

주치의가 주의를 주었다. 잇몸에서 암적색의 피가 흘러나왔다. 기타자와가 앞니에 주의하면서 다시 후두경을 들어올리자 이번에는 혀뿌리 안쪽 깊숙한 곳에서 쐐기 모양의 공간이 입을 쩍 벌렸다. 그곳이 바로 기관 튜브를 삽입할 공간이었다.

기타자와는 그 공간을 향해 아무 망설임 없이 기관 튜브를 삽입했다. 그리고 그 기관 튜브에 인공호흡용 백을 연결했다. 백을 누르자 그의 흉곽이 부풀어올라 공기가 폐 속으로 들어갔다는 것을 나타냈다. 백을 누르지 않자 흉곽은 다시 원래대로 가라앉아 압입된 공기가 몸 밖으로 빠져나왔다는 것을 말해주었다. 성공한 것이다. 인공호흡을 하기 시작했다.

주치의가 다섯 번 정도 심장 마사지를 하고, 기타자와가 인공호흡용 백을 한 번 최대한 누른다. 이 리듬을 반복하는 것으로 심장과 폐의 기능을 인공적으로 유지하는 기본이 갖춰지게 된다. 이 기본적인 상태에서 각종 강심제 등의 약물이 사용되고, 그것들이 제대로 듣기 시작하면 심장이나 폐가 회복 가능한 상태에 있는 한 자발적인 움직임을 재개할 것이다.

기타자와와 주치의가 몇 분 동안 인공호흡과 심장 마사지를 계속하자 소생술은 성공한 것처럼 보였다. 이미 심장 박동과 호흡이 정지되어버린 생명의 불씨가 조금씩 되살아날 조짐을 보였다.

심장 마사지를 잠시 멈춰도 인공호흡을 계속하면 심장이 계속 움직이는 것을 모니터 화면을 통해 확인할 수 있었다. 비록 심장의 움직임이 믿음직스럽지는 못해도 말이다.

모니터 화면을 보고 있는 동안 기타자와는 "해냈다!" 하고 만세라도 부르고 싶은 충동에 휩싸였다. 지금 눈앞에 있는 환자의 심장은 분명히 한번 정지했다. 그런데 자신과 주치의의 소생술로 다시 움직이기 시작하는 것이 아닌가. 기타자와는 문득 의학의 승리란 바로 이런 것이구나 하고 생각했다.

소생술 후의 명암

그러나 1분도 지나지 않아 모니터 화면의 파형이 흐트러지면서 다시 심장이 멈추려고 했다. 기타자와와 주치의는 교대로 15분 동안이나 인공호흡과 심장 마사지를 반복했다. 그때마다 심장은 아주 짧은 시간 자발적인 움직임을 회복했지만 자발호흡은 결코 재개되지 않았다.

두 의사의 머리칼은 흐트러지고, 이마에는 땀이 송골송골 맺혔다. 거기까지였다. 피로를 느낀 주치의가 "이제 그만하세."라고 말하자 소생술은 종료되었고, 이윽고 심장의 움직임과 호흡은 영원히 멈추었다.

주치의는 간호사에게 환자의 가족들을 병실로 불러오라고 지시했다. 병실 밖에서 마른침을 삼키며 대기하고 있던 가족들이 우르르 들어왔다. 주치의는 피곤한 얼굴로 말을 꺼냈다.

"여러모로 손을 써봤지만……."

그리고 일직선을 그리고 있는 모니터 화면의 심전도 파형을 손가락으로 가리키며 "임종하셨습니다."라고 말하고는 고개를 숙였다. 기타자와와 간호사들도 고개를 숙였다. 아내는 "그동안 신세 많았습니다."라고 한마디 하고는 "와악!" 소리를 지르면서 남편에게 매달려 그의 이름을 부르며 울기 시작했다.

환자의 입에서는 기관 튜브가 천장을 향해 튀어나와 있었다. 입술에는 삽관할 때 잇몸이 다쳐 나온 피가 묻어 있었다. 그로 인해 겨우 20분 전에는 평온했던 환자의 얼굴이 흉측하게 변해 있었다.

하지만 기타자와는 그것에 별로 신경 쓰지 않았다. 그에게는 예정된 죽음을 맞이한 환자의 얼굴보다 한번 정지했던 심장을 15분 동안이나 움직이게 했다는 사실이 더 중요했다. 그리고 만약 인공호흡기를 장착해놓았다면 조금이라도 더 생명을 연장시킬 수 있었을지도 모른다고 생각했다.

그는 풀죽은 모습에서 완전히 벗어나 의사로서의 자신감을 되찾고 있는 자신을 깨달았다. 또 내일부터 더 열심히 일할 수 있을 것 같은 기분이 들기도 했다. 소생술을 펼치면서 쌓인 피로가 마치 가볍게 조깅하고 난 후의 상쾌한 피로처럼 느껴졌다.

이렇게 해서 자신의 인생처럼 조용하고 자연스러운 죽음을 맞이했을 환자는 마지막 순간에 이르러 폭풍에 휩싸인 돛단배처럼 의사들에게 실컷 농락당한 뒤 죽음을 맞았다.

한편 자신의 미숙한 의술에 잔뜩 풀이 죽어 있던 한 청년 의사는 또 내일이면 모두로부터 '선생님'이라 불리는 것에 아무 거부감도 느끼지 않는, 다시 자신감이 충만한 의사로 살아가게 될 것이다.

대부분의 의사나 간호사들은 죽을 고비에 이른 환자에 대한 인공호흡이나 심장 마사지 등의 소생술은 의료인의 당연한 의무라고 생각한다.

확실히 건강하던 사람이 갑작스럽게 이상을 일으켰을 때, 예를 들어 심근경색 발작 같은 양성 질환으로 갑자기 죽을 위기에 처했을 때는 구급소생술을 적정하게 실시하는 것으로 죽음의 문턱을 한 걸음 넘어서버린 환자의 호흡을 되돌릴 수 있다.

그리고 그 후의 치료에 따라 어느 정도 사회 복귀도 가능하다. 따라서 응급 시에 능숙하게 소생술을 실시하거나 각종 약제를 적합하게 사용할 줄 아는 것은 의사라면 당연히 갖춰야 할 능력이다.

또 상황에 따라 임사臨死 환자에 대한 인공호흡이나 심장 마사지 등의 소생술은 의료인으로서 당연한 의무다. 하지만 이 이야기에 나오는 환자의 경우는 과연 적절했다고 할 수 있을까. 이 환자와 같이 이미 손쓸 도리가 없는 사람에게, 그리고 본인조차 죽음을 당연한 것으로 받아들인 말기 암 환자에게 시행하는 소생술이 과연 어떤 의미가 있을까.

설령 이 소생술이 성공해서 환자의 목숨이 몇 시간에서 며칠 정도 연장된다고 해서 무엇이 달라진단 말인가. 만약 의식이 돌아온다고 해도 환자는 의료 기계에 둘러싸여 고통으로 가득 찬 시간만 다시 맛볼 뿐이다. 그리고 다시 곧 죽음에 이를 것이다.

의식이 돌아오지 않으면 (이런 경우가 대부분이지만) 환자의 심장이 기계적으로 몇 시간 움직일 뿐이고, 그 환자는 곧 소생술을 개시하기 직전의 임사 상태로 돌아가 버린다. 임사 상태에 있을 때 시행하는 소생술은 그때까지 불치병과 싸우느라 영혼까지 지쳐버린 말기 암 환자에게 겨우 찾아온 휴식 시간을 방해하는 것이나 다름없다. 이미 아무런 힘도 의지도 없는 환자의 육체에게 억지로 버텨보라고 강요하는 행위에 지나지 않는 것이다.

거기엔 죽어가는 사람에 대한 배려도 경외도 애도의 마음도 없다. 그저 일분일초라도 환자의 목숨을 더 연장시키려고 하는, 연명지상주의의 현대 의학 교육을 받은 의사의 의무감만 있다고 해도 과언이 아닐 것이다. 왜냐하면 의사 스스로 그 소생술이 무의미하다는 것을 누구보다 잘 알고 있기 때문이다. 무의미하다는 걸 알기 때문에 이 이야기에 나오는 것처럼 허락할 수 없는 소생술이 자행되는 경우가 생기는 것이다.

의미가 없는 일을 임사 환자에게 강요하는 것과 마찬가지인 이런 상황에서의 소생술은 인간의 존엄성을 해치는 행위라고도 할 수 있다. 따라서 만약 마지막 순간에 이르러 '인간으로서 존엄을 지키며 죽음을 맞이하고 싶다.'고 바라는 사람들에게 나는 다음과 같이 제안하고 싶다.

"자신의 죽음이 확실해졌을 때는 '절대로 무의미한 소생술은 하지 말고 그냥 조용히 죽게 해주세요.'라고 가족과 의사에게 반드시 말해두십시오."

그렇게 해두지 않으면 이 이야기에 나오는 환자처럼 당신의 죽음은 당신의 의지와는 상관없이 최후의 순간에 엉망진창이 되어버릴 가능성이 많기 때문이다.

| 협 박 |

병원의 방침

아내는 남편의 시신에 매달려 소리 높여 울고 있었다. 아들은 아직 온기가 남아 있는 아버지의 손을 잡고 스물두 살 청년답게 떡 벌어진 어깨를 들썩이며 소리 없이 눈물을 흘렸다. 죽은 시마다의 형제들도 오열했다. 그의 누이들은 아내와 마찬가지로 "불쌍해서 어떡해."라면서 소리 높여 울었다.

그는 아까부터 호흡과 심장 박동을 정지시킨 채 꼼짝하지 않고 누워 있었다. 그의 죽음은 10분쯤 전 의사가 임종을 선언했을 때부터 틀림없는 사실이 되어버렸다. 아무리 눈물을 흘려도 그가 죽었다는 사실을 바꿀 수는 없었다.

그러나 그 사실을 받아들이기 위해 그들에겐 눈물이 필요했다. 한동안 눈물을 흘리던 아내는 멍한 표정으로 일어나 눈앞에 누워 있는 남편을 내려다보면서 말했다.

"여보, 이제 집에 가요. 병원과는 이만 인연을 끊자고요."

그 말이 신호라도 된 듯 가족들은 그의 침대 주변에 놓여 있던 짐들을 정리하기 시작했다. 사소한 것들이지만 그와 그의 곁을 지키던 아내가 병원에서 생활하도록 해준 짐—이제는 아무도 사용하지 않을 솔 끝이 뭉개져버린 칫솔, 아직 반쯤 남아 있는 치약, 군데군데 얼룩이 묻은 합성수지 컵, 개봉할 틈도 없었던 티슈, 색이 바랜 수건, 갈아입을 필요가 없어진 속옷과 잠옷, 침대 옆에 놓인 채 아내의 눈물을 머금은 깔개, 그리고 마지막까지 그가 애용한 차 찌꺼기가 얼룩으로 남은 찻잔 같은 일용품들을 느릿느릿 챙기기 시작했다.

그것들을 챙기는 데 걸린 시간은 그가 병마와 싸운 오랜 기간에 비하면 순간이나 마찬가지였다. 내일이 되면 또 다른 환자가 그의 침대에서 앓는 소리를 내고 있을 것이다. 같은 침대에서 전날 그가 죽어갔다는 것도 모른 채……. 어쩌면 그가 이 침대에 있었다는 사실 자체도 떠올리지 못한 채 모두가 활발히 일상에만 몰두할지도 모른다. 아니 틀림없이 그럴 것이다.

빨리 집으로 돌아가자. 그의 숨결이, 그의 손때가 곳곳에 묻어 있는 집으로 돌아가자. 멍청히 서 있는 아내 곁에서 아들과 죽은 시마다의 형제들이 "어느 차로 모시고 갈까?" 따위의 대화를 나누고 있었다.

그때였다. 간호사가 그의 병실로 찾아와 말했다.

"선생님께서 드릴 말씀이 있다고 간호사 스테이션으로 오시랍니다."

아내와 아들은 무슨 일일까 의아해하면서 간호사 스테이션으로 갔다. 주치의는 눈이 부실 정도로 밝은 형광등 불빛 아래 의자에 앉아 기다리고 있었다. 그들이 간호사 스테이션으로 들어가자 주치의는 앉은 채로 의자에 앉을 것을 권했다.

그리고 그들이 앉기를 기다렸다가 가볍게 고개를 숙이면서 말했다.

"고생 참 많으셨습니다."

아내와 아들도 예를 갖춰 대답했다.

"정말이지 폐가 많았습니다."

주치의는 "그런데……." 하고 이야기를 꺼냈다.

"방금 돌아가신 분한테 예의가 아닌 줄은 알지만, 남편 분 시신의 병리 해부를 해보고 싶습니다."

아내와 아들은 얼굴을 마주 보았다. 그리고 서로를 향해 고개를 가로저었다. 울다 지쳐 멍해져 있던 아내는 이때만은 가족을 대표해야겠다는 생각에 눈을 똑바로 뜨고 딱 잘라 말했다.

"남편은 이미 몇 번에 걸쳐 수술을 받았어요. 이제 더 이상 그 이 몸에 상처를 입히고 싶지 않아요. 이대로 돌아가고 싶습니다."

그러자 주치의가 말했다.

"하지만 사인死因을 명확하게 밝혀내지 않으면 사망 진단서를 끊어드릴 수 없습니다."

아내는 아연해졌다. 이 의사가 도대체 무슨 말을 하고 있는 거지? 그녀는 상기된 표정으로 대꾸했다.

"하지만 선생님, 남편은 암으로 첫 수술을 받았고, 그 후 두 번이나 암이 전이된 곳을 들어내는 수술을 받았습니다. 이 병원으로 옮겨온 것도 암이 척추로 퍼져 방사선 치료를 받기 위해서였습니다. 암 때문에 죽은 게 분명합니다."

주치의는 대답했다.

"암으로 돌아가신 것은 분명히 맞습니다. 하지만 저희들로서는 저희가 외부로부터 파악한 병소病巢나 전이 병소뿐만 아니라 실제로 병이 어떻게 진행됐는지 자세히 알아야 할 의무가 있습니다. 그러기 위해선 반드시 해부가 필요합니다."

아내는 남편이 죽었을 때 다 흘려서 이제는 말라버린 줄 알았던 눈물이 다시 자신의 눈에서 흘러내리는 것을 느꼈다. 이 의사가 남편을 위해 도대체 무엇을 해주었던가. 아무리 중간에 병원을 옮겼다고 해도 어떻게 주치의라는 사람이 병실에 얼굴 한 번 비치지 않는단 말인가. 방사선 치료 후 남편이 더 쇠약해져서 식욕을 잃었을 때도 제대로 된 점적 주사 한 번 놔주지 않던 그가 아닌가. 남편을 줄곧 방치해놓은 주제에, 단지 이름뿐인 주치의였던 주제에 남편이 죽고 난 지금에 와서 주치의의 모습을 되찾겠다는 것인가.

아내는 다시 강한 어조로 말했다.

"저희는 이것으로 충분합니다. 이대로 돌아가게 해주세요. 남편은 암과 지겹도록 싸웠습니다. 더 이상 남편의 병이 어땠는지 알아보았자 저희들에겐 아무 의미가 없습니다."

주치의도 쉽게 물러서려고 하지 않았다.

"다른 병원에서는 물론 암에 의한 사망이라고 사망 진단서를 떼어드릴 것입니다. 하지만 저희는 병리 해부를 하지 않으면 절대로 사망 진단서는 떼어드릴 수 없습니다. 이건 저희 병원의 방침입니다."

주치의는 정색하면서 말했다.

이 모습을 지켜보던 아들이 더 이상 참지 못하고 항의하듯 말했다.

"선생님, 아버지가 암으로 돌아가신 것은 지금까지의 경과만으로도 충분히 알 수 있습니다. 게다가 아버지는 우리 가족이고, 우리가 아버지의 보호자입니다. 사인을 가족이 납득하고 있는데 병원의 방침이라는 이유로 병리 해부를 한다는 것은 이해할 수 없습니다. 이제 돌아가게 해주십시오."

그러자 주치의는 냉정하게 뿌리치듯이 말했다.

"사망 진단서가 없으면 유해를 병원 밖으로 모시고 나갈 수 없습니다. 그리고 해부를 하지 않으면 사망 진단서는 발급할 수 없는 것이고요. 알겠습니까? 해부를 할 수 없게 하신다면 유해는 집으로 돌아갈 수 없습니다.”

“뭐 이런 말도 안 되는……!”

그러나 아내는 더 이상 말을 잇지 못했다. 그리고 하염없이 눈물을 흘렸다. 죽고 나서도 받는 홀대가 서러웠다. 아들도 얼굴을 붉히며 대들었다.

“돌아가게 해주세요.”

그러나 주치의는 “병원 방침입니다.”라고 고집을 부리면서 조금도 양보하지 않았다.

잠시 실랑이가 이어졌지만 사망 진단서를 발급한다는 절대적인 권리를 의사가 갖고 있는 이상, 결국 시마다의 가족은 물러설 수밖에 없었다.

아들은 어머니의 어깨를 감싸 안으며 위로했다.

“어머니, 한 번만 더 아버지더러 참으시라고 하죠. 그리고 어서 집으로 모시고 가요. 이런 곳에서 오래 머물러봐야 좋을 것 하나도 없어요.”

아들의 마음속에도 서러움과 분노가 가득했다.

작은 병원의 주치의

해부가 끝날 때까지 가족들은 병원 뒷문 근처에 있는 영안실과 인접한 휴게실에서 기다렸다. 거의 환기된 적이 없는 휴게실에는 곰팡내와 영안실에서 흘러 들어온 선향 냄새가 배어 있었다. 그리고 휴게실 한구석에 쌓여 있는 방석은 너무 낡아 제구실을 못했지만, 모두가 그 방석을 깔고 앉아 있었다.

남편과 막 사별한 아내와 아버지를 여읜 아들 그리고 형, 오빠를 잃은 동생들은 소중한 사람을 잃은 슬픔에 넋을 놓고 있는 동안 일어난 이해할 수 없는 사태에 대한 분노와, 그 이해할 수 없는 것에 저항하지 못한 원통함으로 아무 말도 할 수 없었다. 어떤 이는 입술을 깨물고, 어떤 이는 한숨을 쉴 뿐이었다.

그러나 침묵 속에서 가족과 친척들은 모두 같은 생각을 하고 있었다. 비록 환자인 그가 원해서 한 일이었지만, 이 대도시의 큰 병원으로 옮긴 것이 잘못된 선택은 아니었는가 하는 것이었다. 병원을 옮기지 않고 처음에 있던 병원에 그대로 입원해 있었다면 분명 이런 결말은 맞지 않았을 것이다. 아니, 방사선 치료가 끝났을 때 무리를 해서라도 처음 병원으로 돌아가는 편이 나았을지도 모른다. 가족들의 마음은 분노와 슬픔과 후회로 혼란스러웠다.

처음 병원은 규모가 작아 방사선 치료 설비가 갖춰져 있지 않았다. 그래서 이 병원으로 옮겨온 것인데, 처음 병원에서는 의사와 간호사들이 아주 친절하게 대해주었다. 그들은 그의 투병을 진심으로 응원했다.

시마다가 자신의 병 상태에 의문을 품으며 의료에 불신을 갖기 시작했고, 또 그 때문에 가족관계까지 서먹해지자 그들은 가족과 함께 고민하며 이야기를 나눠주었다. 그리고 결국 그에게 암에 걸린 사실을 말해주기로 결론을 내렸는데, 의사와 간호사들은 그동안 몇 번이나 그렇게 상담에 응하며 진지하게 그의 병에 대해 함께 고민해주었다.

자신이 암에 걸렸다는 사실을 알게 된 그날 밤 시마다는 한마디 말도 없었다. 그러나 천성이 시원시원한 데다 자신이 납득하면 아무것도 두려워하지 않는 성격인 그는 다음 날부터 암에 대해 격렬한 투지를 불태우게 되었다.

이때 그의 나이 쉰다섯. 뱃일을 하다가 그만둔 지 반년째였다. 6개월 남짓 빈둥거리며 보내다가 다시 무슨 일이든 찾아 제2의 인생을 시작해보려고 생각하던 참에 암이 덮친 것이었다.

"반년이나 빈둥거리며 지냈더니 몸이 고장난 게지. 좋아, 어디 한번 덤벼봐. 내, 목숨을 걸고라도 싸워 보일 테니."

그는 아내에게 선언하고, 주치의에게는 빙긋이 웃으며 이렇게 말했다.

"선생님, 해도 안 되는 일이 있다는 것은 잘 압니다. 암으로 죽어가는 사람이 많다는 것도 알고 있습니다. 하지만 나는 암 따위에 굴복해서 벌벌 떨며 살고 싶지는 않습니다. 나는 납득이 가면 할 수 있는 데까지는 해보는 사람입니다. 그러니 더 이상 거짓말은 하지 마십시오. 가망이 없을 때, 그때가 바로 내가 죽을 때입니다."

"그럼 함께 끝까지 해봅시다."

주치의도 미소를 지으면서 고개를 끄덕이고 그의 손을 꼭 잡았다. 아내와 아들은 두 사람의 모습을 보고 안도했다. 두 사람 사이에 신뢰가 다져진 것을 확인할 수 있었기 때문이다.

그 후로 그는 가끔 막무가내로 자신의 의견을 주장하기도 했지만 주치의는 싫은 내색도 하지 않고 순순히 받아들여주었다. 최초의 대장암 수술부터 간으로 전이된 병소의 절제, 그리고 폐로 전이된 병소의 절제까지 1년 동안 세 번이나 수술을 받았지만 세 번 모두 그에게 구체적인 설명이 이루어진 후에 시행되었다.

특히 폐로 전이된 병소의 절제는 그가 의욕적으로 원해서 시행된 것이었다. 폐 전이는 첫 수술을 받고 나서 11개월 만에 발견되었다.

첫 수술 때 대장암이 꽤 진행된 상태였기 때문에 전이의 가능성은 상당히 높았다. 첫 수술을 받고 6개월이 지났을 때 간 전이가 발견되었다. 간 전이 병소는 충분히 절제할 수 있는 부위였기 때문에 그에게 설명이 이루어진 후에 절제되었다.

간 전이 병소가 절제되었지만 다음 문제는 폐 전이였다. 보통은 환자에게 알리지도 않은 채 단순히 항암제 투여를 계속하면서 때때로 방사선 조사照射가 이루어지게 마련이다. 하지만 주치의는 그와의 약속대로 암이 폐로 전이된 것이 확실하다고 밝혔다. 다행히 폐 전이 병소가 한 개뿐이라 수술도 가능하지만, 수술하지 않고 방사선이나 항암제로 치료하는 방법도 있다고 설명했다. 그리고 어떤 치료법이든 절대적이라고 장담할 수 없지만 가능성은 있다고 덧붙였다.

주치의가 볼 때 그의 병은 심각했지만, 그래도 희망만은 남겨두고 싶은 마음에서 해준 설명이었다. 어쨌든 그의 "거짓말은 하지 마십시오."라는 말에 주치의는 순순히 따랐다. 그는 그런 의사와의 관계에 만족해했다.

아내와 아들은 죽음을 저만치 앞두고 밝은 모습으로 애쓰는 그를 지켜보며 가슴이 아팠다. 하지만 어떠한 역경에도 스스로 납득이 가는 인생을 보내려고 노력하는 그에게서 눈부심도 느끼고 있었다.

큰 병원으로의 이송

그러나 신은 그의 노력을 무시했다. 폐 전이 병소를 절제하고 3개월쯤 지났을 때 그는 요통을 호소했다. 요추腰椎로 암이 전이된 것이었다. 주치의가 몇 번에 걸쳐 진통제를 처방하자 그는 격심한 요통에서 해방될 수 있었다. 그러나 통증의 근본 원인인 요추로 전이된 병소를 치료하는 것이 문제였다.

지금까지 다양한 치료를 해오는 가운데 전이가 일어난 것이었다.

주치의는 이번에도 암이 요추로 전이되어 통증이 생긴 것이라 설명하면서 치료는 여태까지 해왔던 것보다 더 강력한 화학요법을 시행하든가 아니면 방사선 치료밖에 없다고 했다. 수술은 이제 불가능했다. 치료가 한계에 이르렀던 것이다.

요추로 전이되었으며 치료 수단도 별로 없다는 말을 들은 후에도 그의 투쟁심은 꺾이지 않았다. 그 중대한 정보가 전해진 것은 어느 가을 화창한 날의 오후였다. 그는 실망하는 빛을 보이지 않고 푸른 하늘을 올려다보며 말했다.

"선생님, 기분 좋은 하늘이네요. 난 아직 이 하늘을 볼 수 있다는 것만으로도 행복합니다. 이런 푸른 하늘을 보고 있으면 다시 한번 살아야겠다는 생각이 듭니다."

말꼬리를 길게 빼는 그의 눈이 반짝였다. 그는 비장한 결의를 다지는 것이 아니었다. 눈앞에 버티고 선 벽을 떠밀어 쓰러뜨리겠다기보다 담담히 뛰어넘어 보이겠다는, 평소와 다름없는 모습이었다.

그는 방사선 치료를 선택했다. 주치의는 가족들에게 말했다.

"이제는 방사선 치료에도 많은 기대를 걸 수 없습니다. 지금까지 환자 분이 보여주셨던 삶에 대한 의지에 모든 것을 걸 수밖에요."

주치의는 그가 보여주는 삶에 대한 의지에 공감하고 있는 듯했다.

이렇게 해서 그는 자신의 희망과 선택에 의해 인생의 마지막 장소가 된 이 대도시의 큰 병원으로 이송되었다. 먼저 입원해 있던 병원의 주치의는 정중한 내용의 소개장을 써주었고, 전화로도 현재 상태를 자세히 설명해주었다. 그런데 새로 옮긴 병원의 방사선과는 따로 병실을 두고 있지 않아서 그는 어쩔 수 없이 내과에 입원하게 되었다.

그의 주치의는 이 병원 내과의 서른을 갓 넘긴 젊은 의사였다. 새로운 주치의는 다른 병원에서 치료를 받다가 옮겨온 데다 효과도 확실하지 않은 방사선 치료밖에 달리 방법이 없는 그에게 거의 관심을 주지 않았다.

진통제는 소개장에 쓰여 있는 대로 전에 있던 병원과 똑같은 것이 처방되었다. 그 덕에 그는 통증에서 어느 정도 해방될 수 있었다. 주치의는 전 주치의처럼 매일 그의 병실에 들르지 않았고, 어쩌다 얼굴을 비친다 해도 무성의한 말만 늘어놓고는 바로 나가 버렸다.

병원이 바뀌었어도 그는 본래의 성격대로 솔직하게 자기주장을 폈다. 하지만 이 병원의 주치의는 그런 환자를 달가워하지 않는 듯했다.

그와 가족들은 인정머리 없는 사람이라고 말하면서도 "침대만 빌려 쓰는 셋방살이 같은 처지이니 저러는 것도 당연하겠지."
라며 웃어넘겼다.

어차피 방사선 치료가 끝나 쑤시고 아픈 동통疼痛이 완화되면 퇴원할 예정이었다. 병원을 옮긴 다음 날부터 치료가 시작되었는데, 토요일과 일요일 휴무를 포함해 약 4주 동안 계속되었다. 중간에 방사선의 영향으로 온몸에 권태감이 밀려왔지만, 그것은 어느 정도 설명을 들어 알고 있었기 때문에 그는 불평 없이 참아냈다.

그러나 그가 선택한 방사선 요법은 안타깝게도 요추로 전이된 병소에 거의 무력했다고 할 수 있다. 방사선 조사 치료 중에도 진통제는 계속 필요했고, 조사 후에도 진통제의 양을 줄일 수가 없었다.

그는 방사선 조사 후 주체할 수 없이 느껴지는 전신의 나른함 속에서 이번 선택이 잘못된 것은 아닐까 하고 생각했지만 "평생 올바른 판단과 선택만 할 수는 없는 법이니까."라고 스스로를 위로하며 참았다.

이런 식으로 침대 위에서 꼼짝 않고 있는 한 특별히 괴로울 것은 없었다. 다행히 전에 있던 병원에서 처방한 진통제는 잘 듣고 있었다. 단지 움직이는 것이 괴로울 뿐이었다. 아니, 거기에다가 식욕도 떨어지고 있었다.

그는 이때부터 전에 있던 병원으로 돌아가는 것도, 퇴원하는 것도 모두 포기했다. 집으로 돌아가고 싶기도 했지만, 어쨌든 움직이는 것이 괴로웠다. 집으로 돌아간다 해도 덜렁 세 식구뿐이고, 하루 종일 방에 드러누워 있으면 아내는 차치하더라도 젊은 아들은 한시도 마음 편히 지내지 못할 것이다.

이 병원에서도 아내는 거의 자리를 비우지 않았고, 가끔 아들도 아내와 교대해 수발을 들어주었다. 게다가 행운인지 불행인지 이 병원의 주치의는 치료할 방법이 없는 그에게 관심을 보이지 않고 그대로 방치해두었다. 덕분에 억지로 고통이 심한 치료를 받지 않아도 되었다. 결과적으로 그는 그만큼 편안하게 보낼 수 있었다.

여기서도 충분해. 그는 그렇게 생각하기로 했다. 다양한 전이 병소와 싸움을 벌인 끝에 지금의 상태에 이르게 된 것이다. 어차피 오래가지는 못할 것이다.

그렇게 자각하고부터 이따금 그는 자신의 삶이 얼마 남지 않았을지도 모른다고 말해 아내를 울렸고, 그렇게 아내가 우는 모습을 보고는 "그래도 당신은 좋은 여자였어."라고 말하며 웃곤 했다.

또 그는 싫다는 아내를 재촉해 자신이 죽고 나면 번거로워질 중요한 서류의 정리나 명의 이전 등의 문제도 깨끗이 처리해 세상일에 대한 모든 미련을 떨쳐버렸다.

그날도 하늘은 푸르렀다

그해 11월은 흐린 날도 있었지만 맑은 날도 많았다. 침대 매트리스를 조금 세워 창밖으로 펼쳐진 푸른 하늘을 바라보면서 그는 "푸른 하늘이 참 좋군." 하고 아내가 있을 때는 몇 번이나 아내에게 말하고, 아들이 있을 때는 또 아들에게 말했다. 그리고 혼자 있을 때도 자신에게 들려주듯이 말했다.

때때로 전에 있던 병원이나 주치의가 떠올라 방사선 치료가 끝났을 때 돌아갔으면 좋았을걸 하는 마음이 들기도 했지만 이미 '지나간 버스'였고, 더구나 자신이 각오만 되어 있다면 죽을 곳은 아무래도 상관없다고 생각했다.

그는 화물선 갑판원으로 일할 때부터 자신이 언제 어디에서 죽을지 모르기 때문에 스스로 납득하는 인생만 보낼 수 있다면 죽을 장소 따위는 아무 데나 상관없다고 늘 생각하고 있었다.

시간이 흐르면서 그는 조금씩 쇠약해져가고 있었다. 그 때문에 잠들어 있을 때가 많았다. 단지 워낙 얕은 잠이라 조그만 소리에도 눈을 뜨곤 했지만, 눈을 떠도 금방 다시 침대에 가라앉듯이 잠에 빠져들었다.

잠을 자는 동안 그는 늘 배를 타고 있는 꿈을 꾸었다. 큰 파도 위에 올라탄 배가 바다로 빨려 들어가는 순간과 잠에 빠져드는 순간의 느낌이 같기 때문일까. 물론 현실 속 바다에서는 배가 곧장 태세를 정비해 파도 너머로 펼쳐져 있는 드넓은 하늘로 뱃머리를 곧추세우게 된다. 그는 그 순간이 좋았다. 파도를 하나 넘고, 넓은 하늘이 눈앞으로 다가올 때마다 전진하고 있는 자신이 느껴졌기 때문이다. 그리고 뱃머리 너머로 펼쳐지는 하늘이 푸를 때는 늘 마음이 해방되는 것을 느꼈다.

그가 푸른 하늘을 바라볼 때마다 살아 있다는 기쁨을 느끼는 것은 그 하늘이 바다 위에서 보낸 자신의 인생과 깊이 이어져 있기 때문이다. 비록 몸은 침대 위에 있었지만 창밖의 푸른 하늘을 올려다보면 마음은 늘 끝없이 펼쳐진 바다를 누볐다. 그래서 지금 푸른 하늘만 눈에 들어오면 그에게는 병원의 침대 위에서 죽는 것이나, 그의 인생 무대였던 바다 위에서 죽는 것이나 매한가지였다.

몸이 더욱 쇠약해진 그는 12월 초 어느 날 저녁이 다가올 무렵에 인생의 마지막 순간을 맞이했다. 각오한 대로 죽음이 자신에게 가까이 다가왔을 때도 결코 초조해하거나 당황하지 않았다. 죽기 이틀 전에는 거의 잠에 빠져 있었지만, 그래도 잠시나마 눈을 뜨면 평소와 다름없이 아내나 아들과 가벼운 대화를 나누었다.

죽기 전날 의식을 잃기 직전에 그는 아내와 아들에게 미소를 보내며 마른 나뭇가지처럼 앙상한 손가락으로 V자를 그려 보였다. 그것이 그가 가족과 나눈 마지막 교류였다. 사랑하는 남편, 자랑스러운 아버지, 그의 마지막 모습은 아내와 아들에게 애처로울 정도로 천진난만했다.

그런데 이 병원의 주치의가 보인, 방치에 가까운 무관심한 태도는 어쩌면 그에게 행운이었는지도 모른다. 왜냐하면 그는 자신의 의지대로 여생을 보내고 죽음을 맞이할 수 있었기 때문이다. 만약 그렇지 않고 주치의가 연명에만 관심을 두었다면 조금이라도 더 삶을 연장시킬 수 있었을지는 모르지만, 그의 몸은 점적 주사나 요도 카테터, 심전도 전극판, 산소흡입용 비닐관 등 다양한 튜브들에 구속되어 창밖에 펼쳐진 푸른 하늘을 바라볼 여유 따위는 없었을 것이다. 몸을 움직일 수 없는 상태에서 눈앞의 회색 벽만 바라보며 자신의 죽음을 지연시키는 현대 의료의 성과물들을 어쩔 수 없이 맛보아야 했을 것이다.

그의 죽음은 주치의의 임종 선언으로 확정되었고, 아내와 아들과 형제들의 눈물로 확인되었다. 유해 역시 그의 귀가만을 기다리고 있는 집으로 돌아갔어야 마땅하다. 그런데도 아내와 아들은 싸늘한 휴게실에서 가라앉을 줄 모르는 분노로 몸을 떨고 있었다.

어쩌다 일이 이 지경까지 되어버린 것일까. 그 주치의는 또 뭐지? 방치하려면 끝까지 방치해야지 죽고 나니까 갑자기 주치의 노릇을 하려고 드는 것은 도대체 무슨 심보야! 게다가 사망 진단서를 발급한다는 절대적인 권리를 이용해 병리 해부를 강요한 것은 도저히 용서할 수 없어. 이것이 협박이 아니고 무엇이란 말이야!

아들은 법정에 소송을 제기할까 하는 생각도 들었지만 만약 의사가 "사인에 의심스러운 점이 있어서 해부한 것입니다."라는 식으로 진술한다면 비전문가인 자신들이 질 것은 뻔하다. 그렇게 된다면 지금보다 더 비참한 기분만 들 것이다.

어쨌든 그때 그 순간은 한시라도 더 빨리 해부가 끝나기만을 바랐고, 일분일초라도 더 빨리 이 병원에서 벗어나고 싶은 마음만이 간절했다.

해부가 시작되고 두 시간이 흘렀다. 그 시간은 길고 무겁게 느껴졌다. 누군가 "아직 안 끝났나?"라고 말했을 때 휴게실 문이 열리면서 수술모를 쓰고 마스크를 한 주치의가 들어왔다. 그리고 적출된 장기의 일부인 간과 폐를 담은 표본 접시를 그들 앞에 내밀고, 해부해보니 수술로 절제된 병소 이외의 다른 부위에서도 새롭게 전이된 암이 발견되었으며 그의 죽음은 피할 수 없었음이 확인되었다고 말했다.

그의 죽음이 피할 수 없었다고? 그걸 누가 몰랐단 말인가? 가족들은 모두 굳은 표정으로 아무 말이 없었다.

그 후 가족들은 영안실에서 이미 관에 들어가 있는 그를 다시 만났다. 관 뚜껑의 작은 창으로 그의 얼굴을 보니 사화장死化粧을 해서 그런지 볼이 마치 살아 있는 듯 발그레했다. 또 그 얼굴은 마지막 모습 그대로 편안한 미소를 짓고 있었다. 그의 얼굴을 가만히 바라보는 동안 아내는 이런저런 생각이 들어 "미안해요."라고 말하면서 또다시 참지 못하고 몇 번을 흘려도 마르지 않는 눈물로 관을 적셨다.

가족들은 그가 잠들어 있는 관을 병원의 환자 반송용 차로 집까지 가져다 주겠다는 병원 측 제의를 단호히 거절했다. 더 이상 이 병원과는 인연을 맺고 싶지 않았기 때문이다. 그들은 생전에 그도 몇 번이나 탄 적이 있는 아들의 왜건에 관을 실었다.

집으로 돌아가는 차 안에서는 아무도 말이 없었다. 각자가 각자의 생각을 가슴에 품은 채 이리저리 흔들리는 차에 몸을 내맡기고 있을 뿐이었다. 시간이 흐르면 그를 잃은 가족들의 슬픔은 옅어질 것이다. 터무니없는 해부를 받았어도 그의 의지로 빛나는 삶과 죽음은 조금도 훼손되지 않을 것이다. 그러나 아무리 시간이 흘러도 그가 죽은 뒤 가족이 받은 상처는 결코 치유되지 않을 것이다.

그가 죽은 다음 날, 초겨울의 대기는 차갑고 깨끗했다. 그리고 하늘은 그가 좋아하는 푸른빛을 띠고 있었다.

사람은 누구나 죽고, 한번 잃은 목숨은 되돌릴 수 없다. 문제는 어떤 이유로 죽었느냐는 것이다.

병사, 자살, 타살, 사고사 등 그 이유는 실로 다양하다. 누구나 납득이 되는 죽음도 있고, 원인이 확실하지 않은 불가사의한 죽음도 있다. 변사인 경우에는 사법 해부로 그 원인을 규명한다. 그리고 형사 사건으로 발전될 수 있다. 원인이 불분명한 죽음에는 항상 타살 가능성이 존재하기 때문에 그에 대해 이루어지는 사법 해부는 누구도 의문을 갖지 않는 자연스러운 절차다.

그런데 병사의 경우는 어떨까. 병사인 경우에도 입원하고 나서 진단할 틈도 없이 바로 죽었거나, 완치되어가던 환자가 갑작스럽게 죽은 것처럼 아무도 그 죽음을 납득할 수 없을 때 병원 측과 가족의 합의하에 이루어지는 병리 해부는 정당하다.

그렇다면 이 〈협박〉에 등장하는 병리 해부는 어떨까. 우선 맨 처음에 대장암이 있었다. 그 후 암은 간, 폐, 요추로 전이되었음이 분명하고 그러한 경과를 밟아 사망에 이른 경우에는 사인을 암이라 판단하는 것은 지극히 자연스러운 일이다. 적어도 가족들로서는 납득할 수 있는 사인일 것이다. 그러나 그때 병리 해부에 연연하는 의사는 이렇게 말할지도 모른다.

"아니, 이 환자의 사인은 암이 아니라 심부전일지도 모르고, 호흡부전일지도 모릅니다. 혹은 신부전일지도 모르죠. 그러므로 사인을 확실히 할 필요가 있습니다."

확실히 전신 쇠약이 진행되면 모든 장기도 기능이 저하되기 때문에 직접적인 사인은 암이 아닐 수 있다. 예를 들면 폐렴에 의한 호흡부전일 수도 있다.

하지만 애당초 암에 걸린 데다 그 암이 발달해 온몸을 갉아먹은 결과 죽음에 이르렀다고 하면, 역시 죽음의 원인을 암으로 보는 것은 부자연스럽지 않다고 생각한다. 중요한 것은 관계자나 가족들이 납득할 수 있는 죽음이었는지의 여부다.

원래 의사도 과학자인지라 환자가 병사한 경우 자신의 진단이나 치료가 옳았는지 틀렸는지, 또 병이 어떻게 진행되어 환자가 죽음에 이르렀는지 규명하고 싶어 한다. 따라서 암에 의한 사망이라는 것을 명백히 알면서 병리 해부를 해보고 싶어 하는 것도 어쩌면 당연할지 모른다.

성 누가 간호대학장인 히노하라 시게아키 씨는 《생의 마지막을 어떻게 살 것인가》라는 저서에서 자신이 주치의였던 환자의 82퍼센트에 대해 병리 해부를 시행했다고 기술하고 있다. 히노하라 씨처럼 성실하고, 환자의 상태가 나쁠 때는 언제라도 병실로 달려가 진찰하는 의사라면 환자나 가족과 깊은 신뢰관계가 형성되어 있을 것이다.

그리고 불행히도 환자가 죽었을 때 병리 해부를 해보고 싶다고 부탁한다면 쉽게 뿌리칠 수 있는 가족도 없을 것이다. 또 가족의 입장에서도 비록 슬픔에 경황이 없기는 하지만 환자의 죽음이 조금이라도 유용했으면 하는 생각이 자연스럽게 생길지도 모른다. 그렇게 해서 도달한 82퍼센트의 해부율은 틀림없이 의료인과 환자의 가족 사이에 신뢰도를 나타내는 지표가 될 것이다.

나는 이 〈협박〉의 주치의가 근무하는 대도시 병원의 원장도 자기 병원의 해부율이 높다고 자랑하는 것을 알고 있다. 확실히 그 병원의 해부율은 주변의 다른 병원보다 높다. 그리고 그 원장은 해부율이 높은 것을 자신의 병원에 대한 환자나 가족들의 신뢰도가 높은 것으로 생각하고 있는 듯하다.

그러나 부분적일지는 몰라도 사망 진단서를 발급한다는 절대적인 권리를 무기 삼아 자행되는 병리 해부가 높은 해부율을 지탱하고 있다면, 그것은 신뢰나 병원의 수준과는 전혀 관계가 없다. 오히려 병리 해부율을 높은 수준으로 유지한다는 그 병원의 방침이 비윤리성을 나타내는 증거라고 보아야 할 것이다. 당연히 협박성 병리 해부는 허용되어서는 안 된다.

병리 해부에 관한 이야기를 한 가지 더 꼭 해두고 싶은 게 있다. 병리 해부는 모든 장기의 병변부病變部를 세밀하게 검사하는 것이기 때문에 시체의 내장기관을 모두 드러내게 된다. 내장기관을 모두 드러낸 후 절개부는 다시 봉합되기 때문에 겉으로 봐서는 별로 애처로울 게 없지만 시체의 체중은 현저히 가벼워진다. 내가 하고 싶은 말은 그것과 관계가 있다.

나는 그 이야기를 어느 작가한테서 직접 들었다. 작가가 장기이식과 관련된 좌담회에 참가했을 때 장기이식 전문의와 대화를 나누었다고 한다. 좌담회에서 병리 해부에 관한 이야기가 나왔을 때 작가가 말했다.

"병리 해부를 승낙한 가족이라도 그 시체를 들었을 때 너무 가벼워서 자신들도 모르게 슬픔에 빠질 때가 있습니다."

그러자 그 장기이식의 대가는 농담이었는지는 모르지만 웃으면서 이렇게 말했다는 것이다.

"그럼 해부가 끝난 시체 속에 모래주머니라도 넣어두면 되지 않을까요?"

아직 심장이 움직이는, 따뜻하고 부드러운 몸을 가진 뇌사환자를 '인간으로서' 사망한 것으로 보고 좀 더 신선한 장기를 이식하고 싶다고 한 그 의사에게는 이미 어떠한 생명 징후도 보이지 않는, 해부가 끝난 시체 따위는 단지 물체에 지나지 않을 것이다. 그렇기에 아무 거리낌 없이 그런 농담을 했을 것이다.

어쩌면 어떤 사람들은 뇌사를 인간의 죽음으로 납득할지도 모른다. 반면 소중한 인간의 존재가 완전히 소멸된 후에도 오랫동안 그 죽음을 받아들일 수 없는 사람도 있다. 그 장기이식의 대가인 의사는 어떤 윤리관을 갖고 있는지 모르겠다. 하지만 환자가 죽은 뒤 환자의 가족이 느낄 슬픔에 대해 아무리 당사자가 출석하지 않은 좌담회라고 해도 그런 농담으로 대응해버리는 의사의 윤리관이라면 나는 신뢰할 수 없다. 가족들이 비통한 심정을 겨우 억누르고 병리 해부에 동의해준다는 사실을 결코 잊어서는 안 된다.

장기이식과 뇌사에 관해 여기서 논할 마음은 없다. 그러나 그것들은 충분히 신중하게 검토되어야 한다. 특히 뇌사 환자로부터의 장기이식을 검토하는 각 대학의 비공개 윤리위원회는 윤리위원회 자체의 윤리성부터 먼저 따져보아야 할 것이다.

이 〈협박〉에 나오는 의사나 해부 후 시체 속에 모래주머니라도 넣어두면 되지 않겠느냐고 말하는, 그런 윤리관을 지닌 의사가 윤리위원회에서 중요한 역할을 맡지 않는다고 누가 보장할 수 있겠는가.

| 시베리아 |

밤의 병실

병원의 밤은 늘 불안한 소리들로 가득 차 있다. 낮에는 소음에 섞여 구분할 수 없던 소리들이 밤이 되면 어둠을 지배한다. 순시를 도는 간호사의 발소리, 집중치료실에서 쉬지 않고 반복되는 인공호흡기의 배기음, 수면제를 복용한 불면증 환자의 코고는 소리, 갑자기 울려 퍼지는 간호사 호출 벨소리, 그리고 고통에 찬 신음소리.

갖가지 소리 중에서도 신음소리는 많은 환자들을 불안에 빠뜨린다. 아직은 괜찮지만 머잖아 나도 저런 고통에 찬 소리를 내게 되겠지. 그런 생각을 하면 좀처럼 잠을 이루지 못하다가 어느새 아침을 맞게 된다.

한겨울의 그날 밤, 같은 병실의 환자를 불안에 몰아넣은 사람은 기노시타라는 환자였다. 예순여덟 살의 남자로 이 병원에 재입원한 지 벌써 한 달이 되어가고 있었다. 최근 열흘 동안 그는 밤만 되면 쑤시고 아픈 동통 때문에 신음소리를 냈다. 그런데 그날 밤이 그의 인격을 바꿔버리는 밤이 될 줄은 아무도 몰랐다. 그 역시 전혀 몰랐다.

그가 처음 이 병원을 찾아와 입원하게 된 것은 우상복부右上腹部에서 지속적으로 느껴지는 불쾌한 둔통鈍痛 때문이었다. 통증은 한 달 이상이나 계속되었다. 그 때문에 잠을 설치기도 하고, 때로는 악몽의 원인이 되어 날이 새면 온몸이 땀으로 흥건히 젖은 채 깨어날 때도 있었다.

이윽고 그 불쾌감은 식욕도 떨어뜨려 체중이 순식간에 줄어들었다. 그는 그때까지 자신이 참을성 많은 남자라 여기고 있었다. 실제로 그는 예순여덟 해의 인생을 살면서 만난 모든 고난을 인내심으로 이겨냈다고 자부했다. 따라서 이번에 계속되는 복통에 대해서도 그동안 어떻게든 되겠지 하고 생각했다.

하지만 이번 통증은 지금까지 가끔씩 느껴지던 통증과는 차원이 달랐다. 아무리 기를 쓰고 참아도 통증이 가벼워지기는커녕 시간이 갈수록 점점 심해질 뿐이었다. 결국 참을성에서는 자타가 공인하는 그도 무거운 발걸음으로 좋아하지도 않는 병원 문을 두드리게 되었다.

실은 병원을 좋아하지 않는다기보다 언제부턴가 의사에게 혐오감을 느껴 가능한 한 병원에는 가지 않겠다고 결심한 그였다.

시베리아의 겨울

그때가 어언 40년 전이다. 만주에서 패전을 맞은 관동군 소속의 그는 수많은 동료 병사들과 함께 소련군에 의해 시베리아에 억류되었고, 그곳에서 겨울을 몇 번이나 났다.

시베리아에서의 두 번째 겨울에 그는 위기에 처하게 되었다. 시베리아에 억류된다는 것 자체가 생명에 심각한 위협이었지만, 그의 목숨을 더욱 위협하는 사태가 벌어진 것이다. 전날부터 시작된 가벼운 구역질과 명치끝에 느껴지던 통증은 그날 아침에 더욱 심해져서 오른쪽 하복부로 퍼졌다.

통증은 시간이 흐르자 점점 더 심해졌고, 이마에 식은땀이 구슬처럼 맺혔다. 얼굴이 새파래진 채 통증을 견디다 못해 끙끙 앓는 소리를 내던 그를 군의관이 진찰하고는 그 자리에서 "이건 맹장이야."라고 말했다. 수술이 필요했다. 그러나 수술을 어떻게 받는단 말인가. 수술을 받으려면 소련인 군의관에게 몸을 맡겨야 한다.

의사라고는 해도 적국인의 손에 수술을 받는 것에는 심한 공포를 느낄 수밖에 없었다. 하지만 이대로 방치해두었다간 죽을 수밖에 없기 때문에 그는 자포자기의 심정으로 소련인 군의관에게 수술을 받는 데 동의했다.

이윽고 알몸이 된 그의 손발이 어설픈 수술대에 단단히 묶이고, 몸은 꼼짝도 할 수 없게 고정되었다. 앙상하게 마른 일본인 환자를 하늘을 찌를 듯이 큰 소련인 의사가 내려다보고 있었다. 그는 그 순간 이대로 죽어버릴지도 모른다고 생각했다.

수술은 거의 마취 없이 이루어졌기 때문에 집도를 개시하자마자 그는 극심한 공포와 고통으로 괴성에 가까운 소리를 지르면서 몇 번이나 정신을 잃었다. 따라서 수술을 받는 동안의 기억은 거의 없었다고 해도 과언이 아니다. 수술은 한 시간이 채 안 걸려서 끝났다. 지옥과 같은 시간이 지나고, 그의 생명은 연장되었다. 결코 청결하다고는 할 수 없는 수술이었지만 그는 패혈증으로 덧나는 일 없이 회복되었다. 만성적인 영양실조에도 불구하고 상당히 원시적인 생활에 익숙해져버린 육체가 세균의 번식조차 허락하지 않았던 것은 아닐까.

어쨌든 그는 위기를 넘겼다. 수술을 받는 동안 대부분 까무러쳐 있었지만, 무마취에 가까운 수술을 이겨내고 수술 후의 위기를 아무 탈 없이 넘긴 것은 그가 자신감을 갖게 된 원천이기도 했다. 하지만 의사에 대한 조건반사적인 혐오감도 그때부터 갖게 되었다.

입원은 그가 바라는 것이 아니었지만, 바라든 바라지 않든 그의 몸이 만들어낸 병이라 누구를 탓할 수도 없는 노릇이었다. 입원이 결정된 그날 밤, 평소의 인내력으로는 감당할 수 없다는 것을 안 이상 그의 마음은 새로운 운명에 몸을 맡기고 병과 싸워보겠다는 쪽으로 완전히 기울어졌다. 이런 상황에서는 의사가 좋고 싫음을 따실 형편이 아니었다.

그는 원래 마음을 빨리 바꾸는 편이었다. 인생의 어려움에 직면할 때마다 전시와 전후 시베리아 시절에 몇 번이나 사선을 넘은 것을 떠올리거나 많은 전우들이 자신보다 훨씬 젊은 나이에 죽어간 것을 생각하면, 자신의 목숨은 그때 이미 끝났다고 여겨도 전혀 이상하지 않았기 때문이다. 또 그렇게 여기면 두려울 것이 하나도 없었다. 동시에 자신은 죽을 고비에서 몇 번이나 생명을 연장시킨 사람으로서 지금의 인생은 단지 덤이라고 생각하는 겸허함도 갖추고 있었다.

그의 일상은 그러한 사고방식을 실천하듯 완고하면서도 성실했다. 그는 정원사로 일했는데, 그의 성격과 야무진 일솜씨 때문에 고객들과 동료들을 비롯해 많은 사람들의 신뢰를 받고 있었다.

간암으로 재입원

입원 후에 실시한 검사로 그를 괴롭히는 동통의 원인이 밝혀졌다. 간암이었다. 그러나 주치의는 간종양이라고만 설명하고, 간 기능 저하와 종양 때문에 수술이 아니라 보존적인 치료를 받게 될 것이라고 했다. 그는 암이라 하지 않고 종양이라고 한 의사의 말을 곧이곧대로 받아들였다. 자신은 엄연히 문외한일뿐더러 암이든 종양이든 어차피 치료는 전문가인 의사에게 맡길 수밖에 없는 노릇이었기 때문이다. 병명 따위는 아무래도 상관 없었다.

주치의는 30대 중반을 조금 넘긴, 아직 젊은 축에 속했지만 의욕적이고 자신감이 넘치는 남자였다. 그의 자신감 넘치는 모습은 믿음직스럽기도 했지만 때로는 마치 상대에게 무언가를 강요하는 듯 거만해 보이기도 했다. 하지만 환자 쪽에서 보면 조금 거만하다고는 해도 자신감이 없어 보이는 의사에게 진찰을 받기보다는 자신감에 찬 의사에게 진찰을 받는 쪽이 훨씬 낫다.

치료를 받고 나서 그의 증상은 주치의의 자신감이 말해주듯 곧바로 좋아지고 있었다. 그를 괴롭히던 동통은 전보다 한결 가벼워졌고, 떨어졌던 식욕도 되돌아왔다. 주치의는 회진할 때마다 그에게 "몸은 좀 어떠세요?"라고 의기양양하게 물어왔다. 그리고 상복부를 촉진觸診하고, 혼자 고개를 끄덕이면서 종양이 작아졌다고 설명했다.

그 사실은 스스로도 잘 알고 있었기 때문에 자연스럽게 그의 입에서 감사의 말이 나왔다. 그의 아들 또래인 주치의는 만족스러운 듯 미소를 지었다. 입원 1개월 후 그의 식욕은 정상을 되찾았고, 동통도 거의 신경 쓰이지 않을 정도가 되었다. 그리고 퇴원이 허락되었다.

집으로 돌아오자 자신이 키운 나무들이 그를 맞이해주었다. 가족들도 기쁘게 그를 맞았다. 퇴원 후 3개월 동안 통원 치료를 받았지만 평온한 날들이 이어졌다. 식목림 사이를 거닐기도 하고 근처 강에서 낚시를 즐기기도 하면서 그는 유유자적한 나날을 보낼 수 있었다.

사태가 변한 것은 그가 슬슬 정원사 일을 다시 시작해볼까 하고 생각하기 시작한, 퇴원 후 4개월째로 막 접어들었을 때였다.

그날 아침 눈을 뜬 그는 자신의 몸이 평소와 다르다는 것을 알았다. 그것은 퇴원하고 나서 바로 어제까지도 없었던 일이다. 하지만 그날 아침 처음으로 몸에 이상이 일어난 것도 아니었다. 그것은 6개월도 훨씬 전에 자신의 몸에 일어난 이상과 같았다. 그는 이전에 느꼈던 통증을 똑같은 부위에서 다시 느낀 것이다. 그리고 그 통증은 그때와 마찬가지로 날마다 심해져서 그는 재차 입원하게 되었다.

그런데 이번 통증은 처음 입원했을 때와 같은 치료를 받았는데도 전혀 가벼워지지 않았다. 그래도 얼마간은 타고난 인내심으로 버텨냈지만 통증이 너무 심해지자 결국 회진하러 온 주치의에게 진통제를 처방해달라고 요구하게 되었다.

재입원 후의 검사에서 일시적으로 축소되었던 종양이 다시 세력을 되찾아 좀처럼 치료에 반응하지 않는다는 것을 알게 된 주치의는 진통제를 사용해버리면 치료 효과를 판단하기 어려워진다고 말하면서도 좌약 진통제를 처방했다.

그때까지 별로 사용한 적이 없던 진통제는 그에게 잘 들었다.

하루 두 번 좌약을 사용하자 통증은 참을 수 있는 정도까지 가벼워졌고, 그는 다시 생기를 되찾았다.

그런데 일주일이 지나자 좌약만으로는 통증을 다스릴 수 없게 되었다. 종양이 커지고 있는 것이 분명했다. 암이 전이됨에 따라 림프절이 부어올라 주위 신경을 압박하면서 통증을 심화시키고 있었던 것이다. 온몸에 권태감이 밀려왔고, 식욕도 저하되기 시작했다. 무엇보다도 통증이 괴로웠다.

좌약이 듣지 않자 근육주사에 의한 진통제를 병용하게 되었다. 주사에 의한 진통제는 확실히 통증을 없애주었지만 머리가 멍해져서 사고력은 저하되었고, 자신의 몸이 자신의 것이 아닌 듯한 묘한 부유감浮遊感이 느껴졌다. 말하고 싶은 것이 있어도 혀가 돌아가지 않아 답답했다. 진통제의 효력이 떨어져 동통이 느껴질 때가 되어서야 머리가 본래의 상태로 되돌아왔다.

그는 진통제의 효력이 떨어져 동통을 느낄 때마다 먼 옛날 시베리아에서 지내던 일을 떠올렸다. 통증이 저절로 시베리아를 떠올리게도 했지만, 그는 자진해서 시베리아에서 지내던 일을 떠올리려고 애썼다.

확실히 그것은 소름 끼칠 정도로 끔찍한 기억이었다. 하지만 그 고난들을 이겨냈기 때문에 이 자리에 자신이 있다는 생각이 들었다. 그때에 비하면 지금의 이까짓 고통쯤이야 아무것도 아니라고 생각되었다.

이곳은 자신의 고향이고, 곁에는 아내와 가족과 친구가 있다. 마음만 먹으면 언제든 집으로 돌아갈 수 있다. 정성껏 가꾼 나무들도 있다. 그리고 말이 통하는 의사와 간호사도 있다. 환경만큼은 최고다. 앞으로는 지금의 병만 이겨내면 되는 것이다. 반드시 이겨낼 수 있을 것이다. 그는 시베리아를 떠올릴 때마다 자신감과 용기가 솟구쳤다.

통증과의 싸움

하지만 그런 용기나 자신감은 늘 순간적인 것이었다. 진통제의 효과가 완전히 사라져 통증을 참을 수 없게 되면 시베리아, 시베리아 하고 떠올려보지만 그때뿐이었다.

병마와 싸워보겠다는 용기와 자신감은 어디론가 사라져버리고, 통증 자체가 머리 전체를 점령해버려서 그 통증으로부터 해방되기만을 바라게 되었다. 그가 맞는 진통제 주사는 원칙적으로 하루 두 번 맞게 되어 있었지만, 그것만으로는 그의 통증을 충분히 가라앉혀주지 못했다.

특히 진통제의 효과가 약해지고 나서 다음 주사를 맞을 때까지 몇 시간 동안은 고통과 격렬히 싸워야 했다. 결국 그 싸움에서 진다는 것을 알고 있었지만, 시베리아에서 겪었던 일을 떠올리거나 진통제를 다량으로 맞으면 병의 회복이 더디다는 미신 따위를 되새기며 통증이 극한에 도달할 때까지 신음소리를 내면서 참았다.

그 때문에 주사를 맞고 통증이 완화되면 한꺼번에 피로가 몰려와서 잠에 빠져들게 되었다. 통증과 싸우다 보니 체력과 정신력이 턱없이 소모되었던 것이다.

앞서 말했듯이 그의 인격이 변하게 된 사건은 그가 재입원하고 나서 한 달쯤 지난 어느 날에 일어났다. 낮에 맞은 진통제의 효과가 사라지고 난 그날 밤에도 평소처럼 같은 병실에 있는 사람들을 불안하게 하는 신음소리를 낼 시간이 다가왔다. 그래도 "시베리아, 시베리아."라는 말을 주문처럼 외면서 잠시라도 참아보려고 했지만, 그때까지 오랫동안 통증과의 싸움에 지쳐 있던 그에게는 이미 인내심과 참을성이 바닥나고 없었다.

무리도 아니었다. 통증이 아직 약할 때는 지금의 인생은 덤으로 주어진 것과 같아서 자신을 괴롭히는 병이 불치병이라 해도 '그렇게 아등바등할 건 없잖아? 멋지게 이겨내면 되지 뭐.' 하고 생각할 수 있었지만, 통증의 정도가 심해지고 나서는 심신이 통증과의 싸움에 모든 정력을 쏟게 되었던 것이다. 통증과 싸우며 한창 신음소리를 내고 있을 때는 자신의 삶도, 가족도, 그렇게 애지중지하는 나무도 모두 거들떠보기조차 싫어진다.

그날 밤에도 통증이 심해지자 조금은 참을 수 있었지만, 다른 때처럼 버텨보아야겠다는 마음은 생기지 않았다.

그래서 결국 당직 간호사에게 주사를 놓아달라고 요구하게 되었다. 간호사는 다른 때보다 일찍 주사를 맞고 싶어 하는 그를 별다르게 생각하지 않았다. 그녀는 몇 차례의 주사로 완전히 딱딱해져버린 그의 오른팔 근육에 주사를 놓아주었다.

10분 후 그는 통증에서 해방되어 잠이 들었다. 그리고 같은 병실에서 지내는 사람들도 신음소리에서 해방되어 안심하고 잠을 잘 수 있게 되었다.

이윽고 그가 다시 통증 때문에 눈을 뜬 것은 자정 무렵이었다. 다른 때 같으면 어둠이 걷힐 때까지 어떻게든 잠을 자고 있었을 텐데 그날은 주사를 맞은 지 겨우 세 시간 만에 눈을 뜬 것이다. 진통제가 바뀌었나? 아니, 간호사는 평소와 같은 진통제를 놓아주었을 것이다.

그렇다면 통증의 정도가 심해졌다고밖에 생각할 수 없다. 그는 어두운 병실에서 곤히 잠든 다른 환자들의 숨소리를 들으며, 지금까지와는 비교가 안 될 정도의 강력한 힘으로 자신을 짓누르려고 하는 통증에 문득 소름끼치는 공포를 느꼈다.

여전히 그리고 앞으로도 점점 심해지는 통증과 싸움을 계속해야 한단 말인가. 그는 이때 처음으로 지금까지 느껴본 적이 없는 절망을 머릿속 가득히 느꼈다. 그러자 전날까지는 신음소리를 내면서도 그럭저럭 참을 수 있었던 통증이 이제 어쩔 도리가 없는 기세로 그를 덮쳐왔다. 공포를 이겨낼 수 없었던 그는 자기도 모르게 간호사 호출 버튼을 눌렀다.

한밤중에 간호사 스테이션에 벨소리가 울려 퍼졌다. 지금까지 그 시간에 그의 병실에서 간호사 호출 버튼을 누른 적은 한 번도 없었다. 간호사는 황급히 그의 병실로 뛰어갔다. 그는 공포로 인해 창백한 얼굴에 경련까지 일으키며 통증을 호소했다.

그런데 그가 통증 때문에 호소하는 것을 안 간호사는 그까짓 걸로 뭘 그리 난리를 피우느냐는 표정으로 타이르듯이 말했다.

"주사 맞은 지 얼마 안 되었으니 조금만 더 참아보세요."

그의 통증 호소를 심각하게 받아들이지 않았던 것이다.

그는 고통으로 얼굴을 잔뜩 일그러뜨리면서 애원했다.

"정말로 아파서 그러니 주사를 놔주세요."

그의 진지한 모습에 당황한 간호사는 당직의에게 물어보고 올 테니 조금만 기다려달라는 말을 남기고 병실에서 나갔다. 그는 신음소리를 내면서 당직의가 오기만을 기다렸다.

간호사가 병실에서 나간 지 10분쯤 지나 당직의가 찾아왔다. 그동안의 시간은 정신이 까마득해질 정도로 길게 느껴졌다. 이대로 통증 때문에 목숨을 잃는 것은 아닌가 하는 생각조차 들었다. 잠에서 덜 깬 표정의 당직의를 향해 그는 지푸라기라도 잡는 심정으로, 그러나 가까스로 감정을 억누르면서 말했다.

"선생님, 주무실 시간에 정말 죄송합니다. 통증이 너무 심해서 참을 수가 없었습니다. 주사를 좀 놔주세요. 제발 부탁합니다."

그의 필사적인 호소를 듣고 당직의는 '알겠다.'는 대답 대신 이렇게 말했다.

"주사를 놓은 지 얼마 되지 않은 것 같은데요. 같은 주사를 몇 번씩 계속해서 맞는 건 좋지 않습니다. 환자 분께서 괴롭다는 건 알지만, 세상에는 환자 분보다 더 괴로운 사람이 많습니다. 조금만 참으세요."

그는 이런 참혹한 통증에 시달리면서까지 설교를 듣게 되리라고는 상상도 하지 못했다. 정말 미치기 일보 직전까지 참아오지 않았는가. 그는 자신도 모르게 버럭 화가 났다.

"선생, 아픈 건 나요. 다른 사람이 어떤지는 모르지만 나는 지금 도저히 참을 수가 없단 말이오! 제발 어떻게 좀 해달라니까!"

그는 분노를 담아 항의했다. 그러자 당직의는 곤혹스런 표정을 지었다. 그는 그 표정을 보고는 곧바로 고개 숙여 사과했다. 싫어도 의사에게 매달릴 수밖에 없었다.

"선생님, 죄송합니다. 너무 아파서 그만……. 도와주십시오. 제발 주사 좀 놔주세요."

그는 양손을 모으고 눈앞에 자신을 위압하듯 서 있는 당직의를 향해 몇 번이나 고개를 숙였다. 당직의는 자신의 설득이 소용없었다는 것과 그의 태도에 못마땅한 기색이었다. 의사는 불쾌한 목소리로 "알겠습니다."라고 내뱉듯이 말하다니 병실에서 나갔다.

자존심이 강했던 남자의 최후

그는 버림받은 아이처럼 비참한 기분이었다. 자신의 인생을 지탱해온 자신감과 자존심이 산산이 부서지고 있었다. 그러나 그런 것은 아무래도 상관없었다. 이 통증만 멈추게 할 수 있다면 의사나 간호사의 발밑에 무릎이라도 꿇고 싶은 심정이었다. 그는 진심으로 그렇게 생각했다.

당직의가 나가고 나서 곧바로 주사기를 든 간호사가 신음소리를 내고 있는 그의 병실로 얼굴을 찡그리면서 들어왔다. 그는 "아아, 고마워요."라면서 그 주사를 맞았다.

하지만 15분이 지나고, 30분이 지나도 통증은 줄어들지 않았다. 아니 통증이 줄어들지 않는 것은 당연했다. 그가 맞은 주사는 평소의 진통제가 아니라 단순한 증류수였기 때문이다. 당직의는 그의 통증 호소를 진짜로 받아들이지 않고 진통제 의존증에 의한 허위 호소라 판단했다. 그래서 진통제 의존증 환자에게 종종 주사하는 증류수를 놓아주라고 간호사에게 지시했던 것이다. 그의 증상을 정확하게 판단했다면 그 고통에 찬 호소를 이해할 수 있었을 텐데 말이다.

얼마 안 있어 그도 자신이 맞은 주사가 진통제가 아니라는 것을 알았다. 그는 격렬한 통증을 느끼며 이때 비로소 정확한 상황을 이해할 수 있었다. 주치의는 병이 아직 치료 가능하거나 새로운 치료법이 효과가 있다고 생각한 시기까지만 그에게 관심을 가졌다. 그때까지만 병의 상태나 치료에 대해 분명하게 설명해 준다든지 자신감에 차서 의술을 펼쳤던 것이다. 그러나 병이 재발해 재입원하고 나서 받은 치료는 더 이상 그의 암종癌腫에 아무 도움도 되지 않았다.

주치의는 자신의 치료가 아무 소용이 없다는 것을 알고 나서는 그에게서 관심을 끊었다. 회진하러 오는 주치의는 그의 눈을 똑바로 쳐다보려고도 하지 않고 목소리만 크게 해서 위로의 말을 던지고는 병실에서 총총히 나가 버렸다.

주치의의 관심은 그의 존재 자체가 아니라 그가 몸에 지닌 암에만 있었던 것이다. 주치의는 자신이 능력을 발휘할 수 있는 동안만 암의 주인인 그에게 성실했다. 하지만 암이 자신의 영향권에서 벗어나자 그는 단지 통증만을 호소하는 성가신 환자에 지나지 않았다. 그는 지금 이 병원에서 단지 생명이 꺼질 때까지 적당히 진통제나 놓아주면 되는 존재일 뿐이었다.

증류수로 통증을 가라앉힐 수 없었던 그는 그 후 몇 번이나 간호사 호출 버튼을 눌러댄 끝에 다시 주사를 맞았다. 그러나 그것도 진통제가 아닌 강한 진정제였다.

그는 통증에 계속 시달리며 악몽 같던 시베리아에서의 일들을 떠올렸다. 그리고 시베리아는 최악이었지만 여기도 시베리아에 못지않다는 생각을 했다. 그는 고통에 몸부림치면서 아침을 맞았다. 담요를 바싹 끌어당겨 덮고 있었는데도 목 언저리에

와 닿는 차가운 겨울 공기는 시베리아의 한기처럼 그의 몸과 마음을 싸늘하게 얼려버렸다.

이날 밤을 경계로 그는 같은 병실 사람들에게 피해를 준다는 이유로 1인실로 옮겨졌다. 진통제 사용은 하루 두 번에서 세 번으로 늘어났지만, 병의 악화에 따라 동통도 심해졌기 때문에 그것이 효력을 발휘하는 시간은 오히려 짧아졌다. 그가 통증으로 괴로워하는 시간과 통증이 몰고 오는 다양한 공포에 시달리는 시간은 상대적으로 늘어났다.

그 때문인지 1인실로 옮기고 나서 성실하고 자존심이 강한 그의 성격은 완전히 바뀌어버렸다. 고통에 얼굴을 일그러뜨리고 신음하면서도 잘 참아내던 그가 벌벌 떨면서 오로지 진통제 주사만을 기다리는 비굴한 남자로 변해버렸던 것이다. 그의 눈은 그때까지의 평온한 빛을 잃고 그저 멍하니 허공만 바라보고 있을 뿐이었다.

그리고 그로부터 8일째가 되자 그는 병상에서 일어나지 못하게 되었다. 11일째 되는 날 아침에는 혈압이 떨어졌고, 의식도 혼미해졌다.

그날 밤, 마지막까지 통증으로 얼굴을 일그러뜨리면서 그는 이 세상을 떠났다. 그의 마지막 모습이 지난날 시베리아에서 차례차례 죽어간 동료들과 얼마나 차이가 있었을까. 그 차이라면 그가 죽은 일본이라는 곳은 평화롭고, 그가 임종한 침대 곁에는 가족과 친구들이 있었다는 것뿐이었으리라.

말기 암 환자가 모두 통증을 호소하는 것은 아니다. 실제로 동통 때문에 괴로워하는 암 환자는 전체의 3분의 2로 알려져 있다. 또 동통을 호소하는 환자가 모두 극심한 통증을 경험하는 것도 아니다. 하지만 통증 때문에 죽어버리고 싶다고 생각할 정도로 괴로움을 호소하는 환자는 틀림없이 존재한다.

그러나 임상 현장에서는 믿기 어려울 정도로 의사들이 말기 암 환자의 고통에 무관심하고, 동통 대책도 불충분하기 짝이 없는 게 현실이다. 아니 동통 대책이 불충분하다기보다는 다양한 제통법除痛法이 있는데도 그것들을 알려고 하지 않기 때문은 아닌가 하는 생각조차 든다.

예를 들면 암성 동통에 대한 모르핀의 유효성과 안전성은 충분히 입증되었고, 그것을 제대로 사용하면 이 이야기에 나오는 주인공처럼 성격이 바뀔 정도로 통증에 시달릴 필요가 없다. 그런데도 아직까지 모르핀 중독의 미신을 믿는 의사들 때문에 환자의 고통이 방치되고 있다. 그러한 실태를 보고 있으면 의사들의 관심이 환자 자체가 아니라 암에만 가 있다는 의견에 동의하지 않을 수 없다. 또 그러한 병원에 입원해 있는 말기 암 환자는 불쌍하다고밖에 달리 표현할 길이 없다.

그런데 암 환자가 호소하는 고통이 모두 암 자체로부터 기인하는 것은 아니다. 물론 고통의 대부분은 암 종양 때문에 생기는 것이고, 암 종양이 커지면서 주위 기관을 압박하거나 신경으로 차츰 퍼져 나가는 것 등에 기인한다. 그 밖에 호소하는 고통은 이 이야기에 나오는 것처럼 육체적인 고통이라기보다 날로 쇠약해져가는 자신의 상태에 대한 불안이나 고독, 공포 등에 따른 심리적, 정신적 고통이다. 그러한 심리적, 정신적 고통을 육체적인 고통으로 호소하는 경우도 있는 것이다.

이런 에피소드도 있다.

어느 대학병원에 여성 암 환자가 입원해 있었다. 그녀의 암은 말기 유방암이었고, 늘 심한 동통을 호소했다. 그녀는 하루에도 몇 번씩 진통제 주사를 요구했다. 그런 그녀가 더 이상 치료 수단이 없다는 이유로 시내의 다른 병원으로 보내졌다. 하지만 그것은 그럴듯한 핑계에 지나지 않았다. 그녀를 그저 성가신 물건 처리하듯 다른 병원으로 보내버린 것이었다.

그러나 병원을 옮긴 것이 그녀에게는 행운이었다고 할 수 있다. 왜냐하면 그 병원에는 그녀와 같은 말기 암 환자도 여느 환자와 똑같이 간호해주는 간호사들이 있었기 때문이다. 그녀는 병원을 옮긴 후에도 대학병원에 있을 때와 마찬가지로 자주 동통을 호소하며 진통제 주사를 요구했다.

그러던 어느 날 고통을 호소하는 그녀에게 어느 간호사가 진통제 주사 대신 한 잔의 뜨거운 커피를 들고 갔다. 간호사는 커피를 권하며 환자의 이런저런 호소를 진심으로 들어주었다. 그 다음 날부터 그녀가 고통을 호소하는 일이 줄어들었을 뿐만 아니라 진통제 사용도 격감되었다. 물론 이 이야기는 실화다.

그러나 일본에서는 이런 의료 현장이 손가락으로 꼽을 정도로 적을 것이다. 어느 병원이나 분주하게 돌아가는 데다 대부분 말기 암 환자가 방치되어 있기 때문이다.

나는 앞으로도 계속 같은 주장을 펼칠 생각이지만, 일반 병원은 사람이 죽기에 알맞은 장소가 아니라는 것을 우선 독자 여러분께 알려드리고 싶다. 지금 잠깐만이라도 나의 이 생각에 동의해주셨으면 한다.

| 소 원 |

화산 모양의 직장암

그 할머니가 혈변을 호소하며 병원 외래 진료실을 찾은 것은 3년 전 일이었다. 6월 장마철, 비는 내리지 않았지만 잔뜩 찌푸린 하늘에 습기가 많은 날이었다.

그녀의 허리는 수십 년 동안 농사를 지으며 완전히 굽어버려서 마치 하루 종일 누군가를 향해 공손하게 인사하고 있는 것 같았다. 작고 야윈 그녀의 몸은 허리를 쭉 편다 해도 140센티미터 정도밖에 안 될 것이다. 몸집은 작지만 건강한 체질이라 지금도 밭에 나가 일한다는, 일흔다섯 살 먹은 할머니의 얼굴은 햇볕에 그을려 검게 빛나고 있었다.

그녀는 햇볕에 검게 그을린 주름투성이의 얼굴로 수줍어하면서 의사에게 병원에 온 이유를 설명했다.

누구나 그녀의 표정을 보고 있으면 그녀가 소박하고 사랑스러운 사람임을 알 것이다. 실제로 이 병원에 올 때까지 그녀는 집안에서 유능한 일꾼이자 다정한 할머니로서 확고한 위치를 차지하고 있었다.

그녀는 미안해하면서 말했다.

"촌 할망구가 귀찮게 해드리는구려."

그러고는 진찰대 위에 누워 속옷을 벗었다. 앙상하고 하얀 엉덩이가 드러났다. 의사는 그녀를 진찰하기 시작했는데, 10초도 지나지 않아 어떤 병에 걸렸는지 알 수 있었다. 설령 아무리 미숙한 애송이 의사라도 마찬가지였을 것이다.

의사가 마취제 성분의 젤리가 잔뜩 묻은 고무장갑을 끼고 집게손가락을 그녀의 항문에서 직장直腸으로 밀어 넣자, 항문에서 5센티미터도 안 되는 거리의 직장에서 우둘투둘하고 가운데가 움푹 들어간 종양이 만져졌기 때문이다. 그것은 틀림없이 직장암이었다. 집게손가락이 닿는 범위의 직장 안을 한 바퀴 훑고 손가락을 항문에서 빼내자 고무장갑 끝에 응혈凝血이 묻어 있었다.

의사는 그녀의 기분을 고려해 조금 느릿한 말투로 혈액이 묻어 있는 손가락 끝을 보여주면서 말했다.

"할머니, 직장에 궤양이 생겼네요."

그리고 옷을 다시 입고 진찰용 의자에 앉은 그녀와 진찰실 밖에서 기다리다가 불려 들어와 그녀 옆에 앉은 가족들에게 직장에 궤양성 병변이 있고, 대장 내시경 검사가 필요하다는 설명을 또 한 번 해주었다.

"그냥 약으로는 치료할 수 없나요?"

불안해하며 묻는 그녀와 가족들에게 의사가 대답했다.

"그건 내시경으로 자세히 관찰한 뒤 조직을 검사해봐야 확실히 알 수 있겠지만 수술할 가능성이 높다고 생각합니다."

그러고 나서 사흘 후 내시경 검사가 이루어졌다. 항문으로 삽입된 내시경은 어렵지 않게 직장암을 찾아냈다. 모양이 마치 화산 같았다. 울퉁불퉁한 바위, 가운데가 크게 함몰된 분화구, 암궤양 바닥은 정말이지 화산의 분화구를 보는 것 같았다.

아직 암궤양을 본 적이 없는 사람이라면 가운데가 뻥 뚫리고 마그마가 질척질척 묻어 있는 화산의 분화구를 떠올리면 될 것이다. 진단을 재확인하기 위해 화산의 바위와 분화구에서 조직이 채취되었다. 왜냐하면 그 분화구 같은 모습을 하고 있는 궤양이 암인 것은 분명했기 때문이다.

그리고 일주일 후 그녀와 가족들에게 조직 검사 결과가 통보되었다. 진료를 담당한 의사가 말했다.

"내시경을 사용해 채취한 조직의 일부에 암으로 발전하는 세포가 있고, 이대로 방치하면 결국 암이 될 것입니다. 약물 치료로 암의 진행을 막기는 곤란하고, 수술로 병소를 절제하는 방법이 최선이자 꼭 필요한 치료입니다."

이야기를 들은 그녀는 눈물을 글썽이면서 "약으로는 도저히 안 되겠수?" 하고 몇 번이나 확인하듯 물었지만 현실을 바꿀 수는 없었다. 그녀는 허리가 굽은 작은 몸이 더욱 작게 느껴질 정도로 어깨를 축 늘어뜨린 채 다 죽어가는 목소리로 말했다.

"나도 이제 나이가 있으니 수술을 받아야 할지 말아야 할지 하룻밤만이라도 생각할 시간을 주시구려."

의사는 "수술을 받지 않으면 궤양 부위에서 피가 계속 나거나 암이 더욱 증식해 장을 막아버릴 수도 있습니다. 그러면 고통 속에서 목숨을 잃을 수도 있으니 잘 생각해보시기 바랍니다."라고 대답했다.

다음 날 가족들의 설득도 있고 해서 그녀는 마침내 중대한 결심을 하고 다시 외래 진료실을 찾았다. 진료를 담당한 의사는 수술을 받기로 한 사실을 그녀의 표정을 통해 미리 알 수 있었다. 그녀는 젊었을 때 꽤 귀여운 사람이었음을 추측케 하는 미소를 떠올리면서 후련한 표정으로 말했다.

"선생님, 잘 부탁드려요."

슬픔을 넘어

그녀는 입원 후 약 일주일 동안 심장, 폐, 신장, 간 등의 기능 검사를 받았다. 그 결과 그녀의 신체 연령은 겉모습이니 나이에 비해 훨씬 젊어서 전신 마취 수술을 충분히 견뎌낼 수 있는 것으로 판정되었다.

수술 전날 인공항문을 조성할 부위가 그녀의 왼쪽 아랫배에 표시되었다. 그녀는 그곳에서 변이 나온다고 생각하자 꺼림칙해지면서 또다시 서글픈 기분에 사로잡혔다. 하지만 입원 후에도 항문에서 계속 피가 나오고, 배변을 볼 때의 불쾌감도 점점 심해지자 어쩔 수 없이 인공항문을 받아들이기로 했다.

입원 후 8일째 되는 날 직장암 수술을 받았다. 인공항문이 예정대로 조성되고, 기존의 항문은 직장과 함께 절제된 뒤 폐쇄되었다.

앞으로 그녀의 배설은 이 인공항문을 통해 이루어질 것이다. 물론 인공항문은 자신의 의지대로 개폐할 수 있는 것이 아니기 때문에 언제 나올지 모르는 변에 대비해 비닐봉투가 마련되었다.

처음에 그녀는 그 나이에 새로운 사태에 익숙해져야 한다는 사실에 서글퍼하며 수술을 권한 의사를 원망하기도 하고, 자신의 운명을 한탄하며 눈물을 흘리기도 했다.

하지만 하루에도 몇 번이나 비닐봉투를 바꾸는 일이 자신의 의지와는 상관없이 일상적으로 이루어지자 퇴원할 무렵에는 체념이라도 한 듯 담담했다.

그녀는 수술 후 4주 만에 퇴원해 가족들이 기다리는 그리운 집으로 돌아가게 되었다. 퇴원하고 나서도 2주일에 한 번은 항암제 치료를 받아야 했다. 그녀는 특별히 달라질 이유도 없었지만. 평소와 다름없이 허리를 구부린 채 마치 땅바닥을 기듯이 통원치료를 받으러 다녔다.

인간의 몸은 간혹 단순하고 기계적인 경우도 있지만 대개는 우리의 상상을 훌쩍 뛰어넘는다. 희한하게도 그녀는 퇴원하고 나서 6개월쯤 지나자 처음에는 하루에도 몇 번씩 인공항문으로 변을 보던 것이 하루에 한 번으로 끝나게 되었다. 그것도 거의 오전 중에 배변이 이루어져 일상생활을 하는 데 아무 불편을 느낄 수 없게 되었다.

그리고 목욕도 할 수 있게 되었는데, 그녀는 가족들을 배려해 늘 맨 나중에 욕조에 들어갔다.

또 이 무렵에는 핑크색을 띤 작은 인공항문을 보고 있어도 전처럼 싫다거나 거부감이 느껴지지는 않았다. 인공항문은 이제 그녀의 일상생활을 지탱해주는 소중한 몸의 일부로 승격해 있었던 것이다.

2주에 한 번 병원을 찾는 것과 하루 세 번 약을 복용하는 것, 그리고 오전 중에 한 번 인공항문용 비닐봉투를 교환하는 것만 그녀의 일상생활에 추가되었을 뿐, 그녀에겐 수술을 받기 전처럼 밭에 나가 김을 매거나 마당을 청소하는 등의 일이 되풀이되었다. 그렇게 평범한 나날은 2년 동안 이어졌다.

재발

수술을 받고 나서 3년이 지난 어느 날, 처음 이 병원을 찾았을 때와 같은 눅눅한 장마철이었다. 그녀는 원래의 항문부에 이상이 생겼다는 것을 알게 되었다. 그 무렵부터 속옷에 갈색 핏자국 같은 것이 묻어났기 때문이다.

처음에는 대하帶下(여성의 질에서 나오는 흰색이나 누런색 또는 붉은색의 점액성 물질)가 아닐까 생각했다. 그러나 곧 위치가 조금 다르다는 것을 알았다. 그것이 지금은 없어진 원래의 항문부와 일치했던 것이다. 다시 상처가 곪은 것인가 하는 생각이 들었지만 별다른 통증도 없어서 그녀는 별로 신경 쓰지 않았다.

그녀는 평소와 마찬가지로 병원에서 진찰을 받았지만 그것에 대해서는 자신도 모르게 말할 기회를 놓쳐버릴 정도로 대수롭지 않게 여겼다. 그러다가 결국 외래 담당 의사에게 원래의 항문부에 이상이 생겼다는 말을 꺼낸 것은 속옷이 더러워지기 시작하고 한 달이 지나서였다.

진찰을 끝낸 의사는 별로 놀라지도 않았다. 그는 수술로 폐쇄된 피부가 염증을 일으켜 짓물렀을 뿐이니 걱정하지 않아도 된다고 설명하고, 상처 부위에 바르라면서 소염제가 들어 있는 연고를 처방해주었다.

그곳을 자신의 눈으로 직접 볼 수 없는 그녀는 지금까지 그래 왔듯 의사의 말을 순순히 믿었다. 통원 치료를 받으러 병원에 가서 그녀처럼 인공항문을 단 환자들을 여럿 만났는데, 그들도 같은 약을 복용한다는 사실을 알았고, 그 사람들의 이야기를 종합해보니 자신도 직장암에 걸렸던 게 확실하구나 하고 납득할 수 있었기 때문이다.

그러니까 그녀는 수술을 받은 이후로 아직까지 이 병원의 의사를 한 번도 의심해보지 않았던 것이다. 예를 들어 의사가 "재발을 예방하는 약입니다."라고 말하면 처방받은 약을 장기간 복용해도 아무런 거부감을 느끼지 않았다. 인공항문이라는 부자유스러운 것이 생겨버렸지만 지금은 익숙해졌고, 수술을 받고 나서 2년이나 더 살았기 때문에 담당 의사를 충분히 신뢰할 수 있다고 생각했던 것이다.

그녀가 처방받은 연고를 하루에 두 번 정도 바르기 시작하고 얼마 지나지 않아서였다. 의사는 그녀에게는 비밀로 하고 가족들과 몰래 만났다.

외래 업무가 끝나 조용한 진료실에서 의사는 가족들에게 "유감스럽지만……."이라고 운을 뗀 뒤 그녀의 원래 항문부에 암의 국소 재발이 일어나고 있다는 사실을 알렸다. 그리고 효과는 별로 없을지도 모르지만 항암제가 들어간 연고를 처방하고 있다는 말도 했다.

그녀의 암이 재발할 가능성이 높다는 것은 수술이 종료된 시점에 의사로부터 충분히 들어서 알고 있었지만, 수술을 받고 나서 2년 이상이나 무사히 지냈던 만큼 가족들은 놀라움을 감출 수 없었다.

"더 이상 치료할 방법은 없나요?"

가족들이 묻자 의사는 국소 재발 부위에 방사선을 쬐어 그 부위를 축소시키거나 암의 진행을 억제하는 것은 가능하다고 대답했다. 그리고 그녀의 집이 풍족하지 않다는 것을 알고 있던 의사가 오히려 가족들에게 자문을 구하듯 물었다.

"저희 병원에는 방사선 치료 설비가 없습니다. 조금 먼 다른 병원에 다니며 치료를 받으시든가 아예 그쪽에 입원해서 치료를 받으셔야 하는데 어떻게 하시겠습니까?"

확실히 농사를 짓는 그녀의 집은 가난했지만, 가족으로서는 경제적 부담이 가중된다 해도 방사선 조사라는 치료법이 있다는 것을 안 이상 그것을 무시할 수는 없었다.

방사선 조사에 대해 그녀에게는 난치성 피부염이어서 전기로 태우는 것이라고 설명해주었다. 그녀도 그 말을 순순히 믿었다. 일흔여덟 살 생일 때 그녀는 마지막으로 적극적인 치료를 받게 된 것이다. 소개를 받아 입원한 병원은 그때까지 치료를 받으러 다니던 병원에 비하면 규모가 훨씬 컸지만 기분은 결코 좋지 않았다.

그곳에서는 모든 사람들이 무척이나 바쁘게 움직이고 있어서 나이를 많이 먹은 데다 동작이 굼뜬 그녀는 늘 주뼛주뼛하며 기를 펴지 못했기 때문이다. 그래도 어쨌든 한 달이 지나자 재발 부위에 대한 방사선 치료가 끝났다. 그녀는 마침내 이 기분 나쁜 병원에서 퇴원할 수 있었다.

그런데 그녀는 이 치료를 실패한 것으로 생각했다. 왜냐하면 방사선 치료를 받기 전에는 느낄 수 없었던 따끔따끔한 통증이 출현했기 때문이다. 무리도 아니었다. 그것은 방사선으로 말미암은 화상이었다.

컴퓨터 단층촬영 사진에는 재발 부위의 피부 아래에 퍼져 있던 암종의 크기가 확연하게 축소된 것으로 나타났다. 방사선 치료는 확실히 효과가 있었다.

그러나 방사선은 암세포가 없던 음부의 민감한 피부에도 직접 작용해서 음부가 새빨갛게 짓무르는 미란靡爛이 형성되어버렸던 것이다. 그 통증 때문에 그녀는 하루에도 두 번이나 좌약형 진통제를 필요로 하게 되었고, 매일 그 따끔따끔한 음부도 치료를 받아야 했다.

그녀는 자신이 어떤 치료를 받는지 정확한 설명을 듣지 못했다. 더군다나 난치성 피부염 치료인 줄로만 알았던 방사선 조사로 인해 부분적으로는 치료 전보다 더 나빠지고 말았다. 따라서 그녀가 이 방사선 치료를 실패로 생각했다 해도 무리는 아닐 것이다. 치료에 대한 그녀의 불신이 조금씩 싹트게 된 것은 이 무렵부터였다.

재입원 후의 경과

그녀는 전에 다니던 병원으로 다시 돌아갔다. 처음에는 매일 통원하며 음부의 미란을 치료받았는데, 일주일이나 계속되자 완전히 지쳐버려서 재입원하게 되었다.

방사선 조사에 의해 2차적으로 발생한 음부 미란은 실제로 난치성이었다. 매일 치료를 받을 때마다 먼저 진통제를 사용하는데도 그녀는 이를 악물고 눈물을 흘리지 않으면 안 되었다. 그래도 처음에는 빨갛게 짓물러서 소독용 탐폰이 닿기만 해도 피가 나던 미란은 한 달쯤 지나자 거무스름한 색소 침착과 축소된 얕은 상처만 남기게 되었다.

하지만 이 한 달 동안 그녀가 받은 충격으로 인해 그녀의 정신은 심하게 황폐화되었다. 신뢰하며 받은 치료가 치료 전보다도 상태를 악화시켰을 뿐만 아니라, 미란에 대한 치료는 짧은 시간에 이루어지기는 했지만 강한 동통을 유발했고, 치료가 초래하는 동통에 대한 공포 때문에 늘 벌벌 떨어야만 했기 때문이다.

그전에는 사랑스러운 느낌마저 주던, 온화하고 이지적이던 그녀의 표정은 미란이 가벼워지는 것과 반비례해 조금씩 음울해졌다. 그리고 무엇보다 우선 가벼운 환각에 시달리게 되었다. 처음에는 주변 사람들도 모를 정도였다. 그녀 자신도 환각임을 알고는 곧바로 정신을 가다듬었기 때문에 그런 증상이 있다는 사실을 아무도 눈치 채지 못했다.

하지만 얼마 후 모두가 그녀에게 환각증세가 있다는 것을 알게 되었다. 그러는 사이 정작 본인은 그것을 환각이라고 생각하지 않게 되었다.

그 무렵 그녀는 이미 10여 년 전에 타계한 남편의 모습을 종종 보게 되었다. 남편은 그녀의 침대 머리맡에 조용히 서 있거나 옆에 앉아 있곤 했다. 가족들은 정신이 이상해졌다며 그녀의 존재를 못마땅하게 생각하게 되었다.

게다가 여태까지 눈물을 쏟아내면서도 회진 때의 치료를 필사적으로 참아내던 것과는 달리 그녀는 의사가 간호사와 함께 병실에 들어서면 몸을 떨었다. 미란 자체는 꽤 상태가 좋아져서 통증도 처음에 비하면 훨씬 가벼워졌을 텐데, 치료가 시작되자마자 "이제 그만해!"라고 소리치며 난동을 부리게 되었다. 처음에는 다기찰 정도로 고통을 잘 참아내던 그녀가 완전히 달라지고 말았다.

그리고 치료가 끝나면 꼭 "이제 병이 낫지 않는다는 걸 알아. 남편이 기다리고 있는 집으로 돌아가고 싶어. 돌아가게 해줘!" 하고 소리를 지르는 것이었다. 하지만 그런 난동이나 아우성의 폭풍은 회진을 전후한 짧은 순간에만 일어났다. 폭풍이 사라지고 안정을 되찾았을 때 치료가 반드시 필요하다는 것, 집에서 치료하기 위해서는 매일 왕진해야 한다는 것, 그리고 이 병원에서는 매일 왕진이 불가능하다는 것 등을 설명해주면 그녀는 "알았어."라며 고개를 끄덕였다.

그녀의 머릿속엔 제정신과 광기가 혼재해 있었다. 치료 때의 광기는 발작적인 것이어서 치료가 끝나면 바로 가라앉아 제정신으로 돌아왔는데, 한 인격이 보이는 이런 급격한 변화는 인간의 불가사의함을 느끼게 했다. 그녀는 매일 광란과 평정과 환각 속에서 지냈다. 그럼에도 불구하고 방사선으로 인한 상처는 더디긴 해도 꾸준히 나아가고 있었다.

하지만 불행은 계속되었다. 단지 그녀의 경우는 새로운 불행이 연달아 일어났다기보다 '현실적인 일'이 자연의 경과를 따랐을 뿐이라고 해야 할 것이다. 그 현실적인 일은 방사선 화상 부위의 미란이 말라서 통증을 동반하는 치료가 필요 없게 되자 마침내 다시 집으로 돌아갈 수 있는 것은 아닌가 하고 생각되던 차에 일어났다. 물론 그녀에게 환각은 계속되고 있었다.

먼저 거무스름한 색소 침착을 남기며 건조해진 음부로부터 원래의 항문부에 이르는 피부에 습진 같은 작은 발적發赤이 몇 군데 나타났다. 그리고 곧 그것들이 서로 결합해 다시 가벼운 미란을 형성하게 되었다.

주치의는 처음에 미란이 충분히 마르지 않았기 때문이라고 여겼다. 그러나 미란 부위가 날이 갈수록 확산되자 이에 의심을 품고 미란부에서 조직을 채취해 병리검사실로 보냈다.

검사 결과, 채취된 조직 모두에서 암세포가 발견되었다. 방사선 조사에 따라 일시적으로 축소되었던 암이 다시 세력을 키워 피부 겉면에까지 얼굴을 내민 것이었다.

이 얼마나 얄궂은 운명이란 말인가. 미란 치료에 시간을 들이는 사이 암 자체도 방사선에게서 받은 타격을 조용히 회복시키며 다음 공격에 대비하고 있었던 것이다. 결국 그녀의 고통은 중단되는 일 없이 계속 이어지게 되었다.

날마다 커져만 가는 암

방사선에 저항해온 암은 날마다 커져만 갔고, 가벼운 미란은 심각한 미란으로 바뀌었다. 그리고 그 표면에서는 끊임없이 괴사壞死 조직으로부터의 분비물이 배어나오게 되었다. 분비물에 대해서는 적어도 하루에 한 번, 많이 지저분해졌을 경우 하루에 두 번은 소독 치료가 필요했다.

결국 그것은 때에 따라 하루에 두 번이나 치료를 하면서 확실하게 동통에 대처하지 않으면 이전의 방사선 화상에 의한 미란을 치료할 때보다 더 강한 통증이 동반된다는 사실을 의미했다.

물론 의사들도 수수방관하고 있었던 것은 아니다. 동통 대책으로서 지속경막외차단持續硬膜外遮斷이라는 제통법을 채용하고 있었기 때문이다. 이 방법은 수술할 때 마취에도 사용될 정도로 제통 효과가 뛰어나다. 하지만 그녀는 치료 30분 전에 경막외차단용 튜브로 진통제를 투여해 항문부의 제통을 꾀했음에도 막상 치료가 시작되면 늘 공포에 떨면서 아프다고 소리를 질러댔다.

진통제가 듣지 않는다고는 생각할 수 없었다. 단지 방사선 화상 부위의 미란을 치료할 때와 같은 자세로 치료를 받게 되자 그 공포가 반사적으로 되살아났을 것이다. 그러니까 그녀가 동통을 호소하는 것은 치료를 받을 때뿐이고, 그 밖의 시간에는 통증을 호소하는 일이 없었다. 통증은 호소하지 않았지만 없는 것이 존재하거나 죽은 사람이 보이는 등의 환각은 여전히 지속되고 있었다.

그러나 한창 환각에 시달리는 도중에도 그녀는 마치 제정신이 돌아온 것처럼 보일 때가 있었다. 그럴 때면 자꾸 이런 말을 하곤 했다.

"이 병은 병원에 있어도 치료할 수 없다는 걸 알아요. 모두에게 폐만 끼치는데, 이제 집으로 돌아가고 싶어요."

그러니까 국소 재발한 암이 심각한 미란을 형성하고 나서 치료를 받을 때 외치는 "아파, 아파."라는 말과 "이제 집에 돌아가고 싶어요."라는 말이 그녀에겐 버릇이 된 것이었다.

그녀가 설사 제정신이 아니라 해도 판단만은 옳았다. 그녀의 병은 그녀 자신이 말했듯이 지금 단계에서는 확실히 치료할 수 없는 병이고, 병원에 있어도 지금 이상으로 좋아지는 일은 없을 것이기 때문이다.

고독한 죽음

그녀를 동정하는 의사들 가운데 일부는 "퇴원은 어렵겠지만 외박이라면 가능하지 않을까?"라는 의견을 가지고 있었다. 그러나 방사선 치료를 받기 위해 다른 병원에 입원하고, 예상 밖으로 길어지는 입원과 치료, 그럼에도 악화 일로에 있는 병과 잇따라 벌어진 상황들로 인해 가족들은 이미 완전히 지쳐 있었다.

정신이 오락가락하고, 환각이 없을 때도 치매 증세를 보이게 된 그녀를 설령 외박이라 해도 집으로 데리고 돌아가려는 마음은 가족들에게 털끝만큼도 없는 것 같았다.

그녀가 집에 돌아가고 싶다고 호소할 때마다 가족들은 "집에 돌아가 봤자 아무것도 할 수 없으니 병원에 있는 게 더 나아요!"라면서 화를 내고 그 호소를 잠재웠다. 그녀가 집안에서 차지하고 있던 위치는 이미 오래전에 무너져버렸던 것이다.

결국 그녀는 인생의 마지막 순간까지 싫든 좋든 병원에서 보내게 되었다.

숙주인 그녀가 어찌 되든 암은 끊임없이 그녀의 몸을 잠식해 들어가고 있었다. 그리고 그에 따라 그녀의 육체도 끊임없이 쇠약해지고 있었다. 환각도 계속되었고, 치매도 진행되었다. 그녀는 회진 때마다 치료가 시작되기도 전에 "아파, 아파." 하고 소리를 지르는가 하면 "집에 돌아가고 싶어, 집에 돌아가고 싶어."라고 계속 고함을 질러댔다. 치료가 끝난 뒤에도 중얼중얼 알아들을 수 없는 소리로 혼잣말을 되풀이했다.

이미 정상적인 접촉은 전혀 불가능한 상태였다. 늘 그녀의 침대 주위에는 벌레들이 기어 다니고 있었고, 죽은 남편이 서 있었다. 간호 기록에는 "또 알아들을 수 없는 말을 하고 있다. 환각 증세를 보이고, 다른 이상은 없다."라고만 기재되었다. 언제부턴가 그녀의 존재를 귀찮게 여긴 가족들은 그녀가 매일 점적 주사를 맞는 모습을 보고서 고목에 물을 주고 있는 것 같다고 거리낌 없이 말하게 되었다.

또 처음에는 동정심이나마 갖고 대하던 의료진도 그녀와의 정상적인 접촉이 완전히 불가능해지자 거의 관심을 두지 않게 되었다. 그들은 마치 출근 도장을 찍듯이 무표정하게 병실에 와서 그녀의 소동은 무시한 채 서둘러 미란 부위의 치료를 마치고는 총총히 사라져버렸다.

그녀는 고독했다. 아무도 그녀를 진심으로 이해하려고 하지 않았다. 하긴 그녀도 자신의 입장이나 상황을 이해하지 못하는 것 같았다.

여름이 끝나갈 무렵 그녀의 상태는 최악에 이르렀다. 그날 아침부터 혈압이 조금씩 저하되기 시작했다. 하지만 회진은 평소대로 이루어졌고, 그녀는 평소처럼 아니 평소보다는 힘없이 "아파, 아파. 집에 돌아가고 싶어."라고 외쳤다.

그것이 그녀가 남긴 마지막 말이었다. 그리고 그날 저녁, 가래를 토하고 몇 번인가 신음소리를 낸 뒤 오랫동안 자신을 괴롭히던 동통과 광기와 고독에서 해방되었다.

자신의 병은 치료할 수 없는 것이라 생각하고 광기와 제정신이 혼재할 때도, 그리고 제정신을 잃은 후에도 늘 간직했던 바람, 그 안타까운 '소원'은 그녀가 죽은 뒤에 곧장 이루어졌다. 그녀는 병리 해부를 당한 뒤 인생의 대부분을 보낸 '집'으로 마침내 돌아갈 수 있었다.

이 불행한 할머니가 직면했던 사태를 어떻게 바꿀 수는 없었을까? 동통 대책이 늦었던 것은 아닌지 한번 반성해볼 필요가 있다. 설령 짧은 시간의 동통이었다고 해도 연일 계속되는 격통은 고통에 약한 환자에게는 공포 자체였을 것이 분명하다.

또 병세에 대한 충분한 설명이 이루어지지 않았기 때문에, 병을 호전시킬 목적으로 시행된 치료가 오히려 나쁜 상태를 초래하자 그녀의 마음속에 피해 의식도 생겼다. 그 피해 의식은 통증과 불안을 가중시켰고, 정신적인 스트레스를 키워 결과적으로 환각을 유발하는 한 원인이 되었을지도 모른다.

게다가 왜 그녀는 그토록 바라던 집에 돌아갈 수 없었는지 그 이유가 궁금해지기도 한다. 매일 치료를 받아야 했기 때문이라면 가까운 곳의 개업의가 왕진을 가는 것도 충분히 가능했으리라 생각한다. 하긴 요즘같이 바쁜 세상에 아픔을 호소하는 환자의 암성 미란을 치료하기 위해 매일 왕진을 가줄 의사는 좀처럼 없을지도 모르지만.

방문 간호 시스템이 제대로 갖춰져 있었다면 개업의가 아니더라도 간호사에게 매일 집에서 치료를 받는 것도 가능했으리라. 하지만 그런 시스템은 아직 갖춰져 있지 않다. 그럼 외박은 어땠을까. 의사와 가족들이 충분히 상의했더라면 외박은 가능했을지도 모른다.

환각 같은 것은 환경이 바뀌면 사라지기도 한다. 환자가 환각에 시달리는 이유 가운데 구금 상태가 있다. 그러므로 그녀가 외박이라는 형태로라도 집에 돌아갔다면 구금되어 있다는 생각에서 해방되고, 환각으로부터도 해방되었을지 모른다. 그러나 현실적으로는 아무것도 할 수 없었고, 최악의 상태에서 그녀는 병원에서 죽어갔다.

나는 그녀를 떠올릴 때마다 인생이란 무엇일까, 하고 생각하게 된다. 아니, 그녀의 경우뿐만이 아니다. 다음의 두 가지 에피소드를 생각할 때마다 일본이 자랑하는 풍요란 도대체 무엇인지 다시 한번 짚어보게 된다.

첫 번째 에피소드는 운 좋게도 어느 노인병원에서 퇴원해 마침내 집에 돌아간 노인의 이야기다. 집이라고 해봤자 자신의 집이 아니라 아들 가족이 살고 있는 작은 아파트였다. 그는 아들 가족과 함께 살고 있었다. 그는 그곳에서 보건부保健婦의 방문간호를 받게 되었다.

그가 사는 아파트를 찾은 보건부는 그곳에서 일본이 자랑하는 풍요의 현실을 보게 되었다.

아파트에는 그를 위한 방이 없었다. 그는 벽장 안에서 생활하고 있었다. 겨우 퇴원해 돌아온 자신의 방이 벽장 안이었던 것이다. 만일 병이 갑자기 나빠져서 그가 그대로 죽었다고 치자. 그러면 그는 많은 사람들이 마지막 순간에 바란다는 '집에서 맞이하는 죽음'을 실현한 것이지만, 한편으로는 벽장 안에서 죽은 셈이 된다. 우습지 않은가. 이것이 일본이 자랑하는 풍요의 현실이다.

에피소드를 하나 더 소개해보겠다. 이것은 다른 노인병원의 이야기다.

일본의 노인병원은 분명 노인을 돌보기 위해 만들어진 곳이다. 하지만 어떤 면에서 보면 단순히 노인을 버리는 곳의 의미밖에 없는 것 같다. 입원시키고 처음 얼마 동안은 문안을 오던 가족들도 입원이 장기화되면 좀처럼 병원을 찾지 않게 된다고 한다.

1년에 몇 번만 얼굴을 비치는 가족들도 있다고 한다. 그런 가족들이 병원을 찾는 목적은 환자를 면회하는 것에 있지 않다. 환자가 받는 연금에 있다. 그래서 찾아오는 날이 항상 연금 지급일에 맞춰진다. 연금이 없으면 분명 그 가족들은 환자가 죽었을 때나 찾아올 것이다.

가족과 의사들로부터, 그리고 사회로부터도 버림받고 마치 쓰레기처럼 죽어가는 많은 노인들의 사정을 듣거나 보면 이 나라가 자랑하는 풍요가 도대체 무엇인가 하는 생각에 몹시 허탈해진다.

이런 현실을 목격하는 한 나는 일본이 풍요롭고 살기 좋은 나라라고는 아무한테도 얘기할 수 없다. 그렇게 생각한다.

| 나의 이야기 |

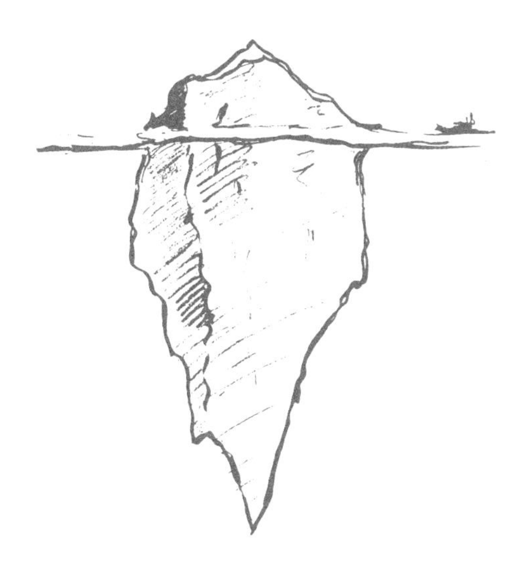

현대 의료 시스템 아래에서

〈한 남자의 죽음〉부터 〈소원〉까지 다섯 편의 이야기를 살펴보았다. 어둡고 우울한 이야기뿐이었지만 모두 실제 이야기를 바탕으로 쓴 것이다. 앞으로 이야기를 더 진행시키기 전에 현재 내가 몸 담고 있는 병원의 명예를 위해 미리 말해두어야 할 것이 있다. 이 이야기들은 앞의 이야기들과 마찬가지로 지금 내가 소속되어 있는 병원에서 체험한 일이 아니라는 점이다.

그러나 그 모두는 내가 과거에 체험했던 것, 혹은 환자의 가족이나 간호사들로부터 직접 들은 생생한 사실을 근거로 하고 있다. 또 나는 현재 투병 중인 사람들을 공포의 도가니에 몰아넣기 위해 글을 쓰는 것도 아니다.

이 같은 일들이 어느 병원에서나 흔히 볼 수 있을 정도로 많다고는 생각할 수 없고, 또 생각하고 싶지도 않다. 그러므로 자신의 현재 상황과 바로 중첩시킬 필요는 없다. 문제는 지금 이 순간 일반 병원의 의료 시스템과 그곳에서 일하는 의사나 간호사들이 죽어가는 사람에 대해 갖는 의식에 있다.

예를 들면 일반 병원의 의료 시스템은 죽어가는 사람들을 위한 것이 아니다. 병이 치유되어 건강을 되찾아 퇴원할 수 있는 사람이나, 병은 치유되지 않았지만 적어도 퇴원 가능한 사람들을 위한 것이다.

그리고 입원한 사람들 대부분은 자신이 완치되어 사회에 복귀할 수 있을 것이라는 전제하에 투병을 결심한다. 그들은 입원이라는 사태가 어디까지나 일시적이라 믿고 있는 것 같다. 그렇기 때문에 바쁘게 움직이는 의료 시스템 아래에서 기계적으로 취급되거나, 익숙하지 않은 검사에 벌벌 떨면서 무시당하고 있다는 등의 굴욕적인 생각이 들어도 '병이 나을 때까지만 참으면 된다.'며 너그러워지는 것이다.

그러나 언젠가 완치될 수 있으리라 믿으며 투병하는 사람들 중 몇 퍼센트는 자신의 생각과는 달리 죽음의 길로 확실히 접어든 것이 현실이다. 다만 그런 사람들 중 대부분이 병명과 병세에 대한 거짓 설명을 듣기 때문에 자신이 그러한 운명에 처해 있다는 것을 모를 뿐이다. 비참한 일들은 대개 그처럼 자신의 병이 어떻다는 것을 모르는 환자가 바쁘게 돌아가는 의료 시스템 아래에서 투병할 때 일어난다.

이상과 같은 의료 상황에서 나는 실로 수많은 사람들의 죽음을 목격하게 된다. 그리고 그 많은 죽음은 모두 죽어가는 환자 본인의 존재와는 전혀 관계가 없는 듯, 마치 타인의 일처럼 진행되고 있다.

어떤 환자가 병원에서 죽어가는 경우 그 사람의 죽음은 의료진과 가족 사이에서만 은밀하게 이야기되고, 지체 없이 진행될 수 있도록 합의가 이루어지기 때문에 반드시 완치될 것이라는 거짓 설명을 들은 환자 본인이 참여할 여지는 전혀 없게 된다.

따라서 병원에서 죽어가는 사람은 대개 자신이 죽어가는 과정에서 소외되고 고독해지는 경우가 많다. 즉 누군가가 죽으면 결과적으로 그 사람 고유의 죽음이 확실한데도, 죽어가는 과정에서 그 사람 고유의 과정은 좀처럼 존재할 수 없고, 죽음과 싸우다가 결국 죽게 된 사람이 누구인지도 분명하지 않게 된다.

이 때문에 많은 말기 암 환자들이 때로는 거짓된 격려에 의지하고, 때로는 의사들의 거짓 설명과 악화되는 병세의 큰 차이에 심한 불안을 느끼다가 결국 주위 사람들을 더욱 불신하면서 쇠약해져간다.

그러한 과정은 거짓말을 들으며 투병하는 말기 암 환자들에게 거의 공통적으로 일어난다. 따라서 그런 상황에서라면 자기 자신의 개성이나 의지를 표시하면서 투병하는 사람들은 극히 적을 수밖에 없다.

그리고 많은 의사와 가족들도 환자에게 진실을 전하는 것을 터부시하고 있고, 설령 죽을 것이 분명하다 해도 환자의 목숨을 일분일초라도 연장시키려는 노력이 당연시되고 있는 한 그러한 사태를 어쩔 수 없이 받아들이게 된다. 나 자신도 1983년까지는 그런 것이 당연하다고 생각했다.

그러나 내 생각은 바뀌었다.

지금까지 이런 어두운 테마에 싫증도 내지 않고 읽어주신 독자 여러분께 이제부터는 내 이야기를 들려드릴까 한다. 사람은 계기만 생기면 아주 쉽게 바뀔 수 있는 존재라는 것을 실증하기 위해, 그리고 희망을 말하고 싶어 어둡고 우울한 메시지를 전할 수밖에 없었다는 것을 알려드리기 위해.

꿈을 찾아서

1983년, 겨울부터 여름까지 나는 바다 위에 있었다. 정확하게 말하면 북반구의 겨울에서 남반구의 여름을 바다 위에서 보냈다.

그해 11월 하순, 서른여섯 살 생일을 막 보낸 나는 배를 타고 일본을 떠났다. 그리고 곧장 남쪽으로 향했다. 목적지는 남극. 내가 탄 배는 남극해의 지질 조사선이었고, 나는 선의船醫로 배에 올랐다.

조사선은 2,000톤급으로 나를 제외하고 승조원이 54명뿐인, 외양 항해를 하는 배치고는 그렇게 큰 것이 아니었다. 일본에서 출발해 잠시 기항한 오스트레일리아 시드니까지의 약 2주에 걸친 항해는 내내 평온했다.

출항 초기에는 뱃멀미로 고생이 심했지만 이삼 일이 지나자 그것도 곧 가라앉았다. 대개 인간은 환경에 적응하는 데 그리 오랜 시간을 필요로 하지 않는다.

뱃멀미가 한창 심할 때는 앞으로 넉 달쯤 더 항해해야 한다는 생각만으로도 승선한 것에 후회가 막심했다. 하지만 며칠 지나자 뱃멀미가 언제 있었냐는 듯 식욕이 예전처럼 왕성해져서 54명의 승조원 가운데 5명이나 되는 조리사가 만들어주는 맛있는 식사가 기다려지기까지 했다.

다시 몸 상태가 좋아지자 이번 항해가 내 직업으로 볼 때는 거짓말이다 싶을 정도로 한가하다는 것을 깨닫게 되었다. 그도 그럴 것이 누구보다도 건강하다고 자부하는 사내가 54명밖에 타고 있지 않았다. 선내 진료실에는 대부분의 의약품이 갖춰져 있었지만, 그 약들의 덕을 본 환자는 넉 달 동안의 항해에서 평균 하루에 한 명 있을까 말까 했다.

그리고 그중 대부분이 과음과 과식에 의한 숙취와 위염, 대장염 같은 증상이었다. 그런 증상들을 진료하는 데는 길어야 10분이면 충분했기 때문에 나에게는 그때까지의 생활에서는 생각할 수도 없었던 무한한 자유시간이 주어졌다. 이 항해는 그것만으로도 성공적이라 생각될 정도였다.

그런데 내가 왜 선의로 승선하게 되었는지 그 이유도 설명해야 할 것 같다. 그것은 의외로 단순하다. 나는 의사가 되려고 결심한 순간부터 언젠가는 선의로 전 세계를 꼭 한번 돌아보고 싶다는 꿈을 갖고 있었는데, 그때까지 그 꿈을 버리지 않고 있다가 실행에 옮겼던 것이다.

그런 이유로 나는 선의로서의 일을 찾아 마침내 배에 오를 수 있었다.

시드니에서 남극으로

내가 탄 배는 일본을 출항해 닷새째 되는 날 괌 앞바다를 통과했다. 그때 말고는 경치다운 경치를 보지 못했다. 자나 깨나 바다뿐이었다. 그러나 이런 생활이야말로 내가 꿈꿔오던 것이었다. 왜냐하면 나는 싫증날 정도로 바다 위에 있어보고 싶다고 늘 생각했기 때문이다. 그리고 나는 정말로 싫증날 정도로 해상 생활을 만끽하고 있었다.

출항 7일째, 벌써 12월이 되어 있었지만 우리는 적도를 넘었다. 이제부터는 남반구였다. 방금 전까지는 북반구의 겨울, 이제부터는 여름이다. 물론 적도 부근은 여름이든 겨울이든 상관없이 몹시 더웠다. 에어컨 설비가 잘 되어 있는 선실조차 한낮에는 섭씨 30도가 넘었다.

남아도는 시간을 즐기던 나는 오후가 되면 매일 선교船橋 옥상에 올라가 수영복 차림으로 일광욕을 즐겼다. 그것이 내 일과 중의 하나가 되었다.

적도 부근의 바다는 마치 기름이 괴어 있는 것처럼 아주 잔잔하고 고요했다. 그 바다 한가운데를 우리의 배는 유유히 흔들리면서 시드니로 가고 있었다. 나는 휴대용 카세트의 이어폰을 귀에 꽂고 선교 옥상에 서서 끝없이 밀려오는 긴 파장의 파도를 내려다보며 그 파도를 하나하나 천천히 타넘는 느낌을 즐기고 있었다.

그 무렵 나는 기타로의 〈실크로드〉를 즐겨 들었다. 그 장대한 선율은 배가 크고 작은 파도를 타넘으면서 전진하는 리듬과 딱 들어맞는다고 생각했다.

유유히 흔들리면서 전진하는 선상에서의 느낌은, 눈을 감았을 때 광활한 사막으로 나아가는 낙타의 등에서 내가 아지랑이처럼 흔들리는 모습을 연상케 했다. 그러니까 나는 눈을 뜨면 언제나 광대무변한 바다 위에 있었고, 눈을 감으면 마찬가지로 끝없는 사막에 있는 것도 가능했다.

출항 2주째 되는 날 아침, 우리가 탄 배는 마침내 시드니에 도착했다. 시드니에서는 6일 동안의 휴가가 주어졌다. 입항해 있는 동안에는 선의로서의 의무에서도 해방되었기 때문에 실로 완전한 자유였다.

나는 2주일 만에 마침내 흔들림이 없는 대지에 섰다. 그리고 시드니의 여름 더위가 시작되기 전 어슴푸레하게 밝아오는 거리의 싸늘한 포석鋪石 위를 한 걸음 한 걸음 음미하듯 천천히 달렸다. 시드니를 떠나면 이제 전혀 새로운 세계로 들어가게 되는 것이라 적어도 체력만은 키워놓고 싶었기 때문이다. 시드니에서의 6일 동안은 그렇게 조깅과 시내 관광과 근교 여행으로 보냈다. 정말 눈 깜빡할 사이의 시간이었다.

그리고 마침내 남극으로 향하게 되었다. 시드니를 출항해서 이틀 동안은 바다가 비교적 잔잔했다. 하지만 이틀째 되는 날의 기온은 더 이상 여름 더위가 아니었다. 사흘째, 오스트레일리아의 타스마니아를 지나자 배가 폭풍권에 들어갔다. 타스마니아 이남에는 더 이상 큰 섬도 대륙도 없다. 강한 편서풍을 막아주는 그 어떤 것도 존재하지 않는다. 그 때문에 1년 내내 편서풍은 제 세상을 만난 듯 바다 위를 휘저으면서 몇 미터나 되는 큰 파도를 쉴 새 없이 일으키고 있었다.

우리 배는 그렇게 높은 파도 사이를 정말이지 가랑잎처럼 정신없이 일렁이면서 필사적으로 남극을 향해 가고 있었다. 바깥 기온은 이미 섭씨 10도 이하로 떨어졌다.

선실에서 밖을 내다볼 수 있는 둥근 창은 시드니를 떠나자마자 폭풍에 대비해 모두 외부로부터 견고하게 밀폐된 상태였다. 그 때문에 실내에서 밖의 상황은 전혀 알 수 없었고, 실내등을 끄면 선실은 암흑천지가 되었다. 파도가 심할 때면 배는 30도 가까이 옆으로 흔들렸다. '혹시 이대로 밀실에서……!' 하고 불안한 생각이 드는 순간이기도 했다.

배가 이 정도로 흔들리면 더 이상 서 있는 것이 불가능해 침대에 눕거나 의자에 앉는 수밖에 없다. 하지만 의자에 앉아도 한 시간을 넘기지 못한다. 억지로 좀 더 앉아서 버티려고 하면 우선 뒷골이 무거워지고 선하품이 자꾸 나오게 된다. 그리고 곧장 구역질이 나서 결국 침대에 눕게 된다.

나는 의사의 특권으로 폭풍권을 벗어날 때까지 약 일주일 동안 매일 몰래 진정제를 복용해 심한 뱃멀미만은 피할 수 있었다.

그런데 이때 만성적인 두중감頭重感과 변비가 나를 괴롭혔다. 시도 때도 없이 배가 종횡으로 흔들렸기 때문에 침대 위에 누워 있어도 숙면을 취할 수 없었고, 흔들리는 화장실 안에서는 나올 것도 나오지 않았다.

너무나 고통이 심해 가끔 "적당히 좀 해!" 하고 발작적으로 소리치고 싶은 충동을 느꼈지만, 대자연을 상대로 아무 소용이 없는 짓이기에 그저 꾹 참을 수밖에 없었다. 그런 나를 동정해 경험이 많고 노련한 승조원이 "풍랑 없는 인생은 없는 겁니다."라며 위로해주었지만, 일주일이나 그런 상태가 계속되자 일본을 막 출항했을 때 일었던 후회가 다시 고개를 들었다. 하지만 이제 와서 돌아갈 수도 없는 노릇이었다.

시드니를 떠나 일주일 사이에 바깥 기온은 빙점 아래로 떨어졌다. 그리고 시드니 출항 8일째 되는 무렵부터 파도가 차츰 잔잔해지기 시작했다.

시드니를 떠나 10일째 되는 날 이른 아침이었다. 오랜만에 숙면을 취하고 있던 나는 젊은 승조원의 "빙산이 보입니다!"라는 소리에 잠에서 깼다. 서둘러 옷을 갈아입고 잠에서 덜 깬 눈으로 선교에 나가 보니 이미 몇몇 승조원이 선교 밖으로 펼쳐진 세계에 넋을 잃고 있었다. 선교에서 보이는 세계는 내 눈에서 순식간에 잠을 거둬가 버렸다.

하늘은 투명할 정도로 맑았고, 그때까지 그렇게 몰아치던 폭풍우가 거짓말처럼 사라져버린 바다는 짙은 파란색을 띠고 있었다.

또 그 바다에 험악한 표정을 한 하얀 빙산이 마치 인간을 거부하듯 위압적으로 버티고 서 있었다. 며칠 동안이나 계속된 고통스러운 뱃멀미를 극복하고 마침내 남극해에 도착한 것이다. 나도 모르게 갑판으로 뛰어나갔다. 그리고 갑자기 영하의 대기에 휩싸인 내 몸은 순간적으로 움츠러들었다. 지금 나는 정말로 남극에 와 있었다. 더러움을 모르는 순수한 대자연의 한가운데에 있는 것이다.

나는 갑판에 서서 깊은 감동이 마치 파도처럼 온몸으로 퍼져 나가는 것을 느끼고 있었다.

운명을 바꿔놓은 한 권의 책

이 조용한 남극 바다에서 승조원들은 곧장 해저의 지질을 조사하기 시작했다. 그리고 나는 다시 무한한 자유시간을 즐길 수 있게 되었다. 나는 이 청정한 자연 속에서 뱃멀미에 시달리지 않으면서 이럴 때를 대비해 일본에서 가져온 책들을 닥치는 대로 읽었다.

독서에 지쳐 갑판으로 나오면 그곳에는 맑고 차가운 공기가 가득했고, 눈앞의 빙산에서는 펭귄들이 침입자에 아랑곳 않고 자기들만의 생활을 누리고 있었다. 바다 속에서는 가끔 고래들이 포획 따위는 두렵지도 않다는 듯 물을 뿜어 올리면서 유영하고 있었다.

어쨌든 이처럼 태평스럽게 책을 읽는 것도 실로 오랜만이었다. 그리고 그 책들 가운데 한 권이 내 운명을 바꿔놓게 되었는데, 일본을 떠나기 전에 아무 생각 없이 산 책이 이렇게 내 인생관을 송두리째 바꿔놓으리라고는 전혀 생각지도 못한 일이었다.

그 한 권의 책이란 1926년 스위스에서 태어난 미국 여성 정신의학자 엘리자베스 퀴블러 로스가 쓴 《죽음과 죽어감*On Death* *and Dying*》이다. 특이한 제목의 책이었지만, 의사 나부랭이인 나는 '죽음'에 관한 책을 읽어두면 어떻게든 도움이 될 것 같다는 가벼운 생각에 냉큼 사고 말았다. 따라서 이 책에 대한 예비지식은 전혀 갖고 있지 않았다.

처음 책을 대한 순간 이 책을 끝까지 다 읽으려면 나름대로 노력이 필요하겠구나, 하고 생각했지만 읽기 시작해서 30분도 채 지나지 않아 내가 의사가 되고 8년이나 걸려서 얻은 몇 가지의 '바로 그런 것'이라는 상식이 너무나도 쉽게 뒤집혀버린 것을 내 가슴속에 차오른 뜨거운 감동 속에서 깨닫게 되었다.

그리고 그때까지는 당연하다고 생각하던 몇 가지의 의료 행위가 급속도로 괴로운 과거가 되어가는 것을 느꼈다. 나는 그 한 구절을 읽고 나서 잠시 동안 책장을 넘길 수 없었다. 그 한 구절이란 다음과 같은 것이다.

"환자가 삶의 마지막을 정 들고 애착이 가는 환경에서 보낼 수 있다면, 환자를 위해 일부러 환경을 조성할 필요는 거의 없다. 가족들은 그를 잘 알고 있기 때문에 진정제 대신 그가 가장 좋아하는 한 잔의 포도주를 따라 줄 것이다. 집에서 만든 수프라면 그 냄새에 식욕을 느낀 그가 몇 모금 삼킬 수 있을지도 모른다. 그 수프 한 모금은 어쩌면 그에게 어떤 영양제보다도 훨씬 더 기운을 북돋아줄 수 있을 것이다."

요즘 나는 그런 것을 당연하게 생각하고 있지만, 지금 다시 읽어봐도 아련한 감동이 느껴지는 구절이다. 어떤 사람들은 이깟 거에 무슨 감동까지 느끼냐고 의아해할지도 모르지만 당시의 나는 이 한 구절을 읽었을 때, 솔직히 말하면 온몸의 피가 역류하는 것이 아닌가 할 정도로 깊은 감동을 받았다.

이 한 구절은 내가 의사가 되고 나서 배운, 또 당연한 것으로 알고 시행하던, 죽어가는 사람들의 목숨을 일분일초라도 더 연장시키려는 의료 행위에 대한 통렬한 비판이었다.

다른 한편으로는 죽어가는 많은 사람들을 지켜본 후에 항상 느끼던, 열심히 치료했는데도 왠지 뒤끝이 개운치 않고 찜찜한, 뭐라 말할 수 없이 답답하던 내 가슴을 시원하게 뚫어주는 구절이기도 했다.

그랬다. 그런 것이다.

혼자뿐인 선실 안을 나는 연신 고개를 끄덕이면서 이리저리 돌아다녔다. 방 안을 돌아다니면서 나는 죽어가는 사람을 대하는 내 자세의 출발점이 되기도 했던 어느 환자의 임종 장면을 떠올리고 있었다.

소생술의 주인공

대학을 졸업하고 같은 대학의 부속병원에 들어가 외과의로 업무를 보기 시작하고 얼마 안 돼 겪은 일이었다. 그는 말기 췌장암 환자였다. 사회적 지위가 높았던 그는 처음부터 1인실을 사용하고 있었다.

이 대학병원은 1910년대에 세워진 것으로 그가 입원해 있는 방은 중후하고 넓었으며 천장도 높았다. 전체적으로 여유로운 분위기였고, 환자는 그 방에서 투병하고 있었다. 다만 병실 벽이 군데군데 얼룩져 있거나 페인트가 일부 벗겨져서 세월의 무게를 느끼게 했다.

의사와 간호사들, 특히 의사들은 그의 사회적 지위 때문에 긴장한 채 모든 치료에 정중한 자세로 임했다. 그러나 병이 진행되는 것은 누구도 막을 수 없었다. 환자는 날로 쇠약해져갔다. 피부는 황달 때문에 흙빛이었으며 손발은 앙상하게 말라서 마른 나뭇가지를 보는 것 같았다.

환자는 당연하다는 듯 진짜 병명은 전혀 모른 채 가짜 병명만 알고 투병하고 있었다. 나는 그가 어떤 마음으로 투병하고 있는지는 몰랐다. 그와 특별히 관계할 일도 없는 신참 의사인 나로서는 당연했지만, 병원 측에서는 철저하게 거짓된 설명으로 일관했기 때문에 어쩌면 마지막까지 나을 수 있으리라는 희망을 갖고 있었는지도 모른다.

물론 의사들은 누구 하나 그의 병이 나을 것이라고는 생각하지 않았다. 단지 의사의 사명이라 믿는 신념에 근거해 환자의 생명 연장에 최대한의 노력을 기울이고 있을 뿐이었다. 환자의 의식이 흐려져 누구나 환자가 곧 죽음을 맞이하게 될 것이라고 생각할 때도 생명 연장에 대한 노력은 계속되었다.

그러던 어느 날 밤, 모든 노력을 비웃기라도 하듯 그 환자에게 죽음이 찾아왔다. 마침 그의 임종이 머지않았다는 것을 안 의사들이 몇 명 모여 대기하고 있던 날이다.

나는 그의 임종 순간에 이루어진 소생술 광경을 아직도 잊지 못한다. 그때 의사가 되어 처음으로 소생술 현장에 참가한 나는 감히 손쓸 엄두도 내지 못하고 있었다.

마침내 호흡이 멈추고 심장이 정지하려고 하자 내내 그때를 기다리고 있던 의사들이 '드디어 나설 때가 됐군.' 하고 긴장된 표정을 지었다. 그리고 그중 한 명이 재빨리 인공호흡을 개시했다. 다른 한 명은 간호사에게 빠른 말투로 강심제 주사를 준비하라고 지시했다.

흉벽을 통해 심장 안으로 직접 강심제가 주입되자 그는 곧바로 침대로 뛰어올라가 환자 위에 걸터앉더니 온몸의 힘을 모아 심장 마사지를 하기 시작했다.

그의 표정은 매우 진지했다. 머리카락을 흩뜨린 채 심장 마사지를 하는 모습은 함부로 다가가기 어려운 섬뜩한 느낌마저 주었다. 당연한 일이지만 도중에 교대하면서 약 한 시간 가까이 이루어진 소생술은 전혀 힘을 발휘하지 못했다.

그 후 병실 밖에서 대기하던 가족들을 안으로 불러들였고, 몹시 침통한 표정으로 그들에게 임종을 고하는 주치의의 모습에서 나는 의료의 한계와 그 한계에 도전하는 의사의 고뇌를 보는 듯해서 괴로움과 동시에 감동 또한 느낄 수 있었다. 그리고 나 자신이 하루라도 빨리 소생술을 익혀서 어느 누구의 죽음을 직면하든 당황하는 일 없이 의사로서의 의무와 책임을 다할 수 있게 되기를 간절히 바랐다.

그 후 나는 의사로 경험을 쌓으면서 환자가 임종할 때 시행하는 소생술을 아주 당연한 의료 기술로 구사하게 되었다. 1983년까지 8년 동안 나는 얼마나 많은 사람들의 죽음을 지켜봤던가. 아마도 100명이 넘는 사람들이 내 앞에서 죽어갔을 것이다.

나는 1983년까지 임종 직전에 있는 거의 모든 환자들에게 소생술을 시행했다. 처음 그 생생한 소생술의 현장에서 느꼈던, 의사의 의무와 책임을 다하려는 처절하기까지 한 마음을 담아서 말이다. 나는 분명히 죽는다는 것을 알면서도, 그리고 그 행위가 아무 의미가 없다는 것을 알면서도 목숨을 1초라도 더 연장시키려고 애쓰는 행위를, 의사로서도 인간으로서도 전혀 비난받지 않을 당연한 행위로 내 마음속에 간직하고 있었던 것이다.

임종 장면은 흡사 전쟁터를 보는 것 같았다. 그리고 그 싸움은 결코 이길 수 없는 싸움이었다. 싸움에서 진 후에 나는 선배들과 마찬가지로 늘 괴로운 표정을 지으며 환자의 가족들에게 패배를 선언해왔다.

"저희들은 정말 최선을 다했습니다. 하지만 안타깝게도 어쩔 수 없었습니다."

그러면 대부분의 가족들은 말한다.

"할 수 있는 건 다 해봤으니 후회는 없습니다. 그동안 수고 많으셨습니다."

환자가 병원 뒷문을 통해 나간 뒤 나는 그때마다 또 하나의 일이 끝났구나 하는 생각이 들기도 했지만, 늘 뭐라 말할 수 없는 허탈한 기분에 사로잡히기도 했다. 정말 최선을 다했는데 마음은 전혀 충족되지 않았다. 늘 무언가를 남겨놓은 듯한 기분이었다.

하지만 그런 생각도 바쁜 일상 속에서 어느덧 잊히고 만다. 그리고 또 다른 환자의 임종을 볼 때면 다시 똑같은 기분에 휩싸인다. 똑같은 일이 끊임없이 되풀이된다. 나의 이런 감정은 결코 이길 수 없다는 사실을 알면서도 상대에게 싸움을 걸어야만 하는 사람의 숙명 같은 것이라고 생각해왔다.

그러는 사이에 8년이 흘렀다. 그리고 9년째 되는 해에 남극에 있었다. 그 남극에서 나는 9년 가까이 스스로를 지탱해온 신념의 실체와 그 신념에 근거해 책임을 다하고 있었음에도 늘 느껴야 했던 허탈함의 이유를 단 한 권의 책을 통해, 그것도 첫 장의 첫 구절만으로 깨달았던 것이다.

내가 처음 본 소생술에 감동하게 된 것은 나 자신이 소생술을 시행하는 쪽 사람인 데다 아직 신참이어서 선배 의사들의 행위에 압도되어버렸기 때문이다. 또한 선배 의사들이 아무 의구심도 갖지 않고 스스로 해야 할 당연한 행위로서 소생술에 혼신의 힘을 다하자 마음이 움직여버렸기 때문이기도 했다.

그런데 이 죽음과의 투쟁인 소생술에서 본래 싸워야 할 주인공은 과연 누구일까. 물론 지금 정말로 죽음에 임박해 있는 환자일 것이다. 하지만 소생술이 한창 이루어질 때 사력을 다해 죽음과 싸우는 사람은 의사와 간호사일 뿐이다.

그러나 그들의 행위는 임종을 앞둔 환자가 이미 싸움을 끝내고 마침내 도달하게 된 평화와 안락의 세계로 들어가려는 것을 억지로 막는 행위밖에 되지 않는다. 의사들이 마음대로 환자의 몸을 죽음과의 싸움터로 사용하다가 패배해서 도망가고, 도망가는 자들은 아무 상처도 입지 않는데 싸움터만 황폐해진다.

지금 생각해보면 그런 소생술의 대부분은 의사들의 일방적인 의지이자 행위이며 자기만족에 지나지 않았다. 대적할 수 없는 병에 대한 마지막 저항을 나타내는 것이었고, 환자가 아닌 가족들에게 최소한의 성의를 보이기 위한 행위에 지나지 않았다. 그리고 사실 의견도 묻지 않고 일방적으로 시행하는 소생술이어서 가족들의 생각조차 무시될 때가 많았다.

주역은 죽어가는 환자이고, 그 모습을 지켜보는 사람은 가족이나 친지들이어야 할 것이다. 그런데도 의사들은 환자와 가족들에게 가장 엄숙하고 가장 인간적이어야 할 마지막 이별의 장에 마침내 자기 순서가 되어 잔뜩 고무된 삼류 연극배우처럼 의기양양하게 등장해서 가장 소중해야 할 시간의 태반을, 어떤 의미에서는 잔혹한 행위에 지나지 않는 소생술로 빼앗고 있었던 것이다.

이마에서 땀방울이 떨어질 정도로 애를 쓰고, 지칠 때까지 혼신의 힘을 다한 후에 느껴지던 허탈함은 싸움에 졌기 때문이 아니다. 그것은 일방적으로 자신의 의지를 밀어붙이다가 결국 자기만족밖에 남지 않은 행위였기 때문이다.

환자의 존엄을 지키기 위해

이렇게 해서 나는 남극에서 눈을 뜨게 되었다. 이때부터 나는 누구의 눈에도 분명 죽을 것으로 보이는 말기 암 환자의 소생술은 가능한 한 시행하지 않기로 했다. 그리고 환자와 가족들에게 소중한 이별의 시간과 자리를 마련해주기로 했다. 내가 임종을 맞은 말기 암 환자에게 소생술을 시행할 때는 다음과 같은 경우밖에 없다.

말기 암이기는 해도 병세가 안정되어 임종까지 아직 며칠이 남았다고 여겨지던 환자가 급변했는데 가족들이 그 자리에 없거나 가족들이 충분한 마음의 준비를 갖추지 않았을 경우, 가족들이 병원에 올 때까지 혹은 가족들이 급변한 사태를 이해할 때까지 소생술을 시행하는 것이다.

대개는 환자가 말기에 접어들었다고 판단된 시점부터 가족들과 환자의 상태에 대해 몇 차례에 걸쳐 대화를 나눈다. 또 병세가 악화된 이후로는 임종을 맞이했을 때 할 수 있는 대응, 즉 임종을 맞이해서도 되도록 소생술은 시행하지 않는다고 미리 말해둔다.

아울러 소생술을 시행하지 않는 것은 결코 환자를 방치한다는 의미가 아니라, 오히려 충분히 병과 싸워온 환자의 존엄을 지켜드리고 조용한 순간을 마련해드리고 싶어서 그런다고 말해두기 때문에 급박한 상황에 시행하는 소생술도 짧은 시간에 끝나는 경우가 대부분이다. 그러다 보니 기관지 삽관에 의한 인공호흡과 같은 과도한 소생술까지 시행하는 경우는 거의 없다.

어쨌든 가능하다면 환자 본인도 참가하고, 본인의 참가가 불가능하다면 가족들과의 상의만이라도 거친 후에 그러한 것들이 결정될 필요가 있다.

만약 의사들이(그들이 종종 그렇게 하지만) 환자가 더 이상 치료할 필요조차 없는 죽음만 기다리는 상태라는 것을 알고서, 환자에 대한 관심을 갑작스럽게 끊은 채 소생술을 포함한 여러 대응을 무의미하다고 일방적으로 간주해버린다면, 그래서 가족들과 충분한 협의도 없이 아무것도 하지 않는다고 결정해버린다면, 그 행위는 무의미한 소생술을 강제로 시행하는 것과 마찬가지로 중죄에 해당한다고 할 수 있다.

의사든 간호사든 임종하는 순간에 이르러 힘을 낼 것이 아니라, 그전에 환자에게 좀 더 의미가 있을 때 잘 보살필 수 있도록 힘써야 한다.

그러나 실제로 바쁘게 돌아가는 일반 병원에서 환자를 보살피기 위해 시간을 낸다는 것은 통상적인 업무의 테두리 안에서는 거의 불가능하다. 이런 병원에서 죽어가는 환자들은 아무래도 비참한 최후를 맞이할 수밖에 없다. 물론 여기에 대책이 없는 것도 아니다. 그 점에 대해서는 이 책의 마지막 글에서 정리해보도록 하겠다.

빙산 조각을 선물로 들고

다시 남극 이야기로 돌아간다. 우리 배는 11월 하순에 일본을 출항해 이듬해 3월 중순에 귀항했으니까 약 4개월에 걸쳐 항해했던 셈이다. 그 4개월 동안 괴로웠던 것은 약 4주간이었다.

즉, 그것은 휴가를 위해 한 번 오스트레일리아까지 다녀온 것을 포함해 오스트레일리아와 남극 사이를 두 번 왕복한 기간이었는데, 나는 어쩔 수 없이 마의 폭풍권을 네 번이나 항해했다. 그리고 그때마다 뱃멀미에 시달리며 승선한 것을 후회했다.

그렇다고는 해도 처음 남극해로 갔을 때와는 달리 그 후의 항해에서는 일주일 후면 도착할 멋진 세상에 대한 기대 때문에 지

루함이 반감되었다. 게다가 마지막 무렵에는 폭풍권에 익숙해져서 아주 잘 대처할 수 있었다. 요컨대 술과 진정제를 마시고 누워 있으면 아무렇지도 않았다.

처음 남극해의 웅대한 빙산을 보았을 때 우리는 인간의 접근을 허락하지 않는 듯한 그 준엄한 아름다움에 숨이 멎을 것 같았다. 그리고 그 아름다움은 몇 번을 보아도 변함이 없었다.

그러다 곧 다른 의미에서 우리는 빙산에 특별한 관심을 갖게 되었다. 인간은 자신을 압도하는 존재에 먼저 경외의 마음을 품지만, 조금 익숙해지면 그 존재에 도전해보고 싶어 하는 기질이 있다. 특히 대부분의 등산가와 모험가는 틀림없이 그럴 것이다. 우리도 그랬다. 누구나 그 웅장한 빙산에 도전해보고 싶어 했다.

그러나 우리 배는 쇄빙碎氷 능력이 없었기 때문에 빙산에 도전하기는커녕 남극해를 항해하는 동안 늘 선교의 갑판원이 빙산을 감시해야만 했다. 즉 빙산을 발견하면 그 빙산을 교묘하게 피해가면서 조사를 계속해야 했다. 따라서 우리의 빙산에 대한 도전은 자연히 규모가 작을 수밖에 없었다.

결국 우리가 도전한 빙산은 우리 배보다도 훨씬 작은 것이었다. 그것은 이미 빙산이라고 할 수도 없는, 원래의 빙산이 생명을 다하고 겨우 형태만 남은 유빙流氷이라 할 만한 작은 것이었다. 하지만 생명이 다한 빙산이든, 빙산에서 떨어져 나온 일부분이든 빙산인 것은 분명한 사실이기 때문에 그것에 도전하는 것은 충분히 의미가 있었다. 그 빙산의 일부는 비록 작다고는 해도 원래의 빙산이 지닌 위엄을 유지하면서 남극해를 떠돌고 있는 것이다.

우리는 확실히 이길 수 있는 상대를 물색하고 특제 그물을 씌워서 크레인으로 끌어올렸다. 갑판 위로 끌어올려진 빙산은 사람 키보다 훨씬 컸지만 포획되기만을 기다리던 승조원들은 즉각 공격에 들어갔다.

빙산은 수만 년 전에 남극 대륙에 쌓인 눈이 빙하가 되어 남극해로 밀려 내려와 형성된 것이다. 따라서 빙산 속에는 태곳적 대기가 무수한 기포로 갇혀 있다.

그 단단한 얼음 덩어리에 한 승조원이 기합을 내지르며 쇠지레를 힘껏 박아 넣었다. 그러자 사방 2미터가 족히 되는 작은 빙산이 쩍 하고 마른 소리를 내며 단번에 부서졌다. 기포가 무수히 많았지만 단단히 얼어 있었기 때문이다.

우리는 모두가 기다리고 있었다는 듯 알맞은 크기로 부서진 얼음 덩어리를 미리 준비한 글라스에 담고 위스키를 따랐다. 하지만 누구도 바로 마시지는 않고 먼저 글라스에 귀를 기울인다. 그러면 글라스 안에서 톡톡 기포가 터지는 기분 좋은 소리가 들려온다. 수만 년 전에 갇혀버린 대기가 바로 지금 되살아나는 순간의 소리였다.

그 해방의 환호를 충분히 들은 후 규모는 훨씬 작아져버렸지만, 빙산에 대한 도전이 성공한 것을 축하하면서 모두가 먼지 하나 세균 한 마리도 없는 얼음과 얼음이 녹은 태고의 물로 차가워진 위스키를 마셨다. 그것은 뭐라 표현할 수 없는 천상의 맛이었다.

이런 빙산에 대한 도전은 항해 도중에 몇 번인가 더 있었다. 그리고 적당한 크기로 부서진 얼음 덩어리는 각자 준비한 발포 스티로폼 상자에 담겨 냉동고에 보관되었다. 이것들은 남극에서 가져가는 유일하면서도 최고의 토산품이 될 것이다.

참고로 1983년의 남극 얼음은 지금도 우리 집 냉장고의 냉동실 깊숙한 곳에 잠들어 있다. 그것은 이제 내 인생 최고의 보물 가운데 하나가 되었다.

남극에서 나는 대자연의 엄숙함과 그 엄숙함이 가져다주는 아름다움을 만끽했다. 남극해의 아침노을과 저녁노을의 아름다움에는 넋을 잃고 그 자리에 얼어붙을 정도였고, 남극해와 오스트레일리아를 왕복하면서 만난 오로라는 필설로 표현할 수 없을 정도로 환상적이었다.

처음 오로라를 만난 것은 휴가를 위해 남극에서 오스트레일리아 서해안의 파스로 갈 때였다. 새벽 3시 무렵, 젊은 승조원이 "오로라가 나타났습니다!"라면서 방문을 두드렸다. 나는 벌떡 일어났다. 오로라는 날씨와 위도의 사정 때문에 남극에서도 좀처럼 볼 수 없었다. 따라서 그것은 아주 소중한 기회였다.

재빨리 두터운 방한복을 걸치고 아직 잠이 덜 깬 눈을 비비면서 갑판으로 뛰어나갔다. 밖으로 나오자 갑작스런 추위에 눈이 번쩍 뜨이고 얼굴이 얼얼했다.

하늘을 올려다보았다. 별 하나 없는 새카만 하늘 가득 오로라가 펼쳐져 있었다. 하얗고 얇은 레이스 커튼이 미풍에 흔들리듯 천천히 춤을 추고 있었다. 우리는 숨죽인 채 그 자리에 넋을 잃고 서 있었다. 혹시 꿈을 꾸는 건 아닐까. 잠시 동안 우리는 할 말을 잃었다. 우주의 신비 앞에서 우리의 존재는 없는 것이나 마찬가지였다.

4개월의 항해를 통해 나는 얼마나 많은 것을 배웠는가. 남극의 바다에서 나는 인생관을 바꿨고, 그 인생관을 지탱하는 것을 손에 넣을 수가 있었다.

그리고 1984년 3월 중순 그 눈에 보이지 않는 수확과 큰 발포스티로폼 상자에 가득 담긴 빙산의 얼음 조각들을 가지고 일본으로 돌아왔다.

어느 말기 암 환자의 질문

그해 4월부터 나는 인구 3만 명 정도의 작은 도시에 있는 병원에서 근무하게 되었다.

그리고 얼마 안 있어 중대한 문제에 직면했다. '중대하다'는 것은 나 자신과 내가 담당한 환자에게 중대하다는 의미다. 우리 둘 사이에 발생한 그 문제는 다른 사람에게는 절대로 알려지지 않았다. 왜냐하면 환자는 그 문제가 일어나고 나서 곧바로 의식이 희미해져 사흘 후에 세상을 떠났고, 나는 오랫동안 그 문제를 마음속에만 간직했기 때문이다.

환자는 쉰아홉 살의 남자로 위암이었다. 그는 죽기 2년 전에 다른 병원에서 위암 절제 수술을 받았다. 그러나 불행히도 암이 재발했다. 그는 암성 복막염으로 개구리처럼 배가 불룩했다. 그 배를 본 의사는 즉각 치료가 불가능하다고 판단했다. 의사는 환자와 가족들이 원하는 입원 치료를 거부하고 통원 치료를 권했다.

그것은 어떤 의미에서 옳은 판단이었는지도 모른다. 환자가 만약 자신이 치료하기 어려운 말기 암에 걸렸다는 사실을 알았다면 먼저 입원을 거부했을지도 모르기 때문이다. 그는 진짜 병명을 몰랐다. 그저 난치성 위궤양 수술을 받은 것으로 되어 있었다.

복수로 인해 극도의 팽만감과 식욕 저하가 있는 상태에서 그가 입원을 거부당한 것은 충격이었다. 가족들은 그가 병원으로부터 버림받았다고 생각했다. 하지만 입원을 거부한 의사는 무의미하게 병원에서 생활하기보다 조금이라도 더 오래 집에 머무를 수 있도록 배려한 것인지도 모른다.

만일 그것이 사실이라면, 단지 설명을 충분히 하지 않아서 그와 가족들이 오해했다는 말이 된다. 그러나 의사가 자신의 마음 속에 어떤 생각을 갖고 있든 그것을 정확하게 전달하려는 노력을 게을리 했다면 결국 환자를 방치한 것이나 다름없다.

어쩌면 실제로는 그 의사가 환자를 배려하는 차원에서 입원을 거부한 것이 아니라 정말로 방치했기 때문에 그랬는지도 모른다. 가끔 그런 의사가 있기 때문이다.

망연자실한 그와 가족들은 내가 근무하는 병원을 찾았다.

"수술을 받은 병원도 아닌데 죄송하지만……."

그런 말을 하며 외래 진료실로 들어온 그는 자신의 현재 몸 상태에 대해 조심스럽게 설명했고, 가족들은 전에 있던 병원에 대한 불만을 토로했다. 나는 가족들로부터 그 병원에 대한 불만을 들어서가 아니라 환자가 고통스러워 보여 입원을 허락했다.

나는 특별한 검사를 하지 않고 그와 가족들의 이야기를 들은 것만으로도 말기 암이 상당히 진행되었음을 알 수 있었다. 어쨌든 그의 고통을 없애주는 노력을 해보기로 마음먹었다.

그는 입원하고 나서 다양한 치료를 받았다. 그 덕에 그가 고통스러워하던 증상은 웬만큼 견딜 수 있는 정도까지 호전되었다. 그러나 병의 진행 자체를 막을 수는 없었다. 그는 무뚝뚝한 환자여서 입원 초기부터 의사들에게 거의 질문을 하지 않았다. 회진 때 간단한 대답과 회진 종료 때 "정말 감사합니다."라고 인사만 할 정도로 조용하고 예의 바른, 의사의 입장에서는 가장 바람직한 환자에 속했다.

그는 고통이 가벼워지자 의사들을 신뢰하는 것처럼 보였지만 쇠약해져가는 육체에 관해서는 아무 질문도 하지 않았다. 그래서 그가 병명에 관해서는 전에 있던 병원에 이어 위궤양이라 설명한 우리 의료진의 말을 믿고 있는 것이라고 여겼다.

그러나 극도로 쇠약해져서 이제 며칠 남지 않았구나 하고 생각되던 어느 날, 혼자 그의 병실을 찾은 내가 간단한 이야기를 마치고 막 뒤돌아 나오려는 순간이었다.

그는 금방이라도 숨이 끊어질 것 같은 가냘픈 목소리로, 그러나 확실하게 질문을 던졌다.

"그런데 선생님, 내가 진짜 어떤 병에 걸린 겁니까?"

의표를 찔린 나는 순간 당황했다. 병실에는 그와 나 두 사람밖에 없었다. 그는 나를 쳐다보고 있었다.

그랬구나. 그는 몸이 쇠약해진 다음부터 줄곧 자신의 병에 의문을 갖고 있었구나. 그리고 누가 보아도 이제 며칠 남지 않았다고 생각되던 그날 스스로도 생의 마지막에 이르렀다는 것을 알았으리라.

왜냐하면 죽어가는 환자는 대부분 자신이 죽을 때를 감지한다는 말을 들었기 때문이다. 실제로 나는 몇몇 환자가 "내 목숨은 앞으로 며칠 남았어."라며 가족이나 의사들에게 말한 날수와 거의 오차 없이 임종을 맞이한 사실을 알고 있다.

그러니까 그가 죽을 때를 느꼈다고 해도 전혀 이상하지 않았던 것이다. 그날 그는 건강하다면 앞으로 얼마든지 더 살 수 있을 자신의 목숨을 빼앗아가려고 하는 것의 정체를 알고 싶었음이 분명하다.

그러나 나는 그의 인생 최후의 중대 질문에 대답할 수 없었다. 나에게는 아무런 준비도 되어 있지 않았다. 게다가 가족들은 그가 입원했을 때부터 병명 고지를 반대하고 있었다.

나는 그의 질문을 못 들은 척하고 전혀 다른 화제로 바꾸었다. 그는 슬픈 눈으로 나를 한번 쳐다보고는 더 이상 묻지 않았다. 그리고 평소처럼 가냘픈 목소리로 감사의 인사를 하고 눈을 감았다. 나는 도망치듯 그의 병실에서 나왔다.

다음 날 회진 때 그는 아무것도 묻지 않았다. 그 다음다음 날부터 그의 의식은 급속도로 흐려졌고, 그 중대 질문이 있고 나서 3일째 되는 날 그는 세상을 떠났다.

결국 그는 자신의 중대 문제를 해결하지 못한 채 세상을 떠났다. 나는 그때서야 비로소 그에게 진실을 전해야 할지 말아야 할지 하는 문제에서 해방될 수 있었다. 그러나 한동안 그의 가냘프지만 의지가 느껴지는 목소리와 슬픔에 젖은 눈이 머리에서 떠나지 않았다. 그리고 나에게 대답을 재촉했다. 어떤 것이 옳은 행동이었을까. 나는 며칠 동안이나 그 문제를 생각해보았다. 하지만 스스로 납득할 만한 답을 찾기 전에 그 문제는 머릿속에서 자취를 감추고 말았다.

그 후 어떤 곤란한 상황에 직면했을 때 그가 다시 내 앞에 등장하리라고는 예상도 못하고 있었지만, 그는 퀴블러 로스 여사와는 또 다른 의미에서 내게 중요한 사람이 되었다.

나는 앞으로도 말기 암으로 죽음에 직면한 사람들의 이야기를 몇 편 더 쓸 생각이다. 그러나 앞에 나온 다섯 편처럼 음울한 이야기는 아니다. 물론 인간의 죽음이 얽혀 있기 때문에 밝은 이야기가 될 수도 없다.

단지 아무도 피할 수 없는 죽음, 특히 병에 걸리지만 않았더라면 훨씬 더 오래 살았을 사람들이 죽음이라는 현실로부터 도망치지 않고 투병할 때, 그리고 가족과 의사들도 그러한 환자의 의지를 존중하면서 함께 투병에 참가할 때 앞의 이야기들에서 본 것 같은 일은 일어나지 않는다는 사실을 말하고자 한다.

그렇게만 된다면 일반 병원에서 죽음에 직면한 많은 환자와 가족들이 겪어야 하는 비참한 상황은 바꿀 수 있을 것이다. 그것을 호소하고 싶다.

어쨌든 나는 현재 일본에서 이루어지고 있는 끔찍한 종말기 의료의 현실을 바꾸고 싶다. 그것은 바꾸지 않으면 안 되는 것이기 때문이고, 또한 바꿀 수 있는 것이기 때문이다. 종말기 장면이야말로 개개인의 인권이 확실하게 보호되는, 피할 수 없는 죽음을 서러워하지 않는, 많은 사람들 중 한 명이 아니라 그 사람 고유의 존재가 마지막의 마지막까지 존중되는, 각자가 납득할 수 있는 인생을 완성시키는 장이 되어야만 한다.

어떤 사람은 엄숙한 이별의 장면에서, 어떤 사람은 석별의 눈물 속에서, 어떤 사람은 미소를 지으면서, 어떤 사람은 평소와 다름없이 술에 잔뜩 취한 채, 그리고 어떤 사람은 좋아하던 노래를 부르면서 인생의 마지막을 맞이하는 종말기 장면을 만들어가고 싶다.

앞으로 나올 이야기는 그런 상황을 만들어갈 수 있다는 것을 시사하는 것이라 생각한다. 그리고 앞에 나온 이야기와 마찬가지로 사실에 근거한 이야기이기도 하다.

그럼 이제부터 이야기 속으로 들어가 보자.

| 15분 동안 |

신앙심이 투철한 환자

종교가 사람을 구원할 수 있을까. 이런 골치 아픈 이야기를 하려는 것은 아니다. 단지 어느 신흥 종교의 열성 신자였던 예순세 살의 할머니가 자신의 인생에서 마지막으로 보낸 2개월 동안의 이야기를 하고 싶을 뿐이다.

그녀의 63년 인생 가운데 결혼하고 나서 40년 동안은 겉보기에 평온했다. 경제적으로 풍족했고 남편, 자녀들과의 관계도 원만했다. 하지만 그녀가 어떤 종교를 열심히 믿은 것은 마음속에 채워지지 않는 무언가가 있었기 때문인지도 모른다.

그런 그녀가 막 예순세 살이 되었을 때 대장암이 발견되었다. 변통便通 이상을 호소하며 찾은 병원에서 의사는 몇 가지 검사를 끝내더니 그녀에게 대장에 궤양이 생겼다며 수술을 권했다. 그러나 10년 이상이나 열성 신자였던 그녀는 신앙을 더 돈독히

하면 병이 나을 것이라 생각하고 수술을 거부했다. 난감해진 의사는 가족들과 상담한 끝에 실은 단순한 궤양이 아니라 암에 걸렸기 때문에 수술이 꼭 필요하다고 말하며 그녀를 설득했다. 그러나 결국 그녀의 마음은 바뀌지 않았다.

그녀는 자신의 신앙심이 부족한 탓일지도 모른다고 생각하면서도 장폐색에 가까운 병세로 인한 메스꺼움과 가끔씩 일어나는 구토, 그리고 암에 의한 동통을 해결하기 위해 내가 근무하는 병원을 찾았다.

진단은 간단했다. 그녀 스스로 암이라는 것을 먼저 밝히고, 처음 진단을 받았을 때부터 지금 이 병원에 오기까지의 경과를 자세히 설명해주었기 때문이다. 하지만 나는 그런 자세한 이야기를 듣지 않았더라도 계속되는 동통, 구역질, 가끔 일어나는 구토, 복부 팽만감 등의 증상만으로도 그녀의 병 상태를 알 수 있었을 것이다.

그녀의 구역질과 복부 팽만감은 암의 증대에 따른 대장의 협착狹窄 때문에 야기된 것이고, 동통이 지속되는 것은 암이 골반 내로 침윤浸潤했기 때문이다.

입원 후에 이루어진 각종 검사는 그 진단이 틀리지 않았음을 객관적으로 입증했다. 이미 병을 완치시키는 수술은 불가능한 상태였다. 그녀도 수술을 거부하며 어떻게든 동통만 없애달라고 호소했다.

그녀는 자신의 집 근처에 있는 병원의 의사로부터 진통용 좌약을 처방받았지만 암성 동통에는 거의 도움이 되지 않았던 것이다. 나는 그녀의 기대를 무시할 수 없었다.

오전에 입원한 그녀에게 그날 오후부터 진통제로 모르핀을 처방했다. 모르핀은 그녀에게 기적의 약이었다. 집 근처에 있는 병원의 의사에게 통원 치료를 받았음에도 한 달 이상이나 자신을 괴롭히던 동통은 입원 후 겨우 10cc의 모르핀을 두 차례 복용했을 뿐인데도 말끔히 사라져버렸던 것이다.

그날 저녁 그녀의 병실에 들렀다. 외래 진료실에서 보았던 고통으로 가득 찬 그녀의 표정은 더 이상 찾아볼 수 없었다. 대신 얼굴 가득 미소를 떠올린 그녀가 마치 어린아이처럼 좋아하며 말했다.

"선생님, 여태 저를 괴롭히던 통증이 정말 거짓말처럼 사라졌어요."

이 일이 있은 뒤로도 그녀의 신앙심은 결코 흔들리지 않았다. 우직하고 순수한 그녀의 성격으로 봐선 당연한 일이었다.

그리고 그녀를 괴롭히던 동통을 경감시키는 데 성공한 내가 또 다른 고통의 원인이 되고 있는 장폐색을 개선하기 위해서는 인공항문 조성 수술이 최선이라는 것을 설명하자, 웬일인지 그녀는 그렇게 거부감을 보이던 수술을 잘 부탁드리겠다며 순순히 받아들였다.

입원하고 3일째 되는 날 인공항문 조성 수술이 시행되었다. 암 병소 자체는 이미 손을 쓸 수 없었기 때문에 인공항문이 협착부에서도 항문 쪽으로 조성되었다. 그리고 수술 직후에 그 인공항문을 통해 대량의 배변이 이루어졌다. 수술 다음 날부터 그녀는 동통 이외의 고통에서도 해방되었다.

이렇게 해서 입원 후 4일째 되는 날에 나는 '나라는 존재'가 아니라 나의 의료지식과 기술에 의해 고통이 제거된 그녀로부터 신뢰를 받게 되었다. 동통과 메스꺼움에서 해방된 그녀는 정상적으로 식사도 할 수 있게 되었다. 그녀는 정말 기적을 만난 사람처럼 좋아했다.

새로운 시련

그러나 그녀의 신은 그 후에도 그녀에게 시련을 주었다. 그녀가 고통에서 해방되어 일시적으로나마 체력이 회복되기 시작했을 때 이번에는 그녀를 곁에서 지켜주던 남편에게 병이 찾아온 것이다.

어느 날 아침, 그녀의 남편은 격렬한 기침과 함께 혈담血痰을 토해냈다. 그날부터 혈담과 기침은 며칠 동안 계속되어 남편도 입원할 수밖에 없었다. 그녀 혼자 사용하던 2인 병실에 그가 입원하자 오랜만에 부부만의 시간을 갖게 되었다.

고통이 사라진 그녀는 건강했을 때를 방불케 할 정도로 부지런히 남편의 시중을 들었다. 그런데 입원 후에 실시한 검사에서 남편도 폐에 암이 생긴 사실이 밝혀졌다. 그것도 꽤 진행된 폐암이었다. 부부가 모두 암에 걸리다니 시련도 이런 시련은 없을 것이다.

당시 내가 근무하던 병원의 외과에서는 폐암 수술을 하지 않았기 때문에 남편은 대학병원의 폐외과로 이송되었다. 오랜만에 가져보는 둘만의 시간도 일주일 만에 끝났다. 두 사람은 따로따로 투병하게 되었다.

그녀는 자신의 병보다 남편의 병을 더 걱정했다. 자신은 이미 수술을 해도 소용이 없다는 것을 알고 있었다. 하지만 남편만은 어떻게든 나았으면 했다. 병원을 옮길 때 남편은 호흡곤란 증세를 보였는데 지금도 그럴까. 비록 몸이 쇠약해지긴 했지만 자신은 지금 고통에서 해방되었기 때문에 남편이 한층 더 걱정되는 것이었다. 자식들은 걱정을 끼치지 않으려는 듯 남편이 차츰 건강해지고 있다고 말해주었지만, 실상이 어떤지는 역시 걱정이었다.

어느 날 그녀는 마음속으로 한 가지 결심을 했다. 그 무렵 그녀는 서혜부鼠蹊部, 즉 샅으로 전이된 림프절 종대腫大 때문에 양쪽 다리가 부어올라 걷는 데 많은 불편을 겪고 있었다. 그런데 결심한 그날부터 보행 연습기를 사용해 필사적으로 걷는 연습을 하는 것이었다. 그 모습을 본 우리들이 "열심히 하시네요."라고 말을 건네자 그녀는 생글생글 웃으면서 대답했다.

"예, 그이도 대학병원에서 열심히 투병하고 있을 텐데, 저도 조금이라도 더 애써봐야죠."

그녀의 보행 연습은 이튿날도, 또 그 이튿날도 쉬지 않고 계속되었다.

그러나 그녀의 연습은 뇌졸중이나 골절 후의 재활 훈련과는 본질적으로 다른 것이었다. 병세가 고정된 뇌졸중이나 골절 후의 재활이라면 마비되거나 위축된 손발의 근육과 기능은 훈련을 거듭할수록 회복될 것이다.

그러나 그녀의 보행에 장애를 주고 있는 원인은 진행성 암이었다. 그녀의 필사적인 연습에도 기능 회복은 바랄 수 없었다. 오히려 시간이 흐를수록 보행 연습 도중에 벗겨진 슬리퍼를 다시 신는 안쓰러운 모습만 늘어가고 있었다.

보행 연습이 끝나면 그녀는 침대에 누워 터질 듯이 부어오른 다리를 반으로 접은 방석 위에 올려놓고 조금이라도 부기를 가라앉히려고 애썼다. 우리는 "너무 무리하시지 않는 게 좋습니다."라며 만류했지만, 그래도 그녀는 한동안 보행기에 매달리다시피 해서 연습을 계속했다.

하지만 현실은 늘 잔혹할 정도로 정직한 법이다. 병세가 더욱 악화됨에 따라 그녀는 자신의 생각이나 노력과는 정반대로 보행 연습을 할 수 없었다.

그녀는 어느새 병동 복도에서 모습을 감추었다. 그러니까 그녀의 은밀한 결심은 좌절되었던 것이다. 그 은밀한 결심이란 남편이 투병하고 있는 대학병원으로 가서 자신의 두 다리로 직접 걸어 남편의 병실을 방문하는 것이었다.

결심이 좌절된 후 그녀는 며칠 동안 풀이 죽어 지냈다. 그러나 곧 평소의 침착함을 되찾았다. 자신의 소원과 기도가 전혀 받아들여지지 않은 것에 상관없이 그녀의 신앙심은 여전했다. 아마도 그 신앙심으로 좌절을 극복했으리라.

그녀는 복도를 걸을 수 없게 되었지만 아직 침대를 오르내릴 수는 있었다. 그래서 자신의 의지대로 침대 위에 눕기도 하고 침대 옆에 앉기도 하면서 하루하루를 보냈다.

화장실도 별로 문제되지 않았다. 대변은 인공항문으로 처리할 수 있었기 때문에 소변만 침대 옆에 놓아둔 휴대용 변기로 해결하면 되었다.

모든 것이 좋지 않은 방향으로 흘러갔다. 그런데도 그녀의 기분은 안정되어 있었다. 아니 그렇게 보였을 뿐인지도 모르지만, 어쨌든 그녀는 회진 때 병실을 찾은 우리들에게 "걸을 수 없어서 속상합니다."라며 슬픈 표정을 지으면서도 "그래도 통증이 사라져서 아주 편해요."라고 미소를 지었다.

한 번만이라도 남편을 만나고 싶어요

은밀한 결심에 따른 시도가 좌절된 뒤로 그녀는 종종 남편에게 편지를 썼다. 어느 날 체온을 재기 위해 병실을 찾은 간호사가 마침 편지를 쓰고 있는 그녀를 보게 되었다. 간호사가 "어머, 할아버지께 연애편지를 쓰시나봐요?"라고 장난스럽게 놀리자 그녀는 혈색 잃은 얼굴을 살짝 붉히며 당당히 "예, 맞아요."라면서 웃었다. 그리고 "이렇게 편지를 쓰는 것밖에 달리 그이를 위로해줄 방법이 없네요."라고 덧붙이고는 갑자기 눈물을 흘렸다.

그녀의 병세를 생각하면 정말 무의미해 보이는 보행 연습도, 자주 쓰는 편지도 모두 남편에 대한 깊고 뜨거운 마음 때문이었던 것이다.

그 이야기를 간호사로부터 들은 다음 날, 나는 잠깐 시간을 내서 그녀의 병실을 찾았다. 그리고 잡담을 몇 마디 나눈 후 그녀에게 물어보았다.

"그런데 지금 가장 하고 싶으신 게 뭔가요?"

그러자 그녀는 침대에 누운 채 쓸쓸하게 대답했다.

"이런 몸으로 무리라는 건 알지만 한 번만이라도 그이를 만나보고 싶네요."

확실히 그녀는 누가 보아도 확연할 정도로 쇠약해져 있었다. 이 상태로는 그녀의 말대로 꽤 먼 곳에 있는 대학병원에 입원 중인 남편을 만나러 가는 것은 무리였다. 하지만 남편에 대한 그녀의 뜨거운 마음을 알고 있던 나는 어떻게든 그녀의 바람을 들어주고 싶다, 어떻게든 해야 하지 않을까 하고 생각했다.

그날 밤, 나는 그녀의 자식들에게 연락해서 만나자고 했다. 무슨 일이냐며 허둥지둥 병원으로 달려온 그들에게 나는 그녀와 나눈 대화 내용을 전하고, 그녀의 마음이 어떤지 말해주었다. 물론 그들도 그녀의 마음은 잘 알았다. 하지만 그녀와 마찬가지로 지금의 쇠약해진 건강 상태로는 어쩔 수 없는 일이라고 체념하고 있었다.

나는 한 가지 제안을 했다. 그것은 위험한 제안이었는지도 모른다. 하지만 누구나 같은 생각을 하면서도 선뜻 입 밖으로 말을 꺼내지 못하고 있다면 주치의인 내가 제안하는 것이 가장 적합했으리라.

나는 그들에게 말했다.

"어머님을 대학병원까지 모시고 가서 아버님과 만나게 해드립시다."

그러자 그들은 일제히 불안한 얼굴로 물었다.

"괜찮겠습니까?"

"괜찮다고는 장담할 수 없습니다. 왕복 네 시간의 이동은 아무리 차로 움직인다 해도 어머님의 상태를 급속히 악화시킬지도 모릅니다. 그러나 지금이라면 아직 괜찮을 수도 있습니다. 아니, 지금이 아니면 그런 시간을 가질 수 없을 겁니다. 상당히 위험한 일이지만, 그 위험만 각오한다면 어머님의 아버님에 대한 그 뜨거운 마음을 이루어드릴 수 있을 거라 생각합니다."

나는 그렇게 대답하고 다시 그들을 설득하듯이 덧붙였다.

"만약 이 시기를 놓친다면 앞으로는 어머님이 매일 눈에 띄게 쇠약해져가는 모습만 지켜보게 되겠죠. 저로서는 꼭 이루어드렸으면 좋겠습니다만……."

그들은 서로의 얼굴을 바라보며 잠시 아무 말이 없었다. 이윽고 큰딸이 먼저 입을 열었다.

"저도 어머니를 아버지께 모셔다 드리고 싶습니다. 만에 하나 가는 길에 무슨 일이 생긴다 해도 어머니의 마음을 우선해서 들어드리고 싶어요."

잠시 그들끼리 실랑이가 벌어졌지만 결국 다른 자식들도 동의했다. 그리고 그들은 내가 그녀의 대학병원 행을 제안한 것에 감사해하면서 말했다.

"만약 무슨 일이 생긴다 해도 저희들이 책임지겠으니 선생님은 아무 걱정 마십시오."

그들과 합의한 나는 이제 별로 시간이 없다는 생각에 바로 이틀 후로 면회 날짜를 잡았다.

다음 날, 나는 그녀를 찾아가 물어보았다.

"큰맘 먹고 대학병원에 가서 할아버지를 만나보시겠어요?"

그녀는 놀라움을 감추지 못하며 되물었다.

"정말이요? 정말로 갈 수 있겠수?"

"갈 수 있습니다. 자녀분들이 모두 모시고 가기로 했습니다."

그때 그녀의 얼굴에 환한 미소가 떠올랐다. 나는 지금도 그 미소를 잊을 수가 없다.

그날 하루 종일 그녀는 쾌활하고 흥분된 모습이었다. 마치 병이 다 나은 사람을 보는 것 같았다. 그날 밤, 그녀는 좀처럼 잠을 이룰 수 없었을 것이다. 자식들은 걱정할 것 없다고 했지만 남편은 과연 어떤 상태일까. 정말로 좋아져 있어야 할 텐데……. 만나면 무슨 말을 할까. 무슨 말부터 하면 좋을까. 이런저런 생각들이 떠올랐다가 사라지기를 몇 번은 되풀이했을 것이다.

당일 아침, 자식들의 도움을 받아 떠날 채비를 마친 그녀가 휠체어에 앉은 채 간호사 스테이션에 얼굴을 내밀었다. 그리고 만면에 미소를 떠올리면서 인사했다.

"그럼 다녀오리다."

그녀는 옛날 사람답게 단아한 모습이었다. 하지만 그 상냥한 얼굴도 자세히 들여다보면 움푹 꺼진 눈에 병색이 완연했다. 그것을 알아차린 한 간호사가 그녀의 기쁨에 찬 마음을 충분히 헤아리고는 놀리기라도 하듯 말했다.

"모처럼 그리운 서방님을 만나러 가시는데 꽃단장도 좀 하셔야죠."

그녀와 자식들은 웃으면서 고개를 끄덕였다. 일단 병실로 돌아간 그녀는 옅은 화장으로 병색을 감추고 다시 간호사 스테이션으로 인사하러 왔다.

그 후 그녀는 나와 간호사들의 전송을 받으며 자식들과 함께 대학병원으로 떠났다. 처음에는 나도 동행할 생각이었지만 병원 일 때문에 아무래도 시간을 낼 수 없을 것 같아 단념하고 말았다. 하지만 도중에 무슨 일이 생길 경우에는 가까운 병원으로 가기로 자식들과 미리 합의해둔 상태였다.

그날 저녁때가 다 되어 그녀는 무사히 돌아왔다. 아침에 하고 갔던 화장은 그새 모두 지워져서 정말로 피곤해 보이는 표정이었지만, 병원에 돌아왔다는 인사를 하려고 간호사 스테이션에 얼굴을 내민 그녀는 미소를 떠올리면서 말했다.

"덕분에 남편도 만났고, 대학병원 근처에 살고 있는 딸네 집에도 다녀왔습니다. 이제 여한이 없네요. 정말 고맙구려."

자식들도 피곤에 지친 어머니를 걱정하면서도 무사히 돌아왔다는 것과 어머니의 소원을 들어드린 것 때문인지 만족스런 표정으로 인사를 했다.

내가 "할아버지는 좀 어떠시던가요?"라고 묻자 그녀는 "그다지 좋아 보이지는 않았어요. 내 몸도 성치 않아서 오래 함께 있을 수 없었고요. 그래도 15분 동안이나 있었다오."라고 대답했다. 내가 "그래도 만나 봬서 정말 좋으셨지요?"라고 거들자 그녀는 깊숙이 고개를 끄덕였다.

소원을 이루고

병실로 돌아와 잠옷으로 갈아입은 그녀는 피곤했는지 침대에 눕자마자 바로 눈을 감고 잠에 빠져들었다. 그녀가 잠든 것을 확인한 자식들은 다시 나에게 인사하기 위해 간호사 스테이션으로 찾아왔다. 내가 새삼스럽게 "어머님께선 좋아하시던가요?"라고 묻자 큰아들이 대표로 이렇게 말했다.

"어머니는 대학병원으로 가는 차 안에서 줄곧 누워 계셨어요. 대학병원에 도착하고 나서 아버지가 있는 병실 입구까지는 휠체어를 탔는데, 병실에 들어갈 때는 휘청거리면서도 당신 두 발로 걸어 들어가시더군요. 그러나 실은 어머니도 말씀하셨듯이 아버지는 상태가 많이 안 좋아지셔서 침대에서 일어날 수도 없었습니다. 그런 아버지의 모습을 본 어머니는 순간 할 말을 잃은 듯했지만, 곧 웃는 얼굴로 돌아와 '여보, 괜찮아요?'라면서 침대 옆 의자에 앉아 아버지의 손을 잡으시더군요. 아버지도 고개를 끄덕이며 어머니의 손을 맞잡았습니다. 두 분은 서로 재회를 기뻐하며 마주 바라본 채 눈물을 흘렸고, 그다지 많은 대화는 나누지 않았지만 그것만으로도 두 분은 충분한 것 같았습니다. 겨우 15분 동안의 짧은 재회였지만, 어머니를 모시고 간 게 정말 잘한 일 같습니다."

그녀는 남편과의 면회를 끝낸 후 대학병원 근처에 사는 딸네 집에 가서 두 시간 정도 쉬었고, 돌아오는 차 안에서는 갈 때와 마찬가지로 내내 누워 있었다고 한다. 나는 큰아들의 말을 다 듣고 나서 "저도 실은 걱정을 많이 했는데, 그래도 정말 잘되었군요."라고 말하면서 자식들과 기쁨을 함께 나누었다.

자식들은 피곤에 지쳐 깊은 잠에 빠져 있는 어머니를 다시 한 번 살펴보고 나서 각자의 집으로 돌아갔다. 나도 퇴근하기 전에 그녀의 병실을 찾았는데, 그녀는 내가 들어온 줄도 모를 정도로 깊이 잠들어 있었다. 잠든 그녀의 얼굴은 온화하고 편안해 보였다. 그녀는 깊은 잠 속에서 어떤 꿈을 꾸고 있었을까.

이렇게 해서 그녀가 자신의 간절한 소원을 이룰 수 있었던 하루는 무사히 지나갔다. 그녀가 만족해서 깊은 잠에 빠진 것처럼 그녀의 자식들도 어머니의 소원을 들어드렸다는 안도감에 편안하게 잠들 수 있었을 것이다. 나도 그랬다.

다음 날, 평소와 다름없이 출근해서 곧장 간호사 스테이션으로 갔다. 당직 간호사에게 지난 밤 그녀가 어땠냐고 묻자 간호사가 보고했다.

"정말 푹 주무시고 계셔서 깨우기가 죄송할 정도였어요. 체온 검사 때문에 말을 걸었는데 눈을 잠깐 뜨셨다가는 바로 잠들어 버리시더라고요. 꽤 피곤하셨나봐요."

보고를 받은 즉시 나는 그녀의 병실로 갔다. 그녀는 확실히 어젯밤에 보았던 대로 잘 자고 있었다.

"안녕하세요?"

내가 말을 걸어보았지만 내 목소리 따위는 전혀 들리지 않는 듯 그녀는 미동도 하지 않았다. 이번에는 어깨를 살짝 흔들며 다시 말을 걸자 마침내 그녀가 천천히 눈을 반쯤 떴다.

그 눈을 보는 순간 나는 깜짝 놀라 그녀의 몸을 흔들면서 소리를 질렀다. 그녀의 눈은 이미 아무것도 보고 있지 않았다. 단지 그곳에는 빛을 잃은 눈이 있었을 뿐이다. 몸을 흔들면서 소리를 질러보았지만, 그녀는 다시 눈을 감더니 깊은 잠의 세계로 들어가 버렸다. 이게 도대체 무슨 일인가. 그녀에게는 이미 우리들과 교류할 수 있는 의식이 없단 말인가.

나는 침대 베갯머리에 있는 간호사 호출 버튼을 눌러 혈압계를 가져오게 했다. 그리고 간호사가 혈압계를 가져오자마자 서둘러 혈압을 재보았더니 최고치가 이미 60을 밑돌고 있었다. 그녀는 깊은 잠에 빠진 채 죽음을 맞이하고 있었던 것이다.

곧바로 자식들에게 연락했다. 자식들과 친척들이 속속 모여들었다. 그동안 승압제를 사용하고 산소도 공급해주었지만 한번 내려가기 시작한 혈압은 회복될 기미를 보이지 않았다. 그녀는 가족들이 큰소리로 불러도 눈을 감은 채 희미하게 안구만 움직일 뿐이었다. 그녀의 의식은 이미 우리들과는 연관이 없는 세계로 여행을 떠나고 있었다.

어제 그녀가 한계를 넘으면서도 간절한 소원을 이루고, 그 후 잠에 빠진 채 급격히 나빠진 것은 마치 그녀 자신의 의지를 나타내고 있는 듯했다. 나는 자식들과 그녀의 치료에 대해 이야기를 나누었는데, 승압제에도 아무 반응을 보이지 않는 상태라 더 이상 연명치료는 하지 않기로 합의되었다.

나도 자식들도 그녀가 이렇게 갑작스레 나빠진 것에 놀랐다. 그러나 우리는 모두 일종의 감동도 느끼고 있었다. 얼마 후 죽을 그녀와의 이별은 분명히 슬픈 것이지만, 어제부터 오늘 지금 이 순간에 이르기까지 그녀가 보인 변화에서는 오로지 그녀의 마음만 느낄 수 있었기 때문이다.

그리고 그날 오후, 남편을 만난 지 스물네 시간 만에 그녀는 정말로 잠이 든 채 하늘나라로 떠났다. 어쩌면 남편 꿈을 꾸고 있었는지도 모른다.

자식들은 모두 마지막 순간에 어머니를 위해 눈물을 흘렸다. 하지만 그 눈물은 단순히 어머니와의 이별을 슬퍼하는 눈물만은 아니었다. 혼신의 힘을 다해 살아온 어머니의 마지막 소원을 들어드릴 수 있었다는 만족감에서 흘리는 눈물이기도 했다.

병리 해부를 받은 그녀가 가족들과 함께 집으로 돌아간 후 누군가 내게 무심코 이런 말을 던졌다.

"대학병원에 가지 않았다면 좀 더 오래 살 수 있지 않았을까?"

분명 맞는 말이다. 만약 그녀가 남편에 대한 마음만을 간직한 채 그냥 병원 침대에서 지냈다면 일주일, 아니 그보다 더 오래 살 수 있었을지도 모른다.

그러나 그녀가 남편과 따로 투병하게 되고부터 줄곧 바랐던 남편과의 재회를 마침내 이룬 15분과, 남편만을 생각하면서 그저 죽음을 기다리는 일주일을 비교했을 때, 그녀 자신에게는 어느 쪽이 과연 더 의미 있는 시간이었을까.

나도 가족들도 15분 동안의 재회 쪽이 더 의미가 있다고 생각했다. 그리고 이제는 물어볼 수도 없지만, 누구보다 그녀 자신이 그렇게 생각했을 것이다.

| 패 닉 |

과로에 의한 발병

누구나 평탄한 길만 걸으며 인생을 보내는 것도 아니고, 가시덤불 길을 지나왔다고 해서 평온한 나날이 기다리고 있는 것도 아니다. 일에 쫓겨 힘겹게 하루하루를 보내다가 마침내 좀 나은 인생을 보낼 수 있겠구나 싶을 때 뜻하지도 않은 함정에 빠지는 경우도 있다.

그녀 또한 그런 인생의 비정함을 체험할 수밖에 없었던 사람이다. 수술하기 전날 밤, 입원하고 나서 겨우 마음을 터놓기 시작한 그녀가 마침내 내일 자신의 목숨을 맡기게 될 나에게 말해 준 그녀의 인생과 수술에 이르기까지의 심정적인 변화는 눈물 없이는 들을 수 없는 것이었다.

예순 살이 될 때까지 그녀는 자신이 행복하다고 생각한 날이 하루도 없었다. 아니, 그보다는 정신없이 일만 하다 보니 그런 생각을 할 틈이 없었던 것이다. 게다가 이렇다 하게 내세울 만한 기술도 없었기 때문에 늘 단순한 육체노동만 해야 했다. 그런 일은 날품팔이인 경우가 많아서 하루 쉬면 그만큼 수입이 줄기 때문에 웬만한 병에 걸려서는 쉴 수도 없었다. 어쨌든 아이들을 키워야 했기 때문이다.

결혼하고 12년째 되는 여름날 밤, 변변한 벌이도 없이 매일 술로 지내던 목수 남편은 아이를 셋이나 남겨놓은 채 피를 토하고 죽었다. 그때 제일 큰애가 열두 살, 둘째가 다섯 살, 막내는 아직 한 살이었다.

주정뱅이 남편에게는 만정이 다 떨어졌기 때문에 그가 죽어도 별다른 충격을 받지 않은 그녀도 어린아이를 셋이나 여자 혼자의 몸으로 키워야 한다고 생각하니 절망적인 기분이었다.

문득 아이들을 길거리에 내다 버릴까 하는 생각도 들었지만, 천진난만하게 그녀를 쳐다보는 아이들을 보자 그런 마음은 멀리 달아나버렸다. 가만히 생각해보니 지금까지도 그녀 혼자 일한 것이나 다름없지 않은가.

그녀는 닥치는 대로 일했다. 그리고 최저의 생활이기는 했지만 모자 넷이서 그럭저럭 살아갈 수 있었다.

"도둑질 말고는 죄다 했지요."

그렇게 말하는 그녀의 억척스러운 모습을 보며 자식들은 엇나가는 일 없이 잘 커주었다. 위로 둘은 의무교육밖에 받지 못했지만 풍요롭다고는 할 수 없어도 지금 견실하게 살고 있고, 막내는 그녀가 예순 살이 된 올해 봄에 고등학교를 졸업하고 지방에 있는 회사에 취직해 기숙사에 들어갔다.

그리고 자식들은 그녀에게 월급을 조금씩 모아 생활비와 용돈을 드릴 테니 이제부터는 좀 한가롭게 사시라고 말했다. 그녀는 "앞으로 내 몫만 일하면 되니 훨씬 편하지 않겠냐."라고 웃으면서 말하고, 복받쳐 오르는 기쁨을 느끼며 자식들의 제안을 거절했다.

마침내 자신도 여느 부모처럼 살게 되었구나 하는 기분이었다. 육십 평생 처음으로 행복의 한 자락을 잡았다는 실감에 젖을 수 있었던 것이다.

하지만 운명은 그녀에게 안식의 나날을 선물하지 않았다.

이해 여름이 끝나갈 무렵부터 그녀는 지속적인 위통과 구역질에 시달렸다. 게다가 다른 때 같으면 여름 동안 줄었던 몸무게가 가을이 되면서 원래대로 돌아왔는데, 이번에는 전혀 회복될 기미를 보이지 않았다.

그러자 웬만한 일로는 꿈쩍도 하지 않을 정도로 어기찬 그녀도 불안을 느끼고 올 가을 초에 내가 있는 병원을 찾게 되었다. 지금까지 어지간한 병으로는 병원에 가려고도 하지 않았다. 또 시간적 경제적 여유도 없었던 그녀는 병원과는 전혀 인연이 없었다. 그런데 어느 정도 생활에 여유가 생긴 순간 어쩔 수 없이 병원과 인연을 맺어야만 했던 것이다.

외래 진료실에서 그녀를 진찰한 나는 그녀의 호소에 근거해 엑스선으로 위 검사를 실시했다. 결과는 암이었다. 게다가 위의 절반가량을 차지한 진행형 암이었다.

일주일 후 검사 결과를 들으러 온 그녀의 불안한 얼굴을 보니 마음이 더욱 무거웠다. 그러나 사실은 사실이다. 다만 암은 수술로 적출할 수 있을지 없을지 모를 정도로 진행된 상태였기 때문에 다른 의사들이 하듯이 나도 우선은 그녀에게 거짓말을 하기로 했다.

나는 그녀를 진료실로 불러 엑스선 사진을 보여주며 커다란 궤양이 생겼기 때문에 입원 치료가 필요하다고 설명했다. 어쩌면 수술을 할 수 있다는 말도 해두었다. 그리고 최종적 치료 방침은 내시경 검사의 결과를 보고 결정하기로 하고, 내시경 결과가 나올 때까지는 외래 치료를 계속하기로 했다.

누구든 마음의 준비는 필요할 것이다. 설령 완치될 수 있는 병이라 해도 말이다. 치료를 받는 것은 결국 환자 본인이기 때문이다.

병명을 숨기고

그럼 다시 그녀의 이야기로 돌아가 보자.

그녀는 병원에서 집으로 돌아가는 버스를 탔다. 버스가 흔들리는 대로 몸을 내맡긴 채 자신은 정말이지 운이 나쁜 여자라고 생각했다. 겨우 아이들을 키워내고 한숨 돌리나 했더니 이번에는 위궤양으로 입원해야 한다니……. 이 세상엔 하느님도 부처님도 없단 말인가. 하긴 그런 것이 있었다면 내가 이런 혹독한 처지에 놓여 있는데도 모른 척할 리가 없겠지. 그러니까 확실히 하느님도 부처님도 없는 거야.

그녀는 자신에게 찾아온 불행에 화를 내면서 흔들리는 버스 안을 둘러보았다. 승객은 많지 않았지만 남녀노소 다양한 사람들이 타고 있었다. 한 사람 한 사람 모두 다른 표정에, 불행해 보이는 사람도 행복해 보이는 사람도 있었다.

그중에는 언제 관에 들어간다 해도 아쉬울 게 하나 없어 보이는 파파할머니도 있었다. 파파할머니는 적당히 흔들리는 버스에 몸을 맡기고 편안한 표정으로 자고 있었다. 그녀는 그렇게 편안한 모습으로 자고 있는 파파할머니가 갑자기 저주스러웠다. 이제 겨우 한숨 돌리고 행복하게 살게 된 자신이 아니라 언제 죽어도 이상할 게 없는 그 파파할머니야말로 병에 걸려야 했다. 그런데도 파파할머니는 기분 좋게 자고 있고, 자신은 어쩌면 수술까지 받아야 할지도 모른다. 정말 잘못돼도 한참 잘못된 세상이다. 그녀는 몹시 혼란스러웠다.

집으로 돌아왔을 때 그녀는 혼란에서 벗어나 있었다. 그리고 명치를 가볍게 눌러보았다. 어김없이 통증이 느껴졌다. 역시 치료는 필요한가? 잠시 생각에 잠긴 그녀는 하나의 결론에 도달했다. 뭐 이제까지도 혼자 힘으로 잘해왔잖아? 어떻게든 되겠지. 어쨌거나 의사가 권한 대로 입원해보자. 아이들에게는 치료가 순조로울 때 연락하면 된다. 겨우 자리를 잡아가고 있는 아이들에게 걱정을 끼치고 싶지는 않다. 늘 혼자 결정해서 살아왔다. 이번 일도 가능한 한 혼자 힘으로 해결해보자.

일단 그렇게 결심하자 마음이 금세 안정되었다. 그날 밤은 기분이 상쾌해져서 오랜만에 숙면까지 취할 수 있었다고 그녀는 말해주었다.

그녀가 그런 결의를 하고 며칠이 지났다. 나는 그녀의 위를 내시경으로 관찰했다. 내시경으로 확인된 암 병소는 위의 출구인 유문부幽門部에서 위의 중앙부인 위체부胃體部까지 퍼져 있었다. 내시경 검사를 끝낸 내가 말했다.

"역시 수술이 필요할 것 같습니다."

그러자 그녀는 이미 결심하고 있었다는 듯 흔쾌히 동의하며 대답했다.

"선생님께 맡기겠어요."

그날 곧장 입원 예약을 한 그녀가 집으로 돌아가고 난 후 나는 수술에는 동의를 받았지만 암 병소를 절제하는 것은 어려울지도 모른다고 생각했다.

그렇지만 설사 절제할 수 없다고 해도 얼마 남지 않은 위의 정상 부분과 소장의 문합吻合(장기 등이 서로 교통되도록 이어주는 부분) 수술만이라도 해야 한다. 곧 암 병소의 확산에 의해 위의 출구가 완전히 막혀버릴 것이기 때문이다. 그러니까 수술은 어쨌든 필요했다.

수술을 목적으로 입원 예약을 하고 집으로 돌아온 그녀는 외래 진료실의 간호사에게 받은 입원 안내서에 기재되어 있는 대로 입원 생활에 필요한 물품을 꾸리기 시작했다. 가방을 다 꾸린 그녀는 자식들에게 전화를 걸었다.

"위궤양으로 수술을 받게 되었는데, 별 걱정은 하지 않아도 될 것 같구나. 다만 수술을 받고 며칠 정도 누가 돌봐주면 되니까 부탁 좀 하자."

갑작스런 전화에 놀란 자식들은 그날 바로 서로 연락을 취했고, 다음 날 큰아들이 대표로 나를 찾아왔다. 큰아들은 서른 살을 조금 넘긴 성실하고 정직해 보이는 사람이었다. 그에게 어머니의 병명과 병세를 알려주었다. 그러자 점점 창백하게 굳어가는 얼굴로 그가 되물었다.

"위궤양이 아니었습니까?"

나는 또 수술로 나을 수 있을지 없을지 확신할 순 없지만 방치했다간 위의 출구가 막혀 구토를 되풀이할 것이다, 그러니 치료하지 못한다 해도 새로운 음식물 통로를 만드는 우회로迂廻路

수술만이라도 하면 병세의 개선과 연명에 도움이 될 것이라고 설명해주었다(우회로 수술 혹은 우회술은 기존 방법으로는 불가능할 때 다른 방법으로 목적을 이루고자 하는 수술이나 시술이다. 위 우회술이라면 위의 일부와 십이지장이 아닌 소장을 바로 이어준다).

어쨌든 수술 외에 다른 방법은 생각할 수 없었다. 긴장해서 내 얘기를 듣고 있던 큰아들은 창백한 얼굴로 납득한 듯 고개를 끄덕였다.

얼마쯤 있다가 큰아들은 병명에 관해서는 위궤양으로 해두자고 나에게 부탁했다. 어머니가 살아온 인생을 누구보다 잘 알고 있는 그는 그녀에게 찾아온 새로운 불행을 그녀에게만은 절대로 알리고 싶지 않았던 것이다.

마침내 찾아온 평화로운 일상, 그것은 잠시 동안이었지만, 지금 다시 그깟 위궤양쯤이야 하고 혼자 힘으로 직면한 어려움을 이겨내려 하는 어머니에게 어떻게 암이라고 말할 수 있단 말인가. 이게 꿈이라면 좋으련만. 뒤로 미룰 수 있는 불행이라면 조금이라도 미뤄두고 싶다. 그의 가슴속에는 그런 생각이 확고한 듯했다.

나중에 그의 생각이 자식들의 일치된 생각이라는 말을 다시 한번 듣고 우리 의료진도 그녀에게는 위궤양으로 밀고 나가기로 방침을 정했다.

다시 그녀 이야기로 돌아가자.

입원하고 나서 수술 전날 밤까지의 일주일, 그녀는 긴장도 했지만 수술에 대한 기대도 높여가고 있었다. 그녀는 수술이 당연히 성공할 것으로 믿었고, 나와 대화를 나눌 때도 수술에 대한 불안보다 오히려 수술 후의 이야기를 더 많이 할 정도였다.

"수술을 마치고 퇴원하게 되면 올해까지 하던 일만 마무리하고 그동안 한 번도 가본 적이 없는 온천에 가서 돈을 실컷 써보고 싶네요."

그녀는 그렇게 말하고 큰 소리로 웃었다.

수술 전날 밤 "꼭 도마 위에 오른 생선 같구려."라면서 마음이 완전히 안정된 그녀가 들려준 이야기는 이상과 같은 것이었다.

수술 결과

마침내 수술하는 날이다.

수술은 오후 1시 30분부터 시작되었다. 전신 마취를 한 그녀는 수술이 시작되고 나서 끝날 때까지의 모든 기억이 없을 정도로 깊은 잠에 빠져 있었다. 그런 깊고 깊은 잠에 빠져 있는 동안 햇볕에 노출돼 갈색으로 그을린 그녀의 피부와는 너무 이질적인 하얀 복부에 메스가 가해졌다.

집도 5분 후에 나는 그녀의 몸 상태가 예상보다 훨씬 심각하다는 것을 알게 되었다. 엑스선 사진과 내시경 검사로 상당히 진행된 암이라는 것은 알았지만, 배를 열고 보니 암은 위뿐만 아니라 이미 복강 내 곳곳에 퍼져 있었다. 최악의 사태에 대비해 예정해 놓은 위와 소장의 문합술도 곤란할 지경이었다.

그러나 우리 의사들은 이대로 배를 닫아버릴 마음은 없었다. 간신히 위의 상부에서 문합 가능 부위를 찾아낸 우리는 어떻게든 위와 소장의 새로운 우회로를 만들기로 했다.

이 우회로가 기능적으로 효과를 발휘할지 어떨지는 의문이었지만, 달리 방법이 있는 것도 아니었다. 그리고 우리는 문합을 끝내자마자 바로 배를 닫았다.

잠시 후 나는 가족들을 수술실로 불러 수술하면서 있었던 일들을 설명해주었다. 긴장해서 내 이야기를 듣던 자식들의 얼굴이 망연자실해지는 것을 알 수 있었다. 큰아들이 다시 마음을 가다듬은 표정으로 물었다.

“앞으로 얼마나 남은 겁니까?”

“최선을 다하겠지만 길어야 겨우 한두 달일 겁니다.”

그때 막내가 “고작 그것밖에 안 된다고요?”라고 말하더니 이내 비틀거리며 쓰러졌다. 형들이 그를 부축했지만 그의 얼굴에는 이미 핏기가 사라지고 없었다.

나는 자식들에게 다시 한번 확인해주었다.

“수술 후에 깨어나도 위궤양이었다고 계속 말씀드려야 하고, 수술도 무사히 끝났다고 해야 합니다.”

그러자 그들은 동시에 고개를 끄덕이며 대답했다.

"물론입니다."

수술 후 일주일, 그녀는 모든 과정이 순조롭게 진행되고 있다고 생각했을 것이다. 그녀에게 붙어 있던 튜브가 날마다 제거되어 지금은 쇄골하(빗장뼈 아래)로 삽입된 고칼로리 수액용 튜브만 남아 있었기 때문이다.

하긴 고칼로리 수액용 튜브는 그녀에게 붙어 있다기보다도 그녀를 지탱하고 있다고 해야 옳을 것이다. 수술 후 유동식 섭취만이 허용된 그녀는 자신에게 필요한 에너지의 대부분을 그것을 통해 공급받고 있었으니 말이다.

나도 그녀의 가족도 지난 일주일 동안의 경과를 보고 마음을 놓고 있었다. 어쨌든 유동식까지는 섭취할 수 있었기 때문이다. 아직 위의 출구는 폐색되지 않았을 것이다. 그러나 폐색은 이제 시간문제였다.

수술 후 2주째 되는 날 저녁, 유동식은 문제가 되지 않았기 때문에 이어서 반유동식인 3부죽으로 식사 수준을 높여보기로 했다. 그러나 거기까지였다. 그녀는 식사가 3부죽까지 높아진 것을 기뻐하면서 맛있게 먹었지만 곧바로 입을 통해 먹은 것을 다시 토해냈기 때문이다.

우려했던 일이 마침내 현실로 나타난 것이다. 암에 의한 위의 협착은 반유동식마저 통과시킬 수 없을 정도로 진행되어 있었다. 그리고 우리가 일말의 희망을 걸고 있던 위와 소장의 우회로도 현실적으로는 거의 도움이 되지 않았다는 것이 증명되고 말았다.

그때까지의 경과가 순조로웠기 때문에 첫날 구토를 했을 때 "오랜만에 밥알이 들어가서 장이 놀랐나보다." 하고 여유를 보이던 그녀도 다음 날 역시 식사 후에 구토를 하게 되자 불안해진 듯했다. 그리고 무엇 때문에 이러는지 설명해주길 바라게 되었다.

나는 협착의 정도가 심해지고 있는 것을 알았지만, 일단 배의 엑스선 사진을 찍었다. 그 사진을 보여주면서 그녀에게 설명했다.

"수술 후에 가끔 장이 들러붙는 일이 있는데, 아무래도 그것 때문에 장이 막힌 것 같습니다."

그리고 어렵게 시작된 식사지만 잠시 중단하고 상황을 지켜보자고 했다. 그녀는 "큰 수술을 받았으니까 완치될 때까지는 이런저런 일들이 있겠지요."라고 대꾸하며 일단은 납득한 듯했다.

수술 후 3주째, 사태는 더욱 악화되었다. 일주일 가까이 절식했음에도 그녀의 구역질은 계속되었다. 그리고 결국에는 아무것도 먹지 않았는데도 구토를 했다. 협착이 더욱 진행되어 위의 출구가 완전히 막혀버린 것이다. 그 때문에 아무것도 먹지 않아도 위 속에는 위액이 고이게 되고, 그렇게 고인 위액은 본래의 기능을 상실한 채 저류貯留의 한계를 넘을 때마다 입을 통해 나오게 된 것이다.

계속되는 구토에 견딜 수 없어진 그녀는 우리의 장폐색 악화라는 설명을 받아들였다. 그리고 일단 떼어낸, 콧구멍에서 위에 이르는 위관胃管 튜브를 재삽입해주기를 스스로도 바라게 되었다. 위관은 위에 고인 위액을 체외로 자연 유출시키기 때문에 인두의 위화감에만 익숙해진다면 구역질과 구토에서는 해방될 수 있다.

그녀의 투병 태도에 조금씩 변화가 생기기 시작한 것도 이 무렵부터였다. 다시 위관이 삽입되고 나서 그녀는 점점 말이 없어졌다. 우리가 회진하러 병실에 들러도 수술 후 얼마 동안 떠올리던 미소를 거두고 불쾌한 듯한 얼굴만 보일 뿐이었다.

나는 경솔하게도 위관에 의한 불쾌감 때문에 그러는 것이라고 생각했다. 그녀의 병세를 장폐색이라고 합리적으로 설명할 수 있었기 때문이다. 하지만 실은 그녀뿐만 아니라 우리의 태도도 변해 있었다. 아무리 합리적으로 설명할 수 있다고 해도 계속해서 거짓말을 한다는 것은 우리에게도 부담이었다. 언제까지 거짓말을 계속할 수 있을지 불안했다.

그 때문에 그녀의 병실을 찾아가도 그곳에 머무는 시간은 날이 갈수록 줄어들었다. 의사로서 의무적으로 격려의 말만 전하고 그녀가 무언가 묻기 전에 서둘러 병실에서 나오게 되었다. 그래도 그녀는 가족이나 우리들로부터 덧없는 격려를 받으며 지푸라기라도 잡는 듯한 심정으로 일말의 희망을 갖고 있었는지도 모른다. 물론 거짓 희망은 언젠가 반드시 깨지게 될 터였다.

패닉 상태

수술 후 4주째 되는 날 아침, 큰 사건이 터지고 말았다.

아침 9시 무렵이었다. 곁에서 수발을 들던 그녀의 큰며느리가 간호사 스테이션으로 뛰어와 다급한 목소리로 말했다.

"어머님께서 큰일 났습니다. 빨리 와주세요!"

병실로 달려간 간호사는 처음에 무슨 일이 일어났는지 이해할 수 없었다.

그녀는 침대에 앉아 피와 구토물에 범벅이 된 채 지금까지 볼 수 없었던 괴기스런 형상으로 소리를 질러대고 있었던 것이다. 그 모습을 본 간호사는 그저 멍하니 서 있을 수밖에 없었다.

그런데 마음을 진정시키고 찬찬히 살펴보니 그녀는 그때까지 자신의 목숨을 지탱시켜주던 고칼로리 수액의 튜브를 스스로 빼낸 뒤였다. 게다가 구토를 막기 위해 조성한 위관도 빼냈다. 놀라면서도 큰 소리로 "어떻게 된 거예요?"라고 묻는 간호사를 향해 그녀는 분명하게 "의사를 불러와!"라고 고함을 쳤다. 간호사는 그 기세에 눌려 이유도 묻지 못하고 간호사 스테이션으로 돌아왔다.

그리고 마침 아침 회진을 돌기 위해 간호사 스테이션에 얼굴을 비친 나에게 당황한 목소리로 말했다.

"어서 그 여자 환자 분의 방에 가보세요."

이유도 모른 채 황급히 병실로 뛰어간 내 얼굴을 보자마자 그녀는 "이제 그만 좀 해!"라고 다짜고짜 소리를 지르고 나를 노려보았다.

"무슨 일입니까?"

얼떨결에 묻는 나에게 그녀는 다그치듯 말했다.

"암이면 암이라고 확실하게 말해!"

그러고는 "와악!" 하고 울음을 터뜨리며 쓰러졌다.

그녀는 울면서 계속 소리를 질러댔다.

"수술하고 나서도 전혀 좋아지지 않았어. 오늘은 변소에도 내 발로 못 갔단 말이야! 침대에서 일어설 수가 없었다고. 이렇게 살이 빠져버렸는데, 이런 병이 위궤양일 리 없어. 부탁이니까 이제 그만 좀 하고 진실을 말해줘. 죽는 건 하나도 무섭지 않아."

내가 제대로 대답하지 못하고 머뭇거리자 다시 "이대로는 반송장이나 마찬가지야!"라고 울부짖으면서 구토를 했다.

나는 반쯤 얼이 빠져 있었지만 눈앞에서 벌어진 사태를 어떻게든 수습하지 않으면 안 된다고 생각했다. 그녀는 분명히 패닉, 즉 정신적 공황 상태였다. 올바른 정신 상태가 아니었다. 그런 그녀에게 제정신으로 대응해봤자 무의미할 뿐이다. 지금은 우선

암인 것을 부정하고 나서 평소처럼 격려해주고, 강한 진정제 주사를 놓아서 어떻게든 그녀를 재우는 수밖에 없다.

그렇게 생각했을 때 갑자기 내 눈앞에 '그'의 얼굴이 떠올랐다. 그래, 바로 '그'의 얼굴이었다. 죽기 사흘 전에 "그런데 선생님, 내가 진짜 어떤 병에 걸린 겁니까?"라고 물어왔던 그의 얼굴이었다. 그는 슬퍼 보이는 눈으로 나에게 말한다.

"또 도망치려고?"

그리고 잠시 후에 이렇게 덧붙인다.

"도망쳐서는 안 돼, 도망치지 마."

그렇다. 도망쳐서는 안 된다. 버텨야 한다. 그녀의 고함소리를 강하게 부정하고 진정제 주사를 놓아서 재우는 것은 간단하다. 하지만 약효가 사라져서 다시 깨어난 그녀에게 도대체 어떤 변화가 있단 말인가. 변하는 건 아무것도 없을 것이다. 설령 그날 하루 그녀를 속인다 해도 다음 날에는 전날보다 더 나빠져 있을 것이다. 그러면 그녀는 또 "이제 그만 좀 해, 진실을 말해줘!"라고 소리를 지를 것이다. 다음 날도, 또 그 다음 날도.

우리가 필사적으로 노력한다면 며칠 동안은 그녀에게 희망을 줄 수 있을지도 모른다. 하지만 그녀는 곧 침대 위에서 몸을 뒤칠 수도 없게 될 것이다. 그때 그녀는 주위에서 무어라 격려를 해도 확실하게 다가오고 있는 죽음을 알아차릴 수밖에 없으리라. 그리고 그때서야 비로소 자신이 거짓된 세계에 있었다는 것을 알게 될 것이다.

그때 그녀가 빠지게 될 절망의 늪은 얼마나 깊을까. 아무도 자신을 믿어주지 않는다. 아무도 진실을 말해주지 않는다. 그리고 주위 사람들은 그녀의 기분이야 어찌 되건 그녀에게는 무의미하고 성가시기만 한 격려로 그녀를 점점 고독하게 만든다. 결국 그녀는 찾아올 죽음의 공포와 혼자 싸울 수밖에 없게 된다.

그녀가 지금 불치병에 걸렸다는 사실을 안다 해도, 그 결과 절망적인 기분에 빠진다 해도, 그 절망의 깊이가 계속 속고만 있다가 완전한 고독 속에서 죽음이 찾아오는 것을 자신의 육체적인 변화로 알게 되어 빠지는 절망의 깊이보다 더 깊을까. 그녀가 패닉 상태에 빠진 지금이야말로 진실을 말해주어야 하지 않을까.

그때 다시 '그'가 말했다.

"그래 맞아. 도망치지 마."

나는 결심했다. 그리고 병실 밖에서 마른침을 삼키며 병실 안의 분위기를 살피고 있던 그녀의 큰며느리를 병실로 불러 말했다.

"보시는 대로입니다. 이제 더 이상 거짓말을 할 수 없을 것 같습니다. 사실대로 말씀드리려고 하는데 괜찮겠죠?"

며느리는 얼이 빠진 표정으로 고개를 끄덕였다. 며느리라고 해서 이런 상황에서 도망치겠다는 생각은 할 수 없었을 것이다. 엎드려 울고 있는 그녀를 향해 나는 우선 사과부터 했다.

"지금까지 거짓말을 해서 죄송합니다. 앞으로는 진실만을 말씀드릴 테니 잘 들어주십시오."

그렇게 말하자 그녀는 울음을 뚝 그치고 퉁퉁 부은 눈으로 나를 쏘아보았다. 나는 '그'에게 의지하면서 더 이상 망설이지 않고 말을 이었다.

"지금까지는 어머님의 마음을 생각해서 차마 진실을 말씀드릴 수 없었습니다. 그것만은 알아주십시오. 실은 어머님의 병은 수술 결과를 잘 살펴봐야 알겠지만, 치료하기 어려울지도 모릅니다. 물론 저희들이 지금도 치료를 계속하는 것은 어머님의 병을 어떻게든 낫게 해드리고 싶기 때문입니다. 앞으로도 치료에 온 힘을 다할 것입니다. 그러니 어머님도 부디 희망과 용기를 잃지 마시기 바랍니다."

하지만 스스로의 힘으로 일어서는 것조차 불가능할 정도로 쇠약해진 그녀에게 내 마지막 말은 무의미한 것 같았다. 나는 암이라는 말을 한 마디도 하지 않았지만, 사실 그럴 필요도 없을 것 같았다. 내가 말을 마치자마자 그녀는 다시 눈물을 흘리면서 큰 소리로 외쳤다.

"지금까지 날 잘도 속여왔구나. 다 죽여버릴 거야!"

물론 쇠약해질 대로 쇠약해진 그녀에겐 누구를 죽일 힘은커녕 자기 자신을 죽일 힘조차 없었다. 며느리는 "어머님, 진실이라고 해서 다 말할 수 있는 건 아니에요."라고 말하더니 울면서 그녀를 안았다. 두 사람은 서로 부둥켜안고 한참을 흐느껴 울었다. 위 속의 분비물을 밖으로 유도하는 위관을 빼내버린 그녀는 울다가 구토를 하고 다시 울었다.

이 상태에서 나는 도대체 무슨 일을 할 수 있을까. 뭐라 말하면 좋을까. 나는 아무 일도, 아무 말도 할 수 없었다. 단지 울고 있는 그녀의 등을 어루만져줄 뿐이었다. 머릿속에서는 '말해서는 안 되는 거였어. 아니 말하길 잘했어.'라는 생각이 교차하고 있었다.

그녀와 며느리는 30분 정도 부둥켜안은 채 울었다. 쇠약해질 대로 쇠약해진 그녀는 울다가 완전히 지쳐버렸는지 마침내 조용해졌다. 나는 적당한 때를 봐서 그녀에게 "나중에 다시 올 테니 기운 좀 내세요."라고 말하고 병실을 나왔다. 하지만 그녀는 아무 대답도 하지 않았다.

무언의 분노

그때부터 스물네 시간 동안 그녀는 간호사는 물론 나에게도 말을 전혀 하지 않았다. 우리가 몇 번이나 말을 걸어도 고개를 돌린 채 침묵을 지켰다.

그녀는 진실을 알고 충격을 받아서 말하지 않는 것일까. 아니면 믿고 있던 사람에게 배신당하자 화가 나서 입을 열지 않는 것일까. 필시 두 가지 다 그녀가 말하지 않는 원인이 되었을 것이다. 어쩌면 화가 나서 말하지 않는 쪽이 더 강했을지도 모른다.

왜냐하면 맥을 짚으려는 내 손을 뿌리치고 내가 병실에 있는 동안 줄곧 애써 눈과 입을 굳게 닫고 있다는 것이 그녀의 양쪽 눈초리와 입아귀를 통해 드러났기 때문이다. 그리고 그것은 간호사에게도 마찬가지였다.

그날 저녁 그녀의 큰아들이 나를 찾아왔다. 그도 역시 분노로 가득 차 있었다. 나는 그가 화내는 이유를 잘 알고 있었다. 내가 그들 형제와의 약속을 어기고 그녀에게 진실을 말해주었기 때문이다. 그는 나를 보자마자 분노로 인해 벌겋게 충혈된 눈과 창백한 얼굴로 소리를 질렀다.

"선생, 당신이 우리 어머니한테 사실을 말했더군. 이건 약속이 틀리잖아!"

나는 쩔쩔매면서도 필사적으로 진실을 말할 수밖에 없었던 이유를 설명했다. 그러나 현장에 없었던 그는 내가 어떤 설명을 해도 납득하기 어려웠을 것이다. 특히 어머니의 분노에 찬 침묵을 눈앞에서 목격한 그는 그녀가 받은 충격의 크기를 알고서, 또 그녀의 분노가 가족인 자신에게도 향하고 있다는 걸 알고서 마찬가지로 심한 충격을 받았던 것이다. 그 때문에 나에 대한 분노는 아주 강해져 있었다.

다만 나의 필사적인 설명을 들으며 내가 '암'이라는 직접적인 말은 한 마디도 하지 않았다는 것을 알게 되자 조금은 안심하는 표정을 지었지만 "그러나 이제 나을 수 없다고 한 말은 되돌릴 수 없어. 앞으로 어떻게 할 거야?"라고 버럭 소리를 지르고는 의자를 박차고 일어나 방을 나가 버렸다. 그 자리에 있던 간호사도 나를 차가운 눈으로 쳐다보았다.

나는 그녀를 대응하면서 초래한 사태의 심각성을 깨닫고 무척이나 혼란스러웠다. 그녀에게는 역시 진실을 말해서는 안 되었던 것일까. 그런 상황에서도 무조건 거짓말을 해야 했을까. 하지만 그녀에게 진실을 말해버린 이상 뒤늦게 그 반대의 경우를 따져봤자 아무 도움도 되지 않는다. 어쨌든 지금은 이미 벌어지고 만 사태를 타개하기 위한 방법을 찾을 수밖에 없다.

병실의 불이 꺼진 밤 9시, 나는 용기를 내 다시 그녀를 찾아갔다. 희미한 취침등마저 꺼버린 병실 안은 어두웠고, 문 틈새로 새어 들어오는 복도 불빛이 겨우 그녀의 모습을 알아볼 수 있게 해주었다.

어둠 속에서 그녀는 나를 흘끗 쳐다보더니 오후 때와 마찬가지로 등을 보이며 돌아누웠다. 그 아무런 움직임이 없는 뒷모습은 작고 검은 덩어리 같았다. 나는 무언의 등을 향해 말을 걸어보았다.

"괜찮으세요?"

그러나 역시 대답은 없었다. 그녀의 분노는 아직 조금도 풀리지 않았다.

"그 상황에서는 그렇게 말씀드릴 수밖에 없었습니다. 어머님께 상처를 드렸다면 용서해주십시오. 저희들은 앞으로도 어머님을 치료하기 위해 최선을 다할 것입니다. 오늘은 피곤하실 테니 푹 주무세요. 수면제가 필요하면 간호사에게 말씀해주시고요. 그럼 안녕히 주무세요."

나는 일방적이지만 차분하게 말하고 병실을 나왔다. 내 말 따위는 지금의 그녀에게는 거짓말로밖에 들리지 않을 것이다. 복도 불빛에 눈이 너무 부셨다.

나는 간호사 스테이션으로 돌아와 의자에 앉았다. 어둠 속에 있던 한껏 작아져버린 그녀의 등이 눈앞에서 떠나질 않았다. 아무리 그녀가 원하던 진실이었다 해도 그나마 희미하게 남아 있던 희망마저 빼앗아버린 것은 아닌가 하는 생각에 다시 강한 후회가 몰려왔다. 그리고 분노와 고독에 찬 작은 등은 헛된 희망일지언정 하루라도 더 지속시켰어야 했다고 나를 다그치는 것이었다.

내가 간호사 스테이션으로 돌아오고 나서 잠시 후 당직 간호사도 그녀를 찾아갔다. 그녀의 병실에서 돌아온 간호사는 머리를 감싼 채 풀이 죽어 있는 나를 바라보면서 차갑게 말했다.

"선생님, 역시 말해서는 안 되는 것이었어요."

나는 더욱 풀이 죽었다. 내 행동은 어느 누구의 지지도 받지 못하고 있었다. 아니 딱 한 사람 '그'만이 나를 지지해주고 있었다. 그러나 그는 현존하지 않는 환상일 뿐이었다.

나는 그날 밤 집으로 돌아갈 기분이 아니었다. 그녀에게 만일 무슨 일이라도 생긴다면……. 아니, 그녀에게는 이미 자기 자신의 육체를 의지대로 움직일 힘조차 없었기 때문에 '만일의 일' 따위는 일어나지 않을 것이다. 그래도 나는 집에 돌아갈 마음이 생기지 않아서 결국 병원 숙직실에서 그날 밤을 보내기로 했다.

한밤중에 진정되지 않는 마음으로 간호사 스테이션의 밝은 형광등 불빛 아래에 앉아 있으려니, 역시 진정되지 않았던지 저녁에 화를 내며 돌아간 큰아들이 내 모습을 보고는 다시 간호사 스테이션으로 들어왔다. 그동안 시간이 좀 흘렀고 아내에게서 오전에 벌어진 상황에 대해 이야기를 들었는지 그의 분노는 어느 정도 가라앉아 있었다.

그는 저녁때 보인 험악한 얼굴이 아닌, 그러나 여전히 딱딱하게 굳은 표정으로 내게 물었다.

"어머니께서 집에 돌아가고 싶다고 하시는데, 괜찮겠습니까?"

우리 의료진에게는 굳게 입을 다문 채 모든 것을 거부하던 그녀도 한밤중이 되고 나서 아들에게는 "집에 가고 싶구나."라고 한마디 툭 던졌다고 한다. 물론 나에게 이의가 있을 리 없었다. 말기 상태에 있는 환자의 말은 다른 무엇보다도 우선시되어야 한다.

"내일 상태를 봐서 가능하면 외박을 하시는 게 어떻겠습니까?"

나의 제안에 그는 여전히 굳은 표정으로 대답했다.

“그럼 그렇게 하겠습니다.”

그러고는 그 표정 그대로 돌아갔다.

그 후 무슨 일이 생기면 곧바로 연락하라고 당직 간호사에게 일러두고는 숙직실의 이불 속으로 파고들었다. 나는 그날 하루의 일 때문에 정신적으로도 육체적으로도 완전히 지쳐 있었다. 그러나 그녀의 분노와 고독에 찬, 금방이라도 무너져 내릴 듯 앙상하게 마른 뒷모습을 떠올리자, 그리고 그것이 상징하는 그녀의 마음을 생각하자 좀처럼 잠을 이룰 수가 없었다. 그녀 역시 잠을 한숨도 이루지 못했을 것이다.

꿈같은 일

그리고 날이 밝았다. 시계는 아침 7시를 가리키고 있었다. 그동안 간호사에게서 아무 연락이 없었던 것으로 미루어 우선은 그녀가 무사하다는 것을 알 수 있었다.

벌떡 일어나 간호사 스테이션으로 가서 당직 간호사에게 물어보았다.

“그 환자 분은 좀 어땠어?”

간호사는 바보 같은 짓을 한 거예요라고 말하듯 대답했다.

“아침에도 전혀 상대해주지 않더라고요.”

그렇겠지. 하룻밤이 지났다고 상황이 그렇게 간단히 바뀔 리가 없겠지.

바깥세상은 화창한 날씨에 눈부신 아침을 맞이하려고 하는 중인데, 나는 우울함을 떨칠 수 없었다. 하지만 그녀는 나의 우울함 따위는 하찮을 정도로 나보다 더 괴로운 아침을 맞이했음이 틀림없다.

설령 그녀가 아무 반응을 보이지 않아도, 강한 분노를 계속 드러내고 있다고 해도, 나는 그녀의 병실로 가서 그녀를 위해 무언가를 해야만 한다. 그것은 어제부터 일련의 사태를 야기한 한쪽 당사자인 나의 의무이기도 했다.

그녀의 병실에 가서 다시 거절당할지도 모른다고 생각하니 발걸음이 몹시 무거웠다. 그렇다고 발길을 되돌릴 수도 없는 노릇이었다.

나는 용기를 내서 그녀의 병실 문을 두드렸다. 당연하다는 듯 아무 대답이 없었다. 나는 일부러 평소와 다름없이 "안녕히 주무셨어요?"라고 가벼운 어조로 인사하면서 문을 열고 안으로 들어갔다.

그녀는 문 쪽을 향해 누워 있었다. 창문으로 쏟아져 들어오는 아침 햇빛에 그늘이 져서 그녀의 표정은 잠시 알아볼 수 없었다. 하지만 그녀 쪽에서는 햇빛에 눈을 찡그리고 있는 피곤에 지친 내 얼굴이 잘 보였을 것이다. 그녀는 나를 보았음에도 얼굴을 돌리지 않았다. 정말로 얼굴을 돌리지 않았던 것이다. 나는 당황하면서 물어보았다.

"밤새 안녕히 주무셨어요?"

그러자 그녀는 내 물음에는 대답하지 않고 말했다.

"선생님, 방이 좀 덥네요. 창문 좀 열어주시겠어요?"

나는 생각지도 못한 그녀의 말에 가슴이 두근거려서 엉겁결에 "알겠습니다."라고 대답하고 창문을 열었다.

지금의 그녀는 어젯밤까지의 그녀가 아니었다. 그녀는 나를 거부하지 않았다. 그녀는 내 얼굴을 보며 말을 걸어왔다. 어쨌거나 대화를 계속해야 되겠다고 생각했을 때 어젯밤 늦게 큰아들이 나를 만나러 온 일이 떠올랐다.

"어젯밤에 아드님께 들었습니다만 댁에 돌아가고 싶다고 하셨다고요?"

내가 묻자 그녀는 바로 대답했다.

"선생님, 돌아갈 수 있겠죠?"

대화가 이어지고 있는 것이다. 내가 갈증을 느끼면서 "물론 가실 수 있습니다. 당장 오늘 오후에라도 댁으로 가시겠습니까?"라고 묻자 그녀는 고개를 끄덕였다.

그녀의 눈은 잠을 자지 못해서 그런지 아니면 혼자 계속 울어서 그런지 빨갛게 부어올라 있었지만, 그 눈동자에 어제와 같은 분노의 빛은 없었다.

그날 오전에 나는 큰아들 내외를 만났다. 그들도 그녀의 변화를 눈치 채고 있었다. 그녀의 분노가 가라앉은 것을 알고서 큰 아들도 냉정을 되찾아가고 있었다. 어젯밤과 같은 험악한 분위기가 많이 누그러진 가운데 우리는 가능한 한 그녀를 외박시키기로 합의했다.

그날은 앞서 말했던 대로 아침부터 눈이 부실 정도로 화창한 토요일이었다. 오후 2시, 외박 준비가 다 된 그녀를 휠체어에 태웠다. 큰아들 내외와 나 그리고 간호사는 주차장에서 그녀를 기다리고 있는 큰아들의 왜건으로 향했다.

휠체어는 내가 밀었다. 휠체어를 탄 그녀는 입원했을 때에 비하면 거짓말처럼 작아져 있었다. 모두 아무 말 없이 병원 복도를 걸어갔다. 저마다의 생각을 가슴에 품은 채 할 말을 잃고 있었던 것이다. 아니 지금은 말 따위는 필요하지 않을지도 모른다.

병원 밖으로 나오자 초가을 오후 햇빛이 너무도 찬란해 우리는 무심결에 걸음을 멈췄다. 그녀에게는 꽤 오랜만에 맛보는 바깥의 공기와 햇빛이었다. 그녀는 눈부신 햇빛을 가리려고 이마에 오른손을 가져갔다. 왜건에 도착하자 차 옆문이 열렸다.

"이제 차에 오르시죠."

나는 말을 건네면서 그녀를 안아 올리기 위해 그녀의 양쪽 겨드랑이에 손을 넣었다. 그 때문에 내 얼굴이 그녀의 얼굴과 가까워졌다. 그때 예상치 못한 일이 일어났다. 그것은 마치 꿈만 같은 일이었다. 나는 내 귀를 의심했다. 내 귓전이 그녀의 얼굴에 다가 갔을 때 그녀는 작은 목소리로 말했다.

"선생님, 감사합니다."

나는 엉겁결에 "네?" 하고 되물으며 그녀의 얼굴을 바라보았다. 그녀는 잠자코 미소를 짓고 있었다. 그녀의 목소리는 개미 소리만큼 작았기 때문에 다른 사람에게는 들리지 않았을지도 모른다. 나는 얼떨떨한 채 그녀를 왜건 자리에 앉혔다. 그녀 옆에 며느리가 앉아서 그녀를 부축했다. 간호사가 "몸조심하세요."라고 인사했다.

왜건은 조용히 움직이기 시작했다. 오후의 햇살 속에서 왜건이 보이지 않을 때까지 나는 그 자리에 서 있었다. 왜건의 뒷모습이 마치 아지랑이처럼 흔들렸다. 간호사는 손을 흔들며 그들을 배웅했다. 나는 가슴 깊숙한 곳에 맺혀 있던 응어리가 풀리는 것을 느꼈다.

어제부터 오늘 아침까지 스물네 시간 동안 휘몰아쳤던 폭풍은 무엇이었을까. 그 폭풍은 각자가 각자의 항구에 도착하기 위해서는 피할 수 없었던 시련이었음이 틀림없다. 그리고 각자가 폭풍에 농락당하면서 각자의 항구에 무사히 도착했다. 물론 그녀를 덮친 폭풍이 가장 거셌지만, 그녀는 만 하루 동안 폭풍과 싸운 뒤 피할 수 없는 자신의 운명과 현실을 받아들이기로 했던 것이다.

그녀가 보인 스물네 시간 동안의 분노는 그녀에게는 필요한 분노였다. 누구든 자신을 덮친 불합리한 운명을 순순히 받아들일 순 없을 것이다. 더구나 평소 자립적으로 살아온 사람이라면 자신의 운명을 모른 채 죽어가는 것은 도저히 용납하기가 어려웠을지도 모른다.

그녀는 투병 과정에서 악화되어가는 병세와 주위 사람들로부터의 헛된 격려에 농락당한 끝에 발광 직전까지 몰려 패닉 상태에 빠졌다. 더구나 진실을 안 후에는 주로 분노 때문에 모든 외계와의 교류를 거부했지만, 원래 자립적으로 살아온 그녀는 스물네 시간이 지나자 자신의 가혹한 운명을 받아들일 수 있었다.

그녀가 진실을 알게 되기까지의 과정이 좋았는지 나빴는지는 별개의 문제로 치더라도, 그녀는 진실을 알았기 때문에 스스로의 힘으로 몸을 움직일 수 없을 정도로 쇠약해졌지만 의지를 표명할 수는 있었다. 그리고 주변 사람들이 그 의지를 알았기 때문에 그것이 실현되었던 것이다.

조용한 투병

그녀는 이틀 동안 외박하고 병원으로 돌아왔다. 외박하는 동안은 그녀의 바람대로 고칼로리 수액용 튜브와 구토 방지용 위관이 제거되었다. 그 때문에 사흘째 오후가 되자 그녀는 전보다 더 쇠약해져서 돌아왔다. 하지만 그녀의 정신은 쇠약해진 육체와는 정반대로 완전히 안정을 되찾은 상태였다.

이틀 동안 그녀는 자신의 체취가 고스란히 배어 있는 이불 속에서 베개에 얼굴을 묻고 울고 싶은 대로 울었는지도 모른다. 그녀는 희망과 절망, 기쁨과 슬픔 같은 다양한 기분이 깃들어 있는 자신의 집에서 괴로워하면서도 확실하게 마음의 정리를 끝낸 듯했다.

병원에 돌아오고 나서 그녀의 정신은 패닉 상태가 되기 전과 비교할 수 없을 정도로 깊고 조용해져 있었다. 도망갈 수 없는 현실을 깨닫고 체념했기 때문인지도 모른다. 그러나 죽음으로부터 도망가는 것이 불가능한 이상 누구든 어느 시점에서는 지속적인 삶을 단념하지 않으면 안 된다. 그렇다면 어떤 상태에서 삶을 단념하는 것이 좋을까.

거짓된 희망, 그로 인한 본심을 드러내지 않는 대화, 인생의 소중한 문제를 상의할 수 없는 것에서 오는 초조감, 소외당하고 있다는 고독감, 쇠약해질 대로 쇠약해진 육체에 의해 스스로 알게 된 죽음의 도래, 그런 비참한 상태에서의 체념, 혹은 그녀처럼 정신적으로 막다른 골목에 몰린 끝에 진실을 말해달라고 소리치고 그것을 회피하지 않고 대답한 나, 그리고 큰 폭풍이 휘몰아쳤지만 거짓이 아니라 납득할 수 있는 진실 속에서의 단념…….

모든 사람이 그렇진 않더라도 인생의 결말을 스스로 맺고자 하는 이들이 확실히 존재하는 이상 나 같은 의사들에게는 그것에 대답할 의무가 있다고 그녀를 보면서 생각했다.

만약 내가 그녀의 외침에 끝내 대답하지 않았다면 지금쯤 그녀의 정신 상태는 어떻게 되었을까. 그것은 알 수 없다. 하지만 현실에서 일어난 사건 앞에서 나는 하나의 선택을 했다. 그리고 그 후 그녀의 변화를 보았을 때 내 선택은 틀리지 않았다고 생각했다.

그녀는 병원에 돌아온 후에도 계속되는 구토 때문에 이번에는 납득한 상태에서 다시 위관을 받아들였다. 또 고칼로리 수액도 받아들였다. 그러나 몸이 쇠약해져가는 것은 막을 수 없었다.

회진할 때 그녀의 손을 잡으면서 "어떠세요, 뭐 도와드릴 일은 없습니까?"라고 말을 걸면, 그녀 역시 내 손을 잡고 고요한 눈에 온화한 미소를 떠올리면서 "괜찮아요."라고 작은 목소리로 대답할 뿐 어떤 불평이나 불만도 말하지 않았다.

그녀가 진실을 알고 나서 자식들과 그녀 사이에 거짓말이 사라졌기 때문에, 자식들은 이제 그녀의 언동에 깜짝깜짝 놀라거나 당황할 필요가 없었다. 이 최종 국면에서 자식들은 발병 후 처음으로 그녀와 진실한 마음으로 대할 수 있게 된 것이다. 자식들은 곧 어머니를 잃는다는 슬픔을 뼈저리게 느끼고 있었지만, 그녀의 평온한 정신 상태를 보고 자신들의 마음도 안정시키게 되었다.

따라서 병원으로 돌아오고 나서 그녀와 가족과 의사, 이 삼자의 관계는 패닉 때와는 비교할 수 없을 정도로 평화로웠다. 모두가 그녀의 기분에만 맞춰서 움직이고, 그녀의 의지를 존중하는 것에 전력할 수도 있었다. 그러나 그녀 자신은 우리들의 제안에도 불구하고 특별히 바라는 것도 없이 조용히 투병했다.

병원에 돌아온 지 9일째 되는 날 그녀의 조용한 반응은 더욱 약해졌고, 10일째 되는 날 밤에 그녀는 가족이 지켜보는 가운데 60년의 생을 마감했다. 그녀는 여러 튜브에 둘러싸여 있었지만 평온하게 죽음을 맞았다.

그녀의 인생 대부분이 결코 행복했다고는 할 수 없다. 그러나 그 마지막 10일 동안 그녀가 절망적인 불행의 한복판에 있었다고는 해도 스스로 납득하는 삶을 보낼 때, 그것을 지지해주는 사람들이 있을 때, 비통한 외침 속에서가 아니라 아주 자연스러운 흐름 속에서 미소를 지으며 최후를 맞을 수 있다는 것을 우리들에게 보여주었다.

| 5월의 바람 속에서 |

초여름 햇빛

세상이 긴 연휴에 한창 들떠 있는 5월 초 어느 날의 일이었다(일본은 4월 29일부터 5월 5일까지 쇼와의 날, 헌법 기념일, 노동절, 초록의 날, 어린이 날 등 법정 공휴일이 몰려 짧게는 4일부터 길게는 일주일까지 연휴가 지속된다. 이 기간을 골든위크라 부르기도 한다). 그의 작은 집은 삼면이 산으로 둘러싸이고 앞으로는 아직 모내기가 끝나지 않은, 마치 호수처럼 물을 가득 담고 있는 논이 내려다보이는 곳에 있다. 그는 결코 넓지 않은 자신의 방에서 좌식 의자 대신 둥근 이불에 몸을 기대고 앉아 있었다. 활짝 열린 창문으로 신록의 향기가 바람을 타고 논을 건너와 그의 몸을 부드럽게 감쌌다.

자세에 따라서 호흡곤란을 일으키기 시작한 그에게 자연의 숨결이 듬뿍 묻은 대기는 기분 좋게 다가왔으리라. 적어도 협소한 병실의, 그것도 옆 침대와 커튼 한 장으로 나뉜 손바닥만 한 공간에서 들이마시는 공기와 비교하면 그곳의 공기는 형언할 수 없을 정도로 상쾌했음이 틀림없다.

그날 오후, 그와의 약속을 지키기 위해 나는 외래 간호사와 함께 그의 집을 찾아갔다. 샌드위치 연휴 사이에 낀 그날은 5월답게 날씨가 쾌청했다. 아직 강렬하지 않은 햇빛은 신록에 둘러싸인 그의 집을 감싸고 있었고, 논에서도 반짝반짝 빛을 반사하고 있었다.

그는 일주일 전에 퇴원했다. 그러나 병이 나아서 퇴원한 것이 아니라 병원에 있어봤자 더 이상 아무것도 할 수 없어서 퇴원한 것이었다.

입원 후 얼마 동안 그는 항암제가 들어간 점적 주사와 몇 차례의 검사를 순순히 받아들였다. 근대적인 시설을 갖춘 이 병원에서 자신을 괴롭히고 있는 병을 고치고 싶었기 때문이다.

그는 목에 생긴 큰 종괴腫塊(세포의 비정상적인 증식으로 생긴 덩어리. 일종의 혹) 때문에 입원하게 되었다. 벌써 수십 년 전에 생긴 것으로 별로 대수롭지 않게 생각하고 있었는데, 지난 몇 개월 사이에 급속하게 커지는 바람에 누워서 자면 숨쉬기가 곤란할 지경이었다. 앉아 있으면 아무렇지도 않았지만 밤에 잘 때는 이불을 둥글게 말아서 등에 대야 편안했다.

그 모습을 보다 못한 아내가 병원에 가라고 설득했지만 고집

쟁이에다 병원을 싫어하는 그는 "괜찮다."면서 좀처럼 말을 듣지 않았다.

그러는 동안에도 종괴가 커져서 누가 봐도 심상치 않은 상태가 되었을 때, 지금은 비상근으로 일하는 직장의 상사에게 병원에 가보라는 권유를 받고 나서야 그도 겨우 그 무거운 발걸음을 옮겼던 것이다. 그의 58년 생애에서 병원에 입원한 것은 이때가 처음이었다.

그는 비록 몸집이 작았지만 쉰다섯 살까지 건강을 유지하며 그 지역의 공장에서 일해왔다. 정년퇴직을 하고 나서도 능력을 인정받아 격일로 같은 직장에서 일하고 있었다. 그리고 그의 퇴직을 기회로 앞서 말했던 삼면이 산으로 둘러싸인 곳에 산장 비슷한 작은 집을 같이 살고 있는 아들 내외와 함께 지었다. 그러니까 목의 종괴가 급속하게 커지지만 않았다면 나름대로 순조로운 인생이었으리라.

목에 생긴 종괴는 입원 후에 실시한 검사에서 갑상샘 암으로 밝혀졌다. 자세에 따라서 호흡곤란을 일으킬 정도로 성장한 암은 목의 동맥을 둘러싸고 있었고, 신경에도 침윤을 일으키고 있었다.

성대의 움직임을 조절하는 반회신경盤回神經이 신경 침윤 때문에 마비되어 작고 쉰 목소리밖에 내지 못하게 된 그는 우리 의료진에게 모기가 우는 듯한 소리로 "선생님, 꼭 좀 낫게 해주십시오."라고 몇 번이나 말했다.

그 후의 검사에서는 암이 간과 폐로 전이되어 있었다. 우리는 수술을 결행했을 때의 수술침습手術侵襲(수술이 육체에 끼치는 영향)에 비해 치료 효과는 극히 미미할 것이라 판단했다. 하는 수 없이 수술은 포기하기로 했다.

그에게는 수술이 너무 위험하니 약물로 치료하고 경과를 지켜보자고 이야기했다. 성가신 목의 응어리를 단번에 없애고 싶다고 입원할 때부터 말해왔던 그는 우리의 설명에 실망이 무척 컸을 것이다. 그러나 그도 무리한 일은 어쩔 도리가 없다고 생각했는지 앞서 말했듯이 초기에는 정말로 순순히 점적 치료를 받아들였다.

그러나 그는 3주 만에 그런 태도를 바꿔버렸다. 치료를 시작한 지 3주가 지났는데도 목에 생긴 종괴는 조금도 작아지지 않았고, 식욕이 눈에 띄게 저하되어버렸기 때문이다. 그는 의사들이 말하는 치료가 효과는커녕 오히려 상태를 더 악화시키고 있다고 생각하는 듯했다. 치료에 의문을 품기 시작한 것이다.

게다가 암덩어리가 커져서 양쪽의 쇄골하정맥을 압박해 양팔, 특히 팔꿈치에서 손가락에 이르는 부위가 심하게 부어올랐다. 그 때문에 그의 점적 주사는 간호사들에게 병동에서 가장 성가신 일 중 하나가 되어 있었다.

혈관 확보는 한 번에 이루어진 적이 없었다. 한 번 점적 주사를 놓기 위해서는 몇 번이나 주삿바늘을 찔러 넣어야 했다. 간호사들도 괴로웠겠지만 그가 더 큰 고통을 받았음은 두말할 필요도 없다.

치료 거부

4주째에 접어들자 그는 효과는 보이지 않고 고통스럽기만 한 점적 주사를 거부하게 되었다. 우리의 설득에도 불구하고 그는 고집스럽게 점적 주사를 거부하며 경구약으로 바꿔달라고 요구했다. 결국 우리는 그의 요구를 받아들여 경구약으로 바꿔주었지만, 얼마 안 있어 그는 경구약마저 거부하기에 이르렀다.

암종이 식도를 압박하기 시작하자 약을 복용하면서 고통을 느꼈기 때문일 것이다. 괴롭더라도 복용만은 계속하는 게 좋다고 우리가 말하자 그는 예의 작고 쉰 목소리로 대답했다.

"나는 이 응어리만 없애주면 돼."

암종이 증대하는 현실 앞에서 약을 계속 복용하면 종괴를 억제할 수 있을지도 모른다는 우리의 말은 아무리 봐도 설득력이 떨어졌다.

그가 입원하고 나서 4주 동안 우리는 진단을 확정하고, 그의 암이 어떤 항암제로도 치료하기 어렵다는 사실을 확인했다. 그것만이 우리가 한 일이라 할 수 있다. 그러나 명백하게 확진 판정을 받은 암 환자가 입원하고 있는 이상, 효과의 정도가 불분명하다고 해도 치료를 계속해야 하는 것이 우리의 의무였다.

5주째에 접어들자 마침내 그는 모든 치료를 거부하게 되었다. 그 무렵의 그는 하루 종일 90도 가까이 세운 침대 매트리스에 등을 기댄 채 힘겹게 숨을 쉬고 있을 뿐이었다. 침대 오버테이블에 올린 양손은 터질 듯이 부어오른 상태였고, 그 피부는 투명하게 보일 정도로 얇아져서 바늘로 찌르면 피가 아니라 물이 뚝뚝 떨어질 것 같았다.

병원에서 나오는 식사는 조금씩 천천히 밀어 넣듯 먹고 있었지만, 섭취량은 막 입원했을 때의 절반에도 미치지 못했다. 영양이 부족해서 점적 주사를 맞아야 한다고 권해도 "지금 이대로가 좋아요."라며 고개를 가로저을 뿐, 우리의 제안은 무엇 하나 받아들이지 않았다.

우리의 생각과 마찬가지로 그도 자신의 병에는 더 이상 효과적인 치료 수단이 없다고 확신하는 듯했다. 그렇다면 '아무 치료도 받고 싶지 않다'는 것이 그의 진심이었으리라.

그러나 입원한 환자에게 아무 치료도 하지 않는다는 것은 언제나 치료를 전제로 하는 병원의 취지와 맞지 않는, 정말이지 기묘하고 기이한 일이었다. 더군다나 의사들이 치료를 권하는데도 환자가 거부하고 있는 것이다. 누구나 이 기묘한 사태의 책임이 환자인 그에게 있다고 생각했다.

모든 치료를 거부한 후에도 그는 여전히 병원에 남아 있었다. 답답할 정도로 좁은 2인 병실의 한쪽 구석에 있는 침대에 눕지도 못하고 오버테이블에 양손을 얹은 채 앉아서 자고 앉아서 깨어나는 나날을 되풀이했다.

치료를 받지 않는 이상 우리는 그가 입원해 있을 의미도 이유도 없다고 생각했다. 확실히 그럴지도 모른다. 나는 더 이상 치료 수단이 없는 의사들이야 별문제로 치더라도 간호사들은 적어도 고집불통이 되어버린 환자, 게다가 이제 곧 죽게 될 환자의 마음을 열기 위해 투지를 불태워야 한다고 생각했다. 하지만 그녀들의 생각은 달랐다.

"이제 저희들이 할 수 있는 일은 없으니까 퇴원시켜드리죠."

내가 말도 꺼내기 전에 분명하게 이렇게 말하는 것이었다.

일반 병동의 간호사들은 그날 자신이 하지 않으면 안 되는 일상 업무만으로도 눈코 뜰 새 없이 바쁜 것이 현실이다. 대부분의 병원에서는 간호사가 3교대로 근무하는데, 각자의 근무가 끝날 무렵에는 완전히 녹초가 된다는 것을 안다. 게다가 시간에 맞춰 일이 끝나는 경우도 거의 없다. 그녀들은 마지못해 초과근무를 하고 있다.

그 때문에 간호사들은 어떻게 해볼 방법이 없어 보이는 환자의 마음속에 들어갈 엄두도 못 낼 것이다. 그것이 실상이다. 실상에 생각이 미치면 '그와 같은 환자야말로 간호사들이 본래의 힘을 발휘할 수 있는 상대일 텐데…….'라는 마음도 단순한 감상에 불과하다는 것을 곧바로 깨닫게 된다.

나는 간호사들의 요청을 받아들여 그에게 퇴원을 권하기로 했다.

집에 돌아가고 싶다

나는 우선 그의 아내를 만나 말했다.

"남편 분께서 모든 치료를 거부하는 이상 병원에 계시는 것은 아무 의미가 없습니다. 그러니 퇴원을 생각해주십시오."

그러자 그녀는 걱정스럽다는 표정으로 대답했다.

"저렇게 괴로워하는데 집에 돌아갔다가 무슨 일이라도 생기면 어떡하죠? 폐가 된다는 건 알지만 계속 병원에 있게 해주세요."

"하지만 저희들이 환자 분을 위해 할 수 있는 치료는 아무것도 없습니다. 아니, 그보다도 환자 분 본인이 집에 돌아가고 싶어 하는 것 같습니다만……."

이어지는 내 말에 아내는 "아니요, 남편은 병원에 있는 게 좋습니다."라고 단호하게 말했다.

나는 어느 날 오후, 아니 저녁때가 다 되어서 그의 병실로 갔다. 마침 그의 옆 침대가 비어 있어서 2인실인 병실에는 그와 나 둘뿐이었다.

그는 해가 기울어 약간 어슴푸레해진 방에서 고독하게 후우 후우 하고 가쁜 숨을 내쉬며 평소처럼 오버테이블 위에 퉁퉁 부은 양손을 올려놓고 있었다. 그 무렵 그는 목의 암종 때문에 얼굴을 아래로 향하지도 못하고 늘 벽 위쪽만 바라보게 되었다.

그러나 "괴로우시면 주사든 뭐든 처치를 해드릴 테니 언제든 말씀해주십시오."라고 몇 번을 말해도 그는 항상 "괜찮습니다."라며 작은 목소리로 대답할 뿐이었다. 그리고 그날 역시 그랬다. 나는 솔직히 우리들의 생각을 이야기했다.

"환자 분께서는 어떤 치료도 받고 싶지 않다고 하면서도 계속 병원에 계시려고 합니다만, 저희들로서는 어떻게 해드려야 할지 모르겠습니다. 정말로 병원에 계시고 싶은가요?"

그러자 그는 잠깐 사이를 두었다가 말하기 어려운 듯, 하지만 분명하게 말했다.

"내가 봐도 내 병은 치료하긴 틀린 것 같고, 솔직히 말하면 집에 돌아가고 싶기는 합니다. 하지만 집에는 어린 손자도 있고, 내가 돌아가 봤자 모두에게 짐만 되겠죠."

그러면서 후우 하고 가쁜 숨을 내쉬었다.

나는 지금까지 자신의 이야기를 별로 한 적이 없는 그가 자신의 운명만은 확실히 알고 있다는 것을 알았다. 그리고 속으로는 집에 돌아가고 싶어 한다는 것도.

다음 날 나는 다시 그의 아내와 만났다. 그도 마음속으로는 집에 돌아가고 싶어 하는 것 같다고 말해주자, 그녀는 고개를 세차게 흔들면서 다시 고집을 부렸다.

"집에 돌아와봤자 할 수 있는 게 아무것도 없습니다. 병원에 있게 해주세요."

나는 그녀가 남편이 급변했을 때를 두려워하고 있다기보다는 그의 귀가에 의해 무너질지도 모르는 가정의 단란함을 더 걱정하고 있는 것 같은 생각이 자꾸 들었다. 그 때문에 나도 모르게 말투가 거칠어지고 말았다.

"아시겠어요? 남편 분께선 이제 얼마 사실 수 없습니다. 그런 그가 속으로는 집에 돌아가고 싶으면서도 가족들한테 짐이 될까 봐 저 비좁고 숨 막힐 것 같은 병실에서 말없이 투병하고 계시는 겁니다. 그렇게 걱정되신다면 왕진에 특별히 신경 써드릴 테니 나중에 후회하지 않으시려거든 댁으로 모시고 가세요. 퇴원이 걱정되신다면 일단 이삼 일의 외박이라도 괜찮지 않을까요?"

그리고 조금은 진정된 목소리로 덧붙였다.

"어쨌든 가족 분들과 상의해보시고, 무엇이 남편 분을 위하는 것인지 잘 생각해보세요."

그녀는 내 말투가 거칠었기 때문인지 당황해하면서 "잘 알겠습니다. 모두와 상의해보고 오겠습니다."라고 대답하더니 서둘러 집으로 돌아갔다.

너무 심하게 말했는지도 모른다. 세상엔 밖에서는 볼 수 없는 복잡한 사정을 안고 있는 사람들도 많다. 하지만 그에게는 이제 너무 시간이 없다. 지금 다른 사람들은 그를 중심으로 움직여야 한다. 그 정도의 말은 충분히 용서가 될 것이다. 그렇게 생각하기로 했다.

다음 날 오후, 그의 아내가 나를 찾아왔다. 그녀의 얼굴에서는 어제와 같은 당황한 기색은 찾아볼 수 없었고, 고민스러운 무언가를 털어낸 듯한 개운한 표정만을 볼 수 있었다. 그 눈에서는 어떤 의지가 엿보이기도 했다. 그녀는 말했다.

"선생님, 어제 말씀하신 것은 잘 알아들었습니다. 가족 모두와 상의해보고 내린 결론인데, 그이의 목숨이 이제 얼마 남지 않았다면 그이가 원하는 대로 집으로 데리고 가겠습니다. 그리고 선생님께서 왕진을 와주신다면 외박이 아니라 아예 퇴원하는 게 좋겠습니다."

그래서 결국 그는 퇴원하게 되었다. 그는 병실에서는 볼 수 없었던 안도의 표정을 보이면서 집으로 돌아갔다.

퇴원하고 나서 나는 몇 번인가 전화로 그의 병세에 대해 물어보았다. 그는 집에 돌아와서도 병원에 있을 때처럼 앉은 채 자고 앉은 채 일어났다. 그러나 식욕은 병원에 있을 때보다 좋아진 것 같다고 했다. 집에 돌아가고 나서도 어쨌든 갑작스러운 이상은 보이지 않는 듯했다.

존엄한 죽음

그리고 퇴원 후 일주일이 되는 날 나는 먼저 말했던 대로 간호사와 함께 그의 집을 방문했다. 그는 5월의 미풍을 맞으면서 방에 조용히 앉아 있었다.

나는 신록의 향기를 실어오는 바람을 온몸으로 느끼면서 주변의 자연 환경과 밖에서 놀고 있는 손자들의 웃음소리가 이따금 들려오는 그의 방을 보았을 때, 그리고 무엇보다도 창문 아래로 펼쳐진 호수 같은 논을 보았을 때, '이 방이야말로 그에게 안성맞춤인 곳이군.' 하고 생각했다.

무심결에 내가 말했다.

"멋진 곳이군요. 병실 같은 건 비교도 되지 않을 정도로 멋진 곳이네요."

그러자 그는 쑥스러워하면서 작은 목소리로 "멋지긴요, 뭐."라며 살짝 미소를 지어 보였다. 그가 웃는 모습을 본 것은 이때가 처음이었다.

"힘들진 않으세요?"

내가 묻는 말에 그는 눈을 가늘게 뜨면서 병원에 있을 때와 마찬가지로 쉰 목소리로 대답했다.

"괜찮습니다."

당연한 일이지만, 그의 병세가 변한 것은 아니었다. 주변 환경이 변했을 뿐이다. 그런 탓에 자세히 보니 양팔은 더욱 부어 있었다. 이제는 얼굴에도 부기가 나타나는 중이었다. 병세는 본래의 흐름대로 악화되고 있었지만 그의 정신 상태는 병원에 있을 때보다는 좋은 방향으로 바뀌어가는 것도 확실했다.

그의 상태를 보고 나는 이제 그가 일주일을 넘기지 못할 수도 있다고 생각했다. 그래서 왕진을 끝내고 나오는 길에 그의 아내에게 그 사실을 알리고 "마음의 준비를 해두십시오."라고 덧붙인 뒤 무슨 일이 생기면 바로 연락해달라고 했다.

그리고 처음 왕진하고 며칠 지나지 않아 사태는 급변했다. 왕진을 다녀오고 나서 3일째 되는 날 아침, 그의 아내로부터 병원에 전화가 걸려왔다.

"그이가 이상해요. 어서 좀 와주세요."

그의 집은 병원에서 차로 20분 정도 걸리는 곳에 있었다. 그러니까 전화를 받고 나서 30분 후에 나는 그의 집에 도착했다.

내가 그의 집에 도착했을 때 그는 이미 숨을 거둔 뒤였다. 그는 둥글게 말린 이불에 기대듯이 앉은 채, 그렇게 평소와 똑같은 자세로 차갑게 식어 있었다. 너무나 평화로운 그의 얼굴은 마치 그대로 새근새근 잠을 자고 있는 것 같기도 했다. 가족들이 그를 둘러싸고 걱정스런 표정으로 보고 있었다. 나는 그의 아내에게 물었다.

"언제부터 이렇게 계셨습니까?"

그녀는 아침에 일어나 보니 그가 움직이지 않아서 깜짝 놀라 병원에 전화한 것이라고 대답했다. 그리고 그녀는 "밤에 잘 때는 평소와 조금도 다르지 않았는데……."라고 말했다. 그의 몸 상태로 보았을 때 그는 죽은 지 한두 시간은 지난 것 같았다.

그는 5월의 아침이 밝아올 무렵, 창문 틈새로 흘러 들어온 상쾌한 바람에 둘러싸인 채 가족들이 아무도 눈치 채지 못할 정도로 조용하게 58년의 생을 마감했다. 그것은 진심으로 집에 돌아가길 원하면서도 가족들에게 짐이 될까 봐 답답할 정도로 좁고 살풍경한 병실에서 가쁘게 숨을 쉬면서 투병하던, 마음씨 좋은 그에게 어울리는 마지막이었다는 생각이 든다.

나는 그의 아내에게 그가 이미 숨을 거두었다고 말했다. 그녀는 "역시, 그렇군요." 하고 대답했다. 그리고 굵은 눈물을 흘리면서 오열했다.

"그런데 정말 너무 조용하게 숨을 거뒀네요. 저렇게 자다가 가버릴 줄이야……."

곁에 있던 다른 가족들도 사태를 파악하고 모두 눈물을 흘렸다. 그녀는 눈물을 흘리면서 다시 말했다.

"그이는 집에 돌아온 뒤로 정말로 좋아했어요. 자신이 지은 집의 자기 방에서 마지막을 맞게 되어 매우 만족스러웠을 거예요. 선생님 말씀을 들었을 때는 불안하기도 했지만 그때 집에 데리고 오기를 잘한 것 같습니다. 정말 감사합니다."

가족들이 지켜보는 가운데 미지막을 맞는 사람도 있다. 하지만 그의 경우처럼 편안하게 잠든 가족들의 숨소리를 들으면서 자신도 그 편안함 속에 섞여 들어가듯 마지막을 맞는 경우도 있다. 나는 가족들에게 나중에 사망 진단서를 받으러 오라고 일러주고서 그의 집을 나섰다.

5월의 밝은 아침 햇살 속을 가로질러 병원으로 차를 몰면서 그의 경우처럼 죽는 것도 나쁘지는 않겠다고 생각했다. 적어도 '더 이상 치료를 받지 않는데도 병원에 있다.'는 말을 들으면서까지 그저 죽음을 기다리는 것보다는 훨씬 자연스럽고 존엄한 죽음이라고 생각되었다.

만약 가능하다면 나도 상쾌한 5월의 바람 속에서 떠오르는 아침 해를 온몸으로 받으며 죽음을 맞이하고 싶었다.

| 약 속 |

튜브에서 벗어나다

그녀는 때로는 새근새근, 때로는 코를 골면서 자고 있었다.

"참 맛나게도 주무신단 말이야. 정말 부러워."

그녀의 예순 살 먹은 큰딸은 그녀가 자는 얼굴을 볼 때마다 입버릇처럼 말했다.

큰딸은 그녀가 재입원한 뒤로 침대 옆의 좁고 딱딱한 바닥에 돗자리를 깔고 그 위에서 겨우 선잠을 이루곤 했기 때문에 늘 잠이 부족했다.

우리는 기본적으로 하루 두 번 아침과 저녁에 회진한다. 그때도 그녀는 대개 얕은 잠을 자고 있었다. 내가 자고 있는 그녀에게 "안녕하세요?"라고 인사하면 그녀는 꼭 잠에서 깼다.

"주무시고 계신데 죄송합니다. 오늘은 좀 어떠세요?"

그러면 그녀는 졸린 듯 눈을 비비면서도 미소를 지으며 대답

했다.

"기분이 좋구려."

"통증은 없으세요?"

"전혀 없어요."

이 통증에 관한 질문은 우문愚問이었다. 통증이 있다면 기분 좋게 잘 리 없지 않은가.

여든 살의 그녀는 10개월쯤 전에 황달 때문에 입원했다. 췌장암이었다. 암종은 간에서 췌장 일부를 경유해 십이지장으로 쓸개즙을 보내는 쓸개관을 췌장부에서 틀어막고 있었다. 그 때문에 십이지장으로 흘러 들어가야 할 쓸개즙이 고이게 되고, 그것이 역류해 혈액 속으로 흘러 들어가 온몸에 황달을 일으켰던 것이다.

이런 폐색성 황달에 우선적으로 할 수 있는 치료로는 경피경간담관배액술經皮經肝膽管排液術(PTCD법)이라는 것이 있다. 이것은 고여 있는 쓸개즙 때문에 정상보다 몇 배나 확장된 간 속의 쓸개관에 가느다란 튜브를 직접 삽입해두는 것이다. 이렇게 해두면 간 속에 고여 있는 담즙이 몸 밖으로 빠져나와 황달이 호전된다.

이 방법은 1989년 가을, 일본에서 처음으로 생체 간 이식 수술을 받은 어린아이가 수술 후에 쓸개즙이 고여 폐색성 황달에 빠졌을 때도 황달 경감술로서 시행되었다.

이런 치료가 필요한 것은 황달이 심한 상태에서 수술하면 수술 후에 다양한 합병증이 올 위험성이 높기 때문이다. 그녀의 황달은 이 치료 덕분에 약 3주 만에 가벼워져서 입원 당시에는 머리부터 발끝까지 황토색이었던 피부가 정상으로 돌아오게 되었다.

황달이 가벼워질 때까지 시행된 CT, 혈관 조영造影 등의 검사로 암종은 절제하기 곤란한 것으로 판명되었다. 그런데 수술이 불가능하다면 그녀는 마지막 순간까지 외부에서 간으로 들어온 튜브로부터 벗어날 수 없게 된다.

그래서 우리는 암 자체는 건드리지 않고 그녀를 일단 튜브로부터 해방시킬 수 있는 수술법을 선택했다. 그것은 아직 손상되지 않은 쓸개와 십이지장을 연결해 새로운 쓸개즙 유출로를 만드는 방법이었다.

이 방법이면 수술 시간은 짧고, 또 수술을 할 때 몸에 주는 영향도 최소한으로 줄일 수 있다. 물론 암은 그대로이기 때문에 결국 암으로 인해 죽는 것은 피할 수 없지만, 오른쪽 늑골 사이로 삽입한 튜브를 제거할 수는 있다. 비록 짧은 기간이 될지도 모르지만 그녀는 황달은 물론 튜브로부터도 해방되어 퇴원할 수 있을 것이다.

수술은 튜브로부터 해방되기만을 바라는 그녀의 동의를 얻어 시행되었다. 모든 것이 예상대로 진행되었다. 그렇게 수술은 무사히 끝나고, 수술 후 2주째 되는 날 안전판으로 남겨놓았던 튜브로 조영제(엑스선 촬영 때 사진을 뚜렷하게 나타내기 위해 사용하는 물질)를 주입해 쓸개와 십이지장이 성공적으로 이어져 있는 것을 확인했다. 그리고 다음 날 그녀는 소원대로 튜브로부터 해방되었다.

일주일 후의 혈액 검사에서도 새로운 쓸개즙 통로가 정상적으로 기능하는 것이 확인되었기 때문에 그녀는 입원한 지 6주 만에 그리운 집으로 돌아갈 수 있었다.

퇴원하는 데 몇 가지 문제도 있었다. 우선 황달은 가벼워졌지만 암은 계속 진행되고 있는 탓에 몸이 서서히 쇠약해져간다는 것이었다. 그러나 이것은 문제라기보다도 자연스러운 흐름 같아서 어쩔 수 없었다.

다른 한 가지 역시 암의 진행에 따른 것인데, 새로 만든 통로가 또 막혀 황달이 다시 나타날 가능성이 있었다. 이에 관해서는 사실 황달이 나타나는 것과 그녀의 죽음 가운데 어느 쪽이 빠를지 예측할 수 없기 때문에 아무튼 그 시점에서 최선책이 나올 것이다.

마지막으로 가장 큰 문제는 암이 확산됨에 따라 지금은 느낄 수 없는 고통이 나타나게 될지도 모른다는 것이었다. 하지만 대개의 고통은 의사가 확실히 대처하기만 하면 거의 해결된다. 우리는 언제라도 그녀의 고통에 대응할 준비와 경험을 갖추고 있었기 때문에 그 또한 어떻게든 될 것이다. 지금 이 순간 환자가 암의 동통으로 괴로워한다면 그 책임의 태반은 의사들에게 있다고 해도 과언이 아니다.

이상과 같은 이유로 퇴원 후에도 가끔 외래 진료로 그녀의 경과를 보기로 했다.

그녀는 2주에 한 번씩 함께 사는 큰딸의 부축을 받아 외래 진료실을 찾아왔다. 나는 소화제와 최소한의 항암제를 처방해주었다. 항암제가 그녀에게 고통을 주는 부작용을 초래하지 않는다면, 병에 효과가 있다고 알려진 약을 계속 투여하는 것은 의미가 있을 것이다.

퇴원 후 7개월 동안은 아무 일도 없이 흘러갔다. 그녀는 정기적으로 외래 진료실을 방문해 나와 담소를 나누고 돌아갔다. 암이 더디게 진행되고 있었다.

그런데 퇴원 후 8개월째부터 그녀는 그때까지 느끼지 못했던 복통을 호소하면서 함께 식욕을 잃었다. 몸이 눈에 띄게 쇠약해진 것은 당연한 일이었다.

그녀가 호소하는 고통이 암에 의한 통증이라는 것은 쉽게 알 수 있었기 때문에 나는 주저하지 않고 진통제를 쓰기 시작했다. 2주 동안, 진통제 덕에 그녀는 통증을 호소하지 않게 되었고, 통증이 사라지자 일시적으로 저하되었던 식욕도 회복되었다. 하지만 몸이 쇠약해져가는 것만은 멈출 수가 없었다.

진통제 투여로부터 3주째가 되자 다시 통증이 출현했다. 암의 증대로 진통 효과가 떨어지기 시작한 것이다. 나는 한 단계 더 강한 진통제로 바꿔보았다. 그리고 그녀는 다시 통증에서 해방되었다.

주 1회의 왕진

이 무렵에 그녀의 몸은 더욱 쇠약해졌다. 제대로 걸을 수조차 없을 정도로 다리에 힘이 빠진 그녀는 대부분의 시간을 이불 속에서 지내게 되었다. 외래 진료를 받으러 병원에 오기가 어려워지자 나는 왕진을 가기로 결정했다. 겨우 일주일에 한 번뿐이었지만, 통원 치료에 고통을 느끼기 시작한 그녀와 큰딸은 진심으로 반겼다.

처음 왕진을 갔을 때는 휠체어에 앉아서 나를 맞아주던 그녀도 세 번째 왕진 때는 일어나지도 못했다. 가벼운 황달도 나타나기 시작했다. 하지만 통증은 잘 다스려지고 있었기 때문에 "아프진 않으세요?"라고 물어도 "몸이 좀 불편하지만 괜찮다오."라고 말하는 것이었다.

나는 세 번째 왕진을 간 날 그녀의 임종이 멀지 않았음을 알았다. 집에서 나오며 큰딸에게 그 말을 하고 앞으로 어떻게 할 것인지 대화를 나눠보았다. 즉 이대로 집에서 자연의 흐름에 따라 임종을 맞게 할 것인지, 아니면 입원시켜서 병원에서 마지막을 맞게 할 것인지 상의했던 것이다.

"입원해서 점적 주사를 맞으면 몸이 약해지는 데 따르는 무기력함을 조금은 줄일 수 있을지도 모르고, 갑작스런 사태에도 언제든 대응할 수 있을 겁니다."

나는 먼저 이렇게 말하고 잠깐 사이를 두었다가 다시 말했다.

"어머님이 이대로 집에 계시기를 바라고, 가족들이 집에서 어머님의 죽음을 받아들일 수 있다면 지금 이대로도 상관없다고 생각합니다."

그리고 집에서라면 의사들이 갑작스런 사태에 곧바로 대응할 수 없고, 임종할 때 입회하지 못할 수도 있다. 그 점만 각오한다면 사망 확인에는 반드시 참석하니까 집에서 돌아가시는 것도 충분히 가능하다고 덧붙였다.

현실적인 문제로서 임종 순간에 의사가 입회하지 못할 수도 있다는 것만 받아들인다면, 그리고 숨이 끊어질 때까지 일어나는 몇 가지 변화에 대해 가족들이 충분히 이해하기만 한다면 대부분의 환자가 바라는 '집에서 맞이하는 죽음'은 앞으로 더욱 늘어날 것이다.

실제로 임종에 이르러 환자의 고통스런 숨소리와 가래 끓는 소리, 표정, 손발의 움직임 등은 병원에 있든 집에 있든 장소를 불문하고 나타날 수 있는 증상들이다. 그러한 증상들 대부분은 인간이 죽어가는 과정에서 일어나는 자연스러운 현상인 경우가 대부분이고, 그 시점에서는 병원에 있다고 해도 대처할 만한 방법이 거의 없다.

그리고 중요한 사실은 그런 상태의 환자 대부분은 이미 의식을 잃은 상태이기 때문에 주위 사람들이 생각하듯 고통이란 걸 느끼지 못한다.

나는 1990년 1월부터 5월까지 말기 암 환자 다섯 명의 재택사在宅死를 경험했는데, 다섯 명 모두 임종은 지켜보지 못했다. 하지만 환자가 죽은 후 30분에서 세 시간 사이에 그 죽음을 확인하러 환자의 집을 방문할 수는 있었다.

말할 필요도 없지만, 나는 환자가 죽기 전에 계속 정기적으로 왕진을 다녔다. 죽기 전날이나 당일에는 꼭 마지막 왕진을 했다. 가족들과 나 사이에 충분히 상의되고 서로 납득한 상태에서 환자가 죽는 것이다. 가족들과 상의할 때는 환자가 죽는 순간 내가 입회할 수 없을지도 모른다는 점을 합의해두는 것이 가장 중요하다.

죽었다는 연락을 받고 나서 내가 달려가면 가족들이 이미 환자의 시체를 수습한 경우가 많다.

그들은 같은 가족으로서 애틋한 마음을 담아 환자의 시체를 깨끗이 닦아주고 새 옷으로 갈아입힌다. 병원에서 사망한 경우에는 간호사들이 그 일을 하게 되지만, 자택에서라면 가족들이 환자의 사망 진단부터 사후 처치까지 직접 자신들의 손으로 하게 되는 셈이다.

그런 상황에 익숙하지 않은 가족들에게는 어려운 일일 수도 있다. 하지만 환자의 입장에서 생각해보면 이보다 값진 '선물'은 없을 것이다.

재입원의 조건

그런데 집에서 죽음을 맞이하게 할 것인지, 다시 입원해서 병원에서 죽음을 맞이하게 할 것인지 생각해보라는 말을 남기고 돌아온 다음 날 그녀의 큰딸이 나를 찾아왔다. 내 제안에 대한 큰딸의 결론은 이랬다.

그녀는 큰딸 부부와 함께 살고 있는데, 큰딸의 남편이 직업상 집을 비울 때가 많아서 자기 혼자 마지막을 지켜보기가 불안하니 재입원시키겠다고. 나는 최종적으로 당사자의 의사를 확인하고 나서 결정하자고 제안했다.

그날 밤 나는 다시 그녀의 집을 찾아갔다. 그리고 큰딸 부부와 함께 그녀의 머리맡에 앉아 그녀에게 물어보았다.

"몸이 많이 쇠약해지신 것 같네요. 다시 입원하셔서 치료를 받으시겠어요? 점적 주사를 맞으면 편안해지실 겁니다."

그러자 그녀는 단호하게 대답했다.

"병원에 가도 어차피 목숨을 조금 연장시키는 치료를 받게 될 뿐이니 그냥 집에 있겠어요."

큰딸이 당황하며 반대하고 나섰다.

"그래도 만약 갑자기 상태가 나빠지면 저 혼자 어떻게 할 수 없으니 입원하시는 게 낫지 않겠어요?"

큰사위도 옆에서 덧붙였다.

"장모님, 입원하셔야 저희들도 안심할 수 있을 것 같습니다."

그녀는 두 사람의 얼굴을 본 후 눈을 감고 잠시 동안 말이 없었다. 침묵을 깨듯 내가 말했다.

"어떻게 하시겠습니까? 저는 할머님의 생각대로 해드리겠습니다."

그러자 다시 큰딸이 강조했다.

"그래도 역시 입원하셔야 안심이 될 것 같아요."

이윽고 그녀가 눈을 뜨며 입을 열었다.

"그래, 알았다. 입원하도록 하자. 선생님, 또 신세를 져야겠군요. 하지만 선생님, 하나만 약속해주세요. 저는 이제 얼마 남지 않았다는 걸 알고 있습니다. 그러니까 입원해도 구차하게 더 살기 위한 치료만은 받지 않게 해주세요."

그 말을 들은 큰딸 부부는 안도한 듯한 표정을 지었다. 나는 그녀의 얼굴을 보면서 물었다.

"정말로 그래도 되겠습니까?"

그러자 그녀는 분명하게 고개를 끄덕였다.

"알겠습니다. 그럼 입원하시는 것으로 하죠. 할머님이 싫어하시는 치료는 절대로 하지 않겠습니다. 그 점은 약속드리겠습니다. 단, 통증만은 깨끗이 없애드리겠습니다."

다음 날 그녀는 큰딸의 부축을 받으며 다시 입원했다. 나는 그녀와의 약속대로 한 대의 점적 주사도, 한 대의 다른 주사도 놓지 않았다. 다만 모르핀이 함유된 좌약을 하루 두 번 정기적으로 사용했을 뿐이다. 그것만으로도 그녀는 통증을 전혀 호소하지 않았다. 그녀는 다시 1인실 침대 위에서 잠을 깨거나 기분 좋게 꾸벅꾸벅 조는 일상으로 돌아갔다.

아무리 그래도 입원해 있는 환자에게 주사를 한 대도 놓지 않으니 기분이 정말 묘했다. 만약 그녀가 줄곧 집에서 투병했다면 당연히 주사는 한 대도 맞지 않았겠지만, 입원 중인 환자의 경우에는 마치 의사들이 손을 놓고 있는 듯한 기분이 드는 것이었다. 그러나 나는 그녀와의 약속을 지켰다.

나는 하루 두 번 그녀를 찾아가 짧게 몇 마디를 주고받았다. 간호사들은 매일 뜨거운 수건으로 그녀의 몸을 닦고 마사지했다. 그때마다 그녀는 "아아, 기분 좋다." 하고 말했다.

재입원 사흘째, 그녀가 죽기 사흘 전이기도 했지만, 그날부터 그녀는 거의 하루 종일 잠을 잤다. 그리고 이 이야기의 처음으로 돌아가게 된다.

그녀는 정말 달게 자는 것 같았다. 말을 걸면 눈을 뜨고 이야기를 나누기도 했다. 그러나 죽기 하루 전에는 말을 걸어도 눈만 잠깐 떴다가는 금방 감아버렸다. 그녀의 관심은 이제 이 세상에 없는 것 같았다.

재입원 후 엿새째 되는 날 저녁, 그녀는 가족과 친척들이 지켜보는 가운데 행복한 듯 입을 벌리고 자면서 숨을 거두었다. 향년 80세. 대왕생이었다.

| 아들에게 |

아빠로부터의 편지

S에게

아빠가 투병하는 모습은 어땠을까? 아빠는 병을 꽤 잘 이겨냈단다. 그래, 아빠도 의사 선생님한테 "이번에는 병에 질 수도 있습니다."라는 말을 들었을 때 충격을 받지 않았다면 거짓말일 거다.

그래도 선생님한테 그 말을 들었을 때 함께 듣고 있던 네 엄마가 먼저 우는 바람에 아빠는 애써 태연한 척하느라 죽을 맛이었다. 너도 남자니까 그런 기분은 이해할 거다. 남자는 젊으나 늙으나 여자 앞에서 항상 의젓한 모습을 보이고 싶어 한단다. 설령 그것이 자신의 죽음과 관련된 문제라 할지라도 말이다.

그날 의사 선생님과 간호사들이 병실에서 나가자 네 엄마는 마음껏 울더구나. 그동안 나에게 거짓말했던 것을 사과하기도 하고, 앞으로도 영원히 함께하자는 등의 쑥스러운 말도 하는 바람에 오히려 아빠가 엄마를 달래주었다.

그리고 네 엄마가 울다 지쳐서 잠든 한밤중에도 나는 잠을 이룰 수가 없더구나. 어슴푸레한 어둠 속에서 너와 네 누나의 얼굴이 선명하게 떠올랐는데, 그때 처음으로 눈물이 났다. 솔직히 말해서 내가 얼마 안 있어 죽을지 모른다는 말을 들었을 때도 전혀 두렵지 않았다. 정말이다.

인간이라면 누구나 언젠가는 죽게 마련이기 때문이란다. 그보다는 너희들이 커가는 모습을 더 이상 볼 수 없게 된 것이나, 내가 죽고 나서 너희들이 여러 가지로 고생할 것을 생각하니 괴로워서 미칠 지경이다. 죽을 수밖에 없는 병에 걸린 운명을 저주하기도 했다.

문득 지금 내 몸에서 일어나고 있는 일은 다 거짓이고, 내일이면 모든 것이 건강할 때와 똑같은 상태로 돌아와 있지 않을까 하고 생각하곤 한다. 하지만 지금 일어나고 있는 일이 사실이라는 것은 누구보다도 내가 더 잘 안다. 아빠의 몸이 그렇게 가르쳐주고 있기 때문이란다.

그런데 도저히 피할 수 없는 죽음의 현실에 직면했을 때 사람은 어떻게 해야 하는 걸까? 어떤 사람은 비관해서 하루 종일 눈물로 보낼지도 모르고, 또 어떤 사람은 삶에 대한 의욕을 완전히 잃을지도 모른다.

그러나 나는 그런 생각을 조금도 하지 않았단다. 아빠는 가능한 한 너와 네 누나 그리고 네 엄마와 더불어 오랫동안 살고 싶었다. 의사 선생님도 "싸움에 질지도 모르지만 이길 수도 있습니다."라고 말해주더구나. 그렇게 쉬운 일은 아니겠지만, 어쨌든 노력은 해볼 생각이다. 내가 너희들에게 해줄 만한 게 그것밖에 없다고 생각하니까.

지금 이 편지를 쓰다가 잠깐 펜을 놓고 곤히 자고 있는 너희들의 숨소리를 듣고 있다. 이렇게 집이 작으니 쥐 죽은 듯 조용한 한밤중에 너희들의 숨소리를 들을 수 있구나.

앗, 지금 네가 뭐라고 잠꼬대를 했다. 꿈을 꾸고 있는 거니? 아빠 꿈을 꾸는 것 같진 않고, 꿈속에서 여자 친구라도 만나는가 보구나. 그래, 그래도 괜찮단다. 부끄러워할 일이 아니야. 중학생인 너한테는 오히려 그게 더 자연스러운 일이지. 다들 그렇게 어른이 되어가는 거란다.

내일이 되면 난 또 병원으로 돌아가야 한다. 솔직히 말하면 아빠의 몸 상태는 꽤 심각하단다. 어쩌면 너희가 사는 이 집에 다시 돌아올 수 없을지도 모르겠다.

가능하다면 마지막 순간까지 이대로 계속 집에서 너희들과 함께 살고 싶구나. 그래도 한 번 더 힘을 내봐야 되겠지? 마지막까지 희망을 버리고 싶지는 않구나.

지금 이번 5일 동안의 외박과 지난번 5일 동안의 외박을 생각하고 있단다. 내가 이처럼 충실하게 보낸 시간은 지금까지 없었던 것 같다.

그전에는 앞으로도 줄곧 같이 지낼 수 있다고 생각했기 때문에 너희들과 함께하는 시간의 소중함을 미처 깨닫지 못했단다. 병에 걸려 살

날이 이제 얼마 남지 않은 지금에야 너희들과 함께하는 시간의 소중함과 즐거움을 깨달았으니 정말이지 후회되고 안타깝구나.

하지만 이 두 차례의 외박으로 아빠는 하루하루를 알차게 보낼 수 있었단다. 지난번 외박 때도 그랬지만 이번에도 나에겐 즐거운 일만 가득했다. 그중에서도 두 가지 일로 내가 너희들의 아빠라는 것을 실감할 수 있어서 정말로 기뻤단다.

우선 하나는 사흘 동안 외박을 예정하고 집에 왔다가 너희들에게는 비밀로 한 채 이틀을 연장한 어제 있었던 일이다.

학교에서 돌아온 너와 네 누나는 집에 없을 줄로만 알았던 내 얼굴을 보고 "우와, 아직도 집에 계셔!"라며 좋아했다. 너희들이 그렇게 환하게 웃는 얼굴을 볼 수 있었던 것, 그리고 그 웃는 얼굴 자체가 나에겐 정말 최고였단다. 그 얼굴을 본 것만으로도 외박 기간을 연장하길 잘했다는 생각이 들더구나. 마음으로부터 우러나오는 웃음이 얼마나 다른 사람에게 용기를 주는지 알았으면 좋겠다. 음, 이것은 아빠가 직접 느껴보고 하는 말이니 틀림없을 거다.

또 하나는 어제 저녁부터 오늘 아침까지 있었던 일이다. 어젯밤 너희들이 그 이야기를 듣고 싶어 하지 않았을 수도 있었겠지만 나는 꼭 말해두고 싶었다. 그래, 내가 걸린 병 이야기와 완쾌될 수 없을지도 모른다는 이야기를 말하는 거란다. 누구에게나 무언가를 각오하지 않으면 안 되는 때가 찾아온단다. 그리고 그 각오를 위해 필요한 것은 가식적인 다정함이 아니라 괴로워도 모두가 사실임을 인정하는 거란다. 아빠는 그렇게 생각한다. 그리고 그것을 너희들에게도 알려주고 싶었다.

그때 네 누나는 그 자리에서 눈물을 흘렸다. 여자아이의 솔직한 모습을 보는 것도 물론 기뻤지만, 내 말이 끝났을 때 화난 듯 얼굴이 벌게져서 아무 말도 않고 방에서 나가 버린 너의 마음도 나에겐 정말 큰 기쁨이었다. 흐르는 눈물을 보지 않고도 네 마음을 내 마음이 아플 정도로 분명하게 느꼈단다. 그런 모습을 보고서 나는 네가 이제 어엿한 남자가 되었다는 것도 알 수 있었다.

오늘 아침식사 시간에 있었던 일도 물론 기억하겠지? 아마 그런 이야기가 나온 다음 날 아침만큼 거북한 때도 없을 거다. 너희들 역시 어떤 얼굴로 아빠를 대해야 할지 몰라 당황했을 거고. 너희들이 새빨간 눈을 한 채 잠자코 식사하는 모습을 보았을 때 차라리 아무 말도 하지 않는 게 나았겠다고 생각했는데, 긴장하면서 식사하던 네가 갑자기 빵조각이 목에 걸려 캑캑거리는 바람에, 그리고 그것은 덤벙대는 너에게 가끔 있는 일이라, 순간 우리 모두가 평소처럼 눈물이 쏙 빠질 정도로 웃어버린 오늘 아침의 일 말이다.

너는 괴로웠을지 모르지만 덕분에 우리 집은 평소와 다름없는 식사 분위기로 돌아갈 수 있었다. 아니, 그 이상이었지. 모두가 한바탕 웃고 난 뒤에 흐르는 분위기에서 내가 처한 어려운 상황에 맞서 함께 싸워주는, 전우들끼리만 나눌 수 있는 유대감을 느낄 수 있었던 나는 너무 기뻐서 몸 속 깊은 곳에서 힘이 솟구쳐 오르는 기분이었다.

그나저나 너는 이 편지를 언제쯤 읽게 될까. 그날이 그렇게 멀지 않은 것만은 확실하다. 그리고 그때는 이 편지가 유서라는 것이 되어 있겠지. 이 편지는 네 누나한테 맡겨둘 생각이다. 그 아이라면 아빠와의 약속을 지켜 그때가 될 때까지 잘 보관해줄 테니까.

아아, 그건 그렇다지만 너희들이 꾸는 꿈의 가능성을 내 죽음이 앗아갈지도 모른다고 생각하니 마음이 아프구나. 용서해주렴. 그래도 아빠는 사랑하는 너희들과 함께 있는 시간을 조금이라도 늘리기 위해 노력했단다. 어쩌겠니. 아빠가 마지막으로 있는 힘을 다해 투병하는 모습을 지켜봐주지 않겠니? 그리고 네가 어려움에 직면했을 때 네 몸에 이 아빠의 피가 흐르고 있다는 것을 떠올려주지 않겠니?

지금 아빠는 잠자는 너희들의 얼굴을 몰래 엿보고 말았다. 너희들의 잠든 얼굴을 보는 것도 이번이 마지막일지 모른다는 생각이 들었기 때문이란다. 지금 꼭 봐두지 않으면 안 될 것 같아서 엿보고 말았으니 부디 용서해주렴. 모두 편안한 얼굴로 자고 있더구나.

너희들의 잠든 얼굴을 보고 있으려니 내가 얼마나 너희들을 사랑하는지 잘 알겠구나. 그리고 죽을지도 모르는 현실에 직면해 조금도 두렵지 않은 까닭을 깨닫게 되었다. 그것은 바로 내가 너희들을 내 목숨보다 더 사랑하고 있고, 너희들도 마찬가지로 나를 사랑하고 있다는 것을 느끼기 때문이란다.

그래, 그런 거야. 죽음을 극복할 수 있는 것은 용기도 체념도 아닌 바로 사랑이지. 사랑하고 있는 것, 사랑받고 있는 것을 느꼈을 때 모든 공포는 사라져버린단다.

이제 이 편지도 끝을 맺어야 할 것 같다. 그전에 한마디만 더 보태마. 아직 너에게는 무거운 짐이 될지도 모르지만 남자니까 부탁한다. 엄마랑 누나를 잘 보살펴주렴.

아빠는 너를 진심으로 사랑한단다.

안녕.

아빠가

위 편지는 그가 죽고 일주일이 지나 병원으로 인사하러 온 그의 아내가 소중한 보물처럼 꺼내 내게 보여준, 그가 아들에게 남긴 유서의 내용이다.

그는 아내와 딸에게도 유서를 남겼다. 나는 생전의 그를 떠올리며 가슴이 뜨거워지는 것을 느꼈다. 그가 그렇게 혼신의 힘을 다해 투병할 수 있었던 것은 바로 가족에 대한 깊은 사랑이 있었기 때문이고, 가족으로부터 깊은 사랑을 받고 있었기 때문이다.

그와의 만남

내가 그를 처음 만난 것은 정확히 1년 6개월 전이었다. 장마를 며칠 앞둔 무더운 날이었다. 외래 진료실을 찾아온 그는 새까맣고 뻣뻣한 머리카락을 한가운데에서 둘로 나눠 양쪽으로 늘어뜨리고 있었다. 얼굴은 핼쑥했지만 그의 가는 눈은 조용한 의지가 깃들어 있었다.

그는 정중한 말투로 자신의 병세에 대해 이야기했다. 식욕이 저하되었고, 조금만 많이 먹으면 바로 토해버리고, 체중이 줄고 있다는 그의 호소에 따라 위를 엑스선과 내시경으로 검사해보았더니 위암이었다. 그리고 암은 위의 출구 일대를 점거한 상태였다. 당연히 수술이 필요했다.

나는 그에게 진실을, 아니 진실에 가까운 이야기를 해주었다. 병소의 일부에서 암세포가 발견되었고, 지금 할 수 있는 최선의 방법은 위를 절제하는 수술이라고. 그러자 그는 확인하듯 물었다.

"위암이라는 말입니까?"

"내시경으로 채취한 모든 조직에서 암세포가 나온 것은 아닙니다만, 몇몇 조직에서는 분명 암세포가 나왔으니 위암이라 보시는 게 맞을 겁니다."

내 대답에 그는 굳은 표정으로 다시 질문을 해왔다.

"그럼 수술밖에 방법이 없겠군요. 완치는 될까요?"

"모든 치료가 언제나 유효한 것은 아니기 때문에 확실히 완치된다고는 말씀드릴 수 없습니다. 하지만 저희들은 완치를 목표로 치료에 임하고 있습니다. 수술은 그 치료의 첫걸음이 될 것입니다. 수술을 포함해 앞으로 치료가 길어질 것 같습니다. 때로는 고통스러울 수도 있겠죠. 그렇기 때문에 오히려 저는 거짓말을 하고 싶지 않았습니다. 함께 노력해봅시다."

그는 어쩔 수 없다는 표정을 지으며 분명하게 대답했다.

"알겠습니다. 잘 부탁드리겠습니다."

그는 입원하고 일주일 후에 수술했다. 그런데 그의 배를 열고 나서 우리는 수술 전의 진단이 어설펐음을 씁쓸한 기분 속에서 알았다. 그의 암이 국한성인 것은 확실했지만 간 동맥이 깊이 연루되어 있는 바람에 위를 절제할 수 없었던 것이다. 하지만 다행히 위의 3분의 2는 정상이었기 때문에 위와 소장의 우회 문합술은 충분히 가능했다.

이 수술로 우선은 그에게 고통을 안겨주던, 위 내용물의 통과장애에 의한 증상은 개선할 수 있을 것이다.

그러나 수술 후 우리는 그에게 수술 전과는 달리 진실을 말할 수 없었다. 그의 아내도 "수술이 무사히 끝난 것으로 해주세요." 라고 부탁해왔다. 그래서 우리 의료진은 곧 진실을 전할 날이 올지도 모르지만, 그가 회복될 때까지는 무사히 수술이 끝난 것으로 하자고 의견 일치를 보았다.

그의 회복은 순조로웠다. 위와 소장의 새로운 교통로는 아무 문제 없이 기능했고, 수술 후 4주 동안 그는 통상적인 위 절제 환자와 같은 경과를 보여 퇴원할 수 있었다.

우리는 그의 순조로운 경과에 진실을 전할 기회를 놓치고 말았다. 그리고 그는 병이 낫는 중이라 믿고 퇴원해서 얼마 후 사회에 복귀하기에 이르렀다.

그는 퇴원 후에도 항암제를 계속 복용해야 했는데, 그것은 환자 본인도 동의한 일이었다. 2주에 한 번씩 통원 치료도 받아야 했다. 그는 그의 성격처럼 착실하게 치료를 받으러 다녔다. 진료실을 찾을 때마다 그는 그럭저럭 하는 일도 순조로운 데다 수술받길 잘했다는 얘기를 했다.

나는 이렇게 사회에 복귀한 뒤 즐거워하는 그에게 암이 제거되지 않았다고는 차마 말할 수 없었다. 암이 진행되어 언젠가 다시 입원할 날은 분명히 오겠지만, 기력을 회복한 이상 그에게 병의 진상 같은 건 아무 의미가 없지 않을까 하는 생각조차 들었다. 나는 그저 지금과 같은 그의 상태가 조금이라도 오래 지속되기를 기도할 뿐이었다.

우려하던 재발

하지만 퇴원하고 9개월이 지나자 그는 다시 식후의 구역질과 식욕 저하를 호소했다. 우리가 우려한 날이 마침내 찾아왔던 것이다. 위를 엑스선으로 검사해보니 위와 소장의 문합부까지 암이 침윤해 문합부가 좁아져 있었다.

나는 이번에도 그에게 진실을 전할 수 없었다. 그에게는 문합부에 염증성 협착이 일어나 나타나게 된 증상이라고 애매모호하게 설명했다. 그리고 다시 입원해서 치료를 받아야 한다고 말했다. 그는 괴로웠겠지만 순순히 재입원에 동의했다.

그런데 이상하게도 그는 암이 재발할 가능성을 거의 생각하고 있지 않았다. 뿐만 아니라 의료 관계자라면 의심스럽게 느낄 설명을 그는 순순히 받아들였다. 나는 두 번이나 거짓 설명을 했는데도 그는 그대로 믿었다. 어쩌면 수술 전에 처음으로 설명할 때 위암이라고 진실을 말해주었고, 재입원 직전까지 수술 경과가 좋았기 때문에 내가 설마 거짓말을 하리라고는 생각하지 못했을 수도 있다.

나는 이번에야말로 그냥 넘어가서는 안 되겠다고 생각했다. 암은 문합부까지 침윤한 상태였다. 확실히 몸의 다른 부위에도 암이 퍼져 있을 것이다. 이번 재입원이 어쩌면 그의 마지막 입원이 될지도 모른다. 결국 나는 그가 재입원하고 얼마 후에 그의 아내를 만나기로 했다. 이제는 더 이상 그에게 거짓말을 할 수 없다고 판단했기 때문이다.

우리가 거짓말을 계속한다 해도 병세가 악화되면 그는 결국 알아채게 될 것이다. 거짓말이야 눈치 채지 못한다 해도 갈수록 나빠지는 몸 상태와 우리가 주입한 희망 사이에서 갈등하게 될 것만은 분명하다.

나는 거짓 설명과 헛된 희망 속에서 쇠약해져가는 사람들 대부분이 정신적으로 피폐해지는 모습을 지겹도록 봐왔다. 지금 이대로라면 그도 예외는 아닐 것이다.

그리고 내가 진실을 전한 사람들 가운데 일부는 처음에 일시적으로 충격을 받고 정신적 혼란에 빠지기도 했지만 모두 다시 마음을 가다듬었고, 적어도 아무것도 모른 채 쇠약해져가는 사람들에 비하면 그들이나 그들 가족이 훨씬 의미 있는 시간을 보낸다는 것도 알았다.

나는 담당 간호사와 함께 어느 토요일 오후에 그의 아내를 만났다. 내가 그의 병세를 전하고, 어쩌면 퇴원하기 어려울지도 모른다고 하자 첫 수술 때부터 이날이 올 줄 알았던 그녀는 눈물을 글썽이면서도 다부지게 말했다.

"그래도 잘 버텨왔다고 생각해요. 힘드시겠지만 앞으로도 잘 부탁드리겠습니다."

그리고 앞으로도 계속 거짓말을 해야 할지 어떨지, 즉 병명과 현재 상태를 사실대로 말해줄지 어떨지 묻자 그녀는 담담하게 말했다.

"지금까지는 건강하게 그럭저럭 살아왔으니 그냥 이대로도 괜찮겠지만, 사태가 이렇게까지 된 이상 진짜 병명과 상태를 말한다 해도 상관없어요. 아직 40대인 젊은 남편이 이대로 아무것도 모른 채 앓다가 죽어버린다고 생각하니 견딜 수가 없네요. 남편에게도 여러 가지로 생각이나 정리하고 싶은 것들이 있을 거예요. 그런 건 말끔히 정리하고 싶어 하는 사람입니다. 남은 시간이 얼마 없다면 그렇게 해주고 싶어요."

암 고지의 어려움

아내의 동의를 받은 우리는 그 다음 주부터 그에게 병명과 현재 상태를 전할 준비에 들어가기로 했다. 그런데 가족의 동의를 받았다고는 해도 막상 환자에게 충격적 진실을 전하려고 하니 마음이 몹시 괴로웠다. 또 그 말을 전하기가 생각보다 훨씬 어렵게 느껴졌다.

자신의 병을 의심하면서도 희망에 매달리려는 환자의 눈을 바라보며 "실은 당신의 병은 치료하기 어려울지도 모릅니다."라는 말을 전하기 위해서는 큰 용기가 필요했다. 물론 그런 말을 듣는 쪽이 더 힘들다는 것도 알고 있었다.

나는 모든 말기 암 환자에게 환자 자신의 병명과 현재 상태를 알려야 한다고는 생각하지 않는다. 암 고지처럼 무겁고 괴로운 정보를 감당할 수 없는 사람도 분명 있을 것이다. 하지만 한편으로 그런 자신의 운명을 받아들이고 나름대로 극복하는 사람들 또한 분명히 존재한다는 사실도 잊어서는 안 된다.

내가 이처럼 말기 암 환자에게 병명과 병세를 전하는 데 얽매이는 이유는 기본적으로 환자 본인의 정보이고, 그 정보가 환자의 남은 인생을 크게 좌우하기 때문이다. 정확한 병명과 병세는 환자에게 괴로운 정보임이 틀림없다.

그러나 불치병이라는 이유로, 어차피 치료에는 아무 도움이 되지 않는다는 이유로, 불쌍하다는 이유로, 의사나 가족의 판단만 갖고 환자에게 진실을 숨겨서는 안 된다.

그러한 행위는 결국 상대를 신뢰하지 않는 것이고, 동시에 올바른 정보를 근거로 직접 판단하고 결정해서 자신의 남은 인생을 살아갈 수 있게 하는 '자기 결정권'이라는 소중한 인권을 침해하는 것이다. 경우에 따라서는 일방적으로 그 사람 인생의 가능성을 빼앗는 것이 될지도 모른다.

누구나 다른 사람의 인생을 대신 살아줄 수는 없다. 그것이 설령 가족이라 해도 마찬가지다. 그러나 고통스러운 인생을 함께 짊어지는 도움쯤은 줄 수 있을 것이다. 물론 실제 임상 현장에서는 의사가 가족과 함께 생각하면서 고민해야 하고 가족의 동의하에 진행되어야 하지만, 병명과 병세를 전하려는 노력을 아예 처음부터 하지 않는다면 환자의 인생을 모욕하는 것이 될 수도 있는, 당연히 잘못된 행위다.

그의 아내와 합의하고 그에게 진실을 전하기 위한 준비에 들어가려던 월요일 이른 아침이었다. 그의 아내로부터 병원으로 전화가 걸려왔다.

토요일에 합의한, 그에게 진실을 밝히자는 이야기를 없었던 일로 하고 싶다고 그녀가 말했다. 나는 기본적으로 앞서 말한 것과 같은 마음을 갖고 있었지만, 실제 의료 현장에서는 절대로 무리하지 않기로 했기 때문에 가족이 그렇게 말한다면 진실을 전하려는 계획을 포기해도 상관없다고 생각했다.

하지만 좀처럼 그 이유를 이해할 수 없었기 때문에 곧바로 그의 아내에게 전화를 걸었다. 그러자 그녀는 몹시 미안해하면서 이렇게 말하는 것이었다.

"실은 어제 일요일에 시부모님과 남편의 형제들을 불러놓고 남편에게 병명과 병세를 전하는 문제에 대해 얘기해봤는데, 저를 빼고 모두가 '그에게 진실을 밝힌다는 건 있을 수 없는 일'이라고 반대해서요."

그리고 다른 사람들의 의견을 듣는 동안 그녀도 불안해지고 말았다고 해명했다.

나는 그녀를 충분히 이해할 수 있었기 때문에 그래도 전혀 상관없다고 말해주었다. 가족의 마음이 흔들리는 것은 당연하다. 다만 "오늘 결론은 이미 결정 난 것으로 하지 말고 일시 중지의 형태로 하는 편이 좋겠습니다."라고 말하는 것도 잊지 않았다. 병세의 악화에 따라 환자에게 심리적인 변화가 일어나게 마련

이어서 나는 "그때마다 상의해서 그에게 어떻게 해주는 것이 가장 좋은지 생각해봅시다."라고 덧붙였다.

그런 이유로 나는 그에게 진실을 전하려는 계획을 포기하고 치료에 전념하기로 했다. 암 때문에 협착한 문합부는 유동식만 겨우 통과시키고 있었는데, 그것을 어떻게든 넓혀봐야겠다고 마음먹었다.

우리는 내시경으로 직접 위를 관찰해 문합부에 침윤해 있는 암을 확인하고 침윤된 부위에 직접 면역 활성화제를 국소 주입하기로 했다.

이 치료는 예상보다 큰 효과를 발휘했다. 2주에 한 번씩 내시경을 이용한 이 치료를 반복했더니 재입원 당시에 유동식만 섭취하던 그가 2개월 후에는 7부죽까지 먹을 수 있게 되었다. 그가 회복되고 있다는 것은 식욕과 체중의 증가로 분명해졌다. 그는 기뻐했다.

현대 의료에는 입으로 전혀 식사를 하지 못해도 환자의 목숨을 1년에서 2년은 연장시키는 고칼로리 수액법이란 것이 있다. 하지만 인간은 기본적으로 입으로 먹어야 한다. 그가 기뻐한 이유도 먹는다는 것은 살아 있다는 증거이고, 먹을 수 있다는 것은 더 살 수 있다는 증거였기 때문이다.

이제는 먹을 수 있는 음식물에 주의만 하면 하루에 필요한 칼로리는 충분히 섭취할 수 있다. 결국 재입원했을 때의 예측과는 정반대로 그는 퇴원할 수 있게 되었다. 그와 아내는 매우 기뻐했다. 하지만 이것이 어디까지나 일시적인 호전에 지나지 않는다는 사실을 아는 우리는 안심하면서도 무작정 기뻐할 수만은 없었다.

다시 그의 아내와 이야기를 나누었다. 그에게 병명은 말하지 않겠지만, 언젠가 다시 입원할 것에 대비해 현재의 정확한 상태만은 조금이나마 설명해두고 싶다고 내가 말했다. 머지않아 일어날 일에 대해 조금이라도 알려주는 것이 우리 의료진의 의무라고 생각했기 때문이다. 아내는 동의해주었다.

퇴원하기 며칠 전 나는 담당 간호사와 함께 그와 면담했다. 그 자리에서 그의 현재 상태와 퇴원 후 주의해야 할 점들을 설명했다.

"우선 퇴원하시게 된 것을 축하드립니다. 내시경 치료를 열심히 받은 보람이 있네요. 저는 병의 상태가 지금이 최선이라고 생각합니다. 물론 좀 더 좋아질 가능성도 있지만, 경우에 따라서는 다시 병이 악화되어 재입원할 수도 있으니 그 점을 염두에 두고 생활하시는 게 좋겠습니다. 재입원은 먼 미래의 일이 될 수도 있지만, 어쩌면 가까운 날에 그렇게 될지도 모릅니다. 시간을 소중하게 생각하시고 힘내시기 바랍니다."

나로서는 꽤 심각하게 말했는데 재입원할 당시에 비해 병세가 상당히 호전된 그는 별로 개의치 않는다는 듯 미소를 지으면서 대답했다.

"잘 알겠습니다. 솔직히 말씀해주셔서 감사합니다. 지금까지는 너무 일만 해왔는데 앞으로는 가족과 좀 더 오랜 시간을 갖겠습니다."

퇴원하는 날, 진실을 알고 있는 아내와는 대조적으로 그는 만면에 미소를 띤 채 간호사 스테이션으로 인사하러 왔다. 3개월 후 재입원하리라고는 전혀 생각지도 못하는 표정이었다.

그가 다시 입원하기까지 3개월 동안 그의 몸 상태는 결코 좋았다고는 할 수 없었다. 그래도 투병의 당사자인 그는 잠깐 사회에 복귀하기도 했지만 4개월째로 접어드는 날, 결국 병원을 다시 찾아왔다.

진실을 말하다

병원에 온 그는 더 야위어 있었다. 다시 식사를 할 수 없게 되었던 것이다. 하지만 이번에는 문합부 협착이 아니었다. 암 전이로 말미암아 위 입구인 분문부噴門部의 외측 림프샘이 종대해서 음식물 통과 장애를 일으킨 것이다.

이제는 지난번과 같은 내시경 치료도 할 수 없었다. 앞으로는 그저 항암제 효과에 의존할 수밖에 없었다. 또 경구 섭취도 생각할 수 없었기 때문에 그의 영양 공급은 쇄골하정맥을 통한 고칼로리 수액법으로 이루어졌다. 그에게는 하루 종일 고칼로리 수액 백을 늘어뜨린 점적대(링거대)가 필요했다.

그러나 재입원하고 한 달이 지나도 병세는 호전되지 않았다. 오히려 조금씩 악화되고 있었다. 입원 초기에는 호전되리라 기대를 가졌던 그도 한 달째 이어지는 투병이 아무 성과를 보이지 않자 점점 초조해했다. 항상 의료진을 반듯하게 대하며 불안정한 정서를 드러내지 않던 그가 아내와 말다툼을 벌이고, 물건을 집어던지는 등 평소와는 전혀 다른 행동을 보이는 것을 간호사가 가끔 목격하기도 했다.

결국 어느 날 그는 아주 사소한 일로 지금까지 의료진에게는 한 번도 보인 적이 없는 분노를 간호사에게 터뜨렸다. 그 후 곧바로 냉정을 되찾고 간호사에게 사과했지만, 그 사건은 분명 그의 정신 상태가 막다른 곳에 몰려 황폐해졌다는 것을 말해주고 있었다.

나는 그때까지 보여준 투병 태도나 나와의 대화 등을 통해 그가 성실하고 마음 좋은 사람이라는 것을 알고 있었다. 그래서 더욱 그의 이런 정신 상태에 아픔을 느끼지 않을 수 없었다.

나는 이제 더 이상 그를 방치해둘 수 없다고 생각했다. 6개월 이상이나 보류했던 그 이야기를 다시 그의 아내에게 꺼냈다. 그에게 진실을 말해주어야 하지 않겠느냐는 것이었다. 나는 그의 아내에게 말했다.

"최근 그의 모습을 보고 있으면, 육체적으로도 그렇지만 정신적으로 너무 힘들어하시는 것 같습니다. 저희들의 설명과 본인의 몸 상태 사이에 생긴 큰 틈이 메워지지 않아서 그렇겠죠. 남편께서는 현재 자신이 처해 있는 입장을 어떻게 받아들여야 할지 무척 난감해하시는 것 같습니다. 정말로 우리의 말을 믿고 희망을 가져도 될지, 아니면 스스로 악화되고 있는 걸 느끼는 자신의 몸이 진실이고 주위 사람들은 거짓말하는 게 아닌지 의심의 수렁에 빠져 있는 것으로 여겨집니다. 이제 슬슬 진실을 말해주는 게 좋지 않을까요?”

그녀는 막다른 곳에 다다른 그의 정신 상태를 우리보다 훨씬 더 심각하게 느끼고 있었다. 그녀는 마치 기다리고 있었다는 듯 바로 고개를 끄덕이며 대답했다.

“그렇게 해야죠. 그렇게 해주고 싶어요.”

그도 괴로웠겠지만 그녀 역시 괴로웠던 것이다.

그녀의 이번 결심은 확고했다. 그녀는 이제 누구의 말에도 흔들리지 않고 자신의 의지만으로 동의했다. 그는 그녀의 남편이다. 그녀는 그를 사랑하고, 함께 살아온 사람이다. 그녀는 단호하게 말했다.

“지금까지는 불안했지만, 그래도 남편이 강하다는 걸 믿고 싶어요. 설령 남편이 동요한다 해도 제가 옆에서 붙잡아보겠습니다.”

한번 배짱이 생기면 여성이 남성보다 훨씬 강해지는가 보다. 나는 “저희들도 최선을 다해 남편께서 잘 이겨낼 수 있도록 돕겠습니다. 그라면 분명 괜찮을 겁니다."라고 대답했다.

이렇게 해서 결국 그에게 진실을 밝히기로 결정되었다.

다음 날 나는 그의 병실로 가서 물어보았다.

"이번에 입원하고 나서 벌써 한 달이 지났네요. 그래서 이제까지의 경과와 앞으로의 경과에 대해 정리해서 말씀드리려고 하는데 혼자 들으시겠습니까, 아니면 사모님과 함께 들으시겠습니까?"

그러자 그는 깜짝 놀란 표정으로 대답했다.

"중요한 이야기라면 아내도 걱정하고 있을 테니 함께 듣겠습니다."

우리는 일하느라 시간을 내기 힘든 그녀의 사정에 맞춰 면담 날짜를 잡기로 했다.

그리고 그날이 되었다. 우리의 이야기는 밖이 어슴푸레해지는 저녁 무렵에 시작되었다. 우리 쪽은 나와 담당 간호사, 병동 수간호사 이렇게 셋이었고, 상대는 그와 그의 아내 두 사람이었으니 좁은 1인실에 다섯 명이나 모이게 된 셈이다. 병실 안에는 팽팽한 긴장이 감돌았다. 그를 제외한 모든 사람이 앞으로 그곳에서 일어날 일을 알고 있었기 때문이다. 아니, 그도 필시 무슨 일이 일어날지 알고 있었음이 틀림없다.

그는 침대 위에 앉아 있었다. 아내는 그의 뒤에 있는 둥근 의자에 앉아 있었다. 그리고 나는 아내 맞은편의 둥근 의자에 그의 얼굴을 마주보며 앉았다. 두 간호사는 내 뒤에 섰다.

나는 되도록 차분하게 우선 재입원 후의 검사 데이터와 엑스선 사진 등을 설명하기 시작했다. 그리고 설명을 마친 후 나는 그에게 물어보았다.

"이상입니다만, 본인의 상태에 대해 어떻게 생각하십니까?"

그러자 그가 대답했다.

"선생님께서 이런저런 치료를 해주셨지만 식사는 거의 할 수 없고, 저로서는 이번엔 조금도 좋아지지 않았다고 봅니다."

나는 솔직하게 그 사실을 인정했다.

"저희들도 그렇게 생각하고 있습니다."

그리고 잠깐 뜸을 들였다가 눈 딱 감고 말했다.

"실은 이번에 이렇게 악화된 것은 처음 수술했을 때의 병 때문입니다. 처음에 걸렸던 병이 어떤 것이었는지는 알고 계시죠?"

내 물음에 그가 대답했다.

"위궤양이었죠."

이 사람이 지금 도대체 무슨 말을 하고 있는 거지? 나는 순간 당황했다.

그는 자신이 위암으로 수술을 받았고, 그 후 복용한 약이 항암제였음을 알고 있을 것이다. 나는 엉겁결에 "정말로 그렇게 생각하십니까?"라고 물어보고 말았다. 그러자 그는 아주 짧은 순간 내 얼굴을 슬픔에 젖은 눈으로 바라본 후 고개를 떨어뜨리며 대답했다.

"아니요. 선생님, 알고 있습니다."

그리고 몇 초 후 그는 평소의 태연한 얼굴로 돌아와 의지가 깃든 눈으로 나를 보면서 다시 말을 이었다.

"역시 그랬군요. 그렇지 않길 바라는 마음에 그만 잠시 헷갈렸습니다. 죄송합니다. 저도 좀처럼 좋아지지 않아 이상하다고 생각하고 있었습니다. 이제 수술은 불가능한 겁니까?"

"검사 결과를 보면 복강 내 이곳저곳의 림프절이 암 전이 때문에 종대해 있어서 수술은 무리입니다. 앞으로는 림프절의 종대를 억제하는 화학요법이 주된 치료가 될 것입니다."

내 대답에 그는 얼굴을 붉히면서 강한 어조로 말했다.

"선생님, 저도 가능한 한 최선을 다할 테니 잘 부탁드리겠습니다."

"저희들도 가능한 치료는 다 해볼 생각이니 희망을 버리지는 말아주세요. 단지 상대가 상대인 만큼 이 싸움은 지는 싸움이 될지도 모릅니다. 그런 경우가 있을지도 모른다는 것을 염두에 두시고 힘내시는 게 좋겠습니다."

내가 거기까지 말했을 때 옆에서 듣고 있던 그의 아내가 울기 시작했다.

나는 다시 말을 이었다.

"이것으로 우리 사이에 거짓말은 없어졌으니 앞으로 아무 거리낌 없이 무엇이든 솔직하게 말씀해주십시오. 저희들은 최선을 다해 응원할 생각이니까요."

그때서야 비로소 그가 미소를 떠올리면서 말했다.

"선생님, 앞으로도 진실만을 말씀해주세요. 열심히 싸워보겠습니다."

그러고는 악수를 청해왔고, 우리는 힘차게 악수를 나눴다. 그 모습을 아내는 오열하면서, 간호사들은 안심한 표정으로 지켜보고 있었다. 우리는 인사를 하고 병실을 나왔다.

나는 그가 내 이야기를 듣고 속으로는 어떻게 반응했는지 몰랐다. 그러나 그가 죽은 뒤 읽은 유서를 통해 당연한 말이겠지만 괴로웠다는 것을 알 수 있었다. 그리고 그것을 극복했다는 것도 알 수 있었다.

마지막 기회

진실을 전한 다음 날 아침, 체온을 검사하기 위해 잔뜩 긴장하고 그의 병실을 찾은 젊은 간호사에게 그는 "간호사 선생님, 제가 모든 것을 알았다고 해서 특별 취급은 하지 말아주세요. 평소처럼 대해주시는 것이 저에겐 가장 좋습니다."라며 어색해하는 그녀를 다독거리는 여유를 보였다.

그리고 그는 자신의 병이 낫지 않을지도 모른다는 사실을 알고 나서 집에서 외박하기를 가장 바랐다. 우리는 그의 바람을 흔쾌히 받아들였다.

그는 사망할 때까지 두 번 외박을 나갔다. 거의 유동식밖에 받아들이지 못하는 그는 고칼로리 수액이 든 점적용 백을 가지고 집에 돌아갔고, 수액이 떨어지면 빈 백을 여분의 새 백으로 자신이 직접 교체했다.

첫 외박 때, 3일 예정으로 집에 간 그가 병원에 돌아오기로 한 4일째 저녁이 되도록 모습을 나타내지 않았다. 걱정된 나는 그의 집으로 전화를 걸었다. 그랬더니 그는 밝은 목소리로 "연락을 못 드려서 죄송합니다. 이틀만 집에 더 있고 싶은데 부탁드리겠습니다."라고 말하는 것이었다. 내가 "점적 백이 부족하지는 않습니까?"라고 묻자 그는 웃으면서 대답했다.

"그럭저럭 잘 버티고 있으니 괜찮습니다."

잘 버티고 있다는 말은 3일분의 수액을 떨어져 내리는 양을 줄여 5일분으로 했다는 것이리라.

즉, 그는 자신을 지탱해주는 고칼로리 수액의 에너지를 줄여가면서까지 집에 있고 싶었던 것이다. 나는 더 이상 아무 말도 할 필요가 없다고 생각했다. 그의 목숨을 관리하는 사람은 결국 그 자신이다. 게다가 그의 밝은 목소리를 통해 지금 그는 나름대로 즐기면서 알찬 시간을 보내고 있다는 걸 알 수 있었다.

"조금이라도 이상이 생기면 바로 돌아오십시오."

마지막으로 나는 당부의 말을 남기고 전화를 끊었다.

첫 번째 외박에서 돌아온 지 얼마 되지도 않아 그는 다시 한번 외박을 하고 싶다고 했다. 이때 나는 굳이 아무 지적도 하지 않았지만, 그의 안구 결막은 약간 노래져서 황달이 나타났다는 것을 말해주고 있었다. 그리고 그도 아무 말도 하지 않았지만 자신의 상태가 나빠진 것을 알고 있었다. 나는 그의 병세로 봐서 이번 외박이 마지막 기회가 될 것이라 생각했는데, 그도 그렇게 생각하고 있었다는 걸 유서를 보고 알았다.

첫 번째 외박과 달리 두 번째 외박은 그가 자신의 목숨이 얼마 남지 않았음을 알아차리고 요청한 것이었다.

두 번째 외박도 사흘 동안의 예정이 이틀 더 연장되었다. 그리고 이번에는 그가 먼저 전화로 양해를 구해왔다. 물론 그가 잘 견디고 있다면 아무 문제도 없었다.

그러나 두 번째 외박에서 돌아왔을 때 그의 황달은 누가 봐도 확연할 정도로 심해져 있었다. 그의 병세도 악화되기는 마찬가지였다. 나는 그의 황달이 간에서 십이지장으로 쓸개즙을 유출시키는 온쓸개관이 주위의 전이 림프절에 의해 압박되어 발생한 폐색성 황달이라는 것을 알고 있었다. 그리고 그것을 그에게 설명해주기 위해 초음파 장치로 검사하기로 했다.

검사 당일 어슴푸레한 초음파 검사실에는 그와 나 단 둘뿐이었다. 검사 장치의 모니터에 나타난 초음파 화상은 그의 황달이 틀림없는 폐색성 황달임을 확인시켜주었다.

나는 초음파 검사를 하면서 그에게 물어보았다.

"이번 외박은 어떠셨어요?"

그러자 그는 미소를 지으면서 대답했다.

"저번에도 그랬지만 이번에도 정말 좋았습니다."

그의 미소에 전염된 듯 나도 덩달아 미소를 지으면서 다시 물었다.

"뭐가 그렇게 좋으셨어요?"

"실은 외박을 이틀 연장한 걸 아이들에게는 비밀로 했습니다. 그랬더니 아이들이 학교에서 돌아와 병원에 가고 없을 줄 알았던 제가 아직 있는 것을 보고 놀라는 것이었습니다. 선생님, 그때 아이들의 반응이 어땠는지 아세요? 딸도 아들도 '아빠, 아직 계셨어요?' 하고 뛸 듯이 기뻐하는 것이었습니다. 정말이지 너무 행복했습니다."

"아이들에게도 병에 대해 말씀하셨나요?"

그러자 그는 담담하게 대답했다.

"돌아오기 이틀 전 밤에 모든 걸 말해주었습니다. 저로서는 하나만 남기고 정리해야 할 것은 모두 정리하고 왔기 때문에 그 점에서도 이번 외박은 좋았습니다."

나는 그가 자신의 목숨을 지탱하는 3일분의 에너지로 5일 동안이나 집에서 보낸 이유를 그제야 비로소 충분히 이해할 수 있었다. 그는 아이들이 기뻐하는 얼굴을 보고 싶어 집에 더 머물렀던 것이다. 아이들과 함께 있는 시간을 조금이라도 늘리고 싶어 외박을 연장했던 것이다.

내가 "그런데 하나만 남겼다는 것은 무엇이죠?"라고 묻자 그는 아주 담담하게 말했다.

"제가 지금부터 갈 곳을 정하지 못했다는 것입니다. 그 하나가 마음에 걸리는군요."

나는 그가 말하고자 하는 바가 무엇인지 알았다. 그는 자신의 무덤을 결정하지 못한 것이 마음에 걸린다고 말하고 있었다.

정말 어떻게 말해야 할지……. 나는 그의 평온한 모습에 압도되었다. 가슴이 뜨거워지는 것을 느끼며 그에게 진실을 말해주길 잘했다고 생각했다. 그에게는 마음속으로 그려놓은 인생의 결말이 있었다. 누구나 자신의 인생을 강제로 중단시키려고 하는 대상에 분노를 느끼며 투쟁하겠지만, 항상 그 싸움에 승리하는 것은 아니다. 그렇기 때문에 자신의 인생과 관련된 중대한 정보가 필요한 것이다.

그 사실을 그는 가르쳐주고 있었다.

고통스러운 치료를 견디며

초음파 검사를 마친 후 나는 그 결과를 그에게 정확하게 설명해주었다. 폐색성 황달이라는 것, 방치하면 간부전을 일으켜 죽음에 이른다는 것, 치료 수단으로는 경피경간담관배액술이 있다는 것, 그리고 그 치료를 받으면 황달이 완화된다는 것, 그러나 근본적인 치료는 아니기 때문에 연명 효과밖에 없다는 것, 또 어느 정도의 연명 효과가 있는지는 불분명하다는 것 등을.

그러자 그는 힘주어 말했다.

"이제 치료할 수 없다는 것은 잘 알고 있습니다. 그러나 아이들을 위해 하루라도 더 살고 싶습니다. 조금 고통스러워도 상관없습니다. 선생님, 어떻게든 조금이라도 더 살아 있게 해주십시오."

나는 다음 날 오후 그의 아내에게 동의를 구하고 경피경간담관배액술을 그에게 시행했다. 국소 마취하에 이루어진다고 해도 결코 편하지만은 않은 치료를 그는 아무 소리도 내지 않고 받아들였다.

이미 늑골이 튀어나올 정도로 앙상해진 가슴의 흙빛 피부를 통해 간에 긴 바늘을 찌르면서 나는 이 치료가 조금이라도 효과를 발휘해 그의 목숨이 일분일초라도 더 연장되기를 기도했다. 죽음의 순간에 이르러 연명하는 일분일초가 아니라, 이렇게 나와 대화를 나누고, 고통을 감내하면서도 아이들의 기뻐하는 얼굴을 보기 위해 분발하는 지금의 그가 일분일초라도 더 살 수 있기를 기도했다. 그렇다. 이런 식으로 고통을 주는 것으로밖에 달리 협력할 수 없는 나 자신을 원망하면서도 나는 그의 연명을 진심으로 바랐다.

그러나 결과적으로 말하면 이 치료는 효과적이었다고 할 수 없었다. 왜냐하면 그는 이 치료 후 열흘 만에 죽었기 때문이다. 이 치료를 받음으로써 황달은 확실히 줄어들었지만, 전신 쇠약 자체는 이미 손쓸 도리가 없는 상태였다. 하지만 자신의 운명을 알게 된 사람이 모든 치료를 허락하고 바란다면, 비록 치료 효과가 확실하지 않더라도 그에 부응하는 것은 잘못이 아니라고 나는 생각한다. 조금이라도 더 살고자 하는 그의 의지를 존중해줄 수 있기 때문이다.

그에게 고칼로리 수액 튜브 이외에 황달을 완화하기 위한 튜브가 새롭게 추가되었다. 그러나 동통 컨트롤은 통상적인 진통제로 충분했기 때문에 그는 죽기 직전까지 고통 때문에 괴로워하진 않았다.

이 치료를 받고 나서 죽을 때까지 열흘 동안 그의 투병은 조용했다. 회진 때 가서 그와 대화를 나누면서도 지극히 일상적인 분위기만 느낄 수 있었다. 나는 굳이 회진이 아니어도 그의 병실을 자주 찾아갔다. 그때마다 잠시 동안 침대 옆 둥근 의자에 앉아 있다가 나오곤 했다.

그와 거의 대화를 나누지 않을 때도 있었다. 하지만 그는 조금도 고통을 느끼지 않는 것 같았다. 침대 옆에 앉아 그의 온화한 얼굴을 보면서 그에 관한 이야기나 나의 이야기, 혹은 그와 나의 어렸을 적 이야기 같은 것을 나누다 보면 이상할 정도로 마음이 편안해졌다.

그가 얼마 안 있어 죽을지도 모르는데, 그곳에서 비장함이라곤 전혀 찾아볼 수 없었다. 이미 모든 것을 받아들이고 있는 사람에게는 새삼스레 심각한 이야기 따윈 필요하지 않았던 것이다. 그를 보고 있으면 그 평온한 나날이 너무도 소중하게 여겨졌다.

마지막까지 싸워낸 사람

그가 죽은 날 아침 일찍 병원에서 우리 집으로 전화가 왔다. 당직 간호사가 긴장된 목소리로 말했다.

"환자 분이 선생님을 찾고 있습니다."

"혈압은?"

"어제부터 내려간 상태입니다."

그녀는 내 물음에 짧게 대답하고 이렇게 덧붙였다.

"그리고 환자 분이 아이들을 만나고 싶다고 해서 그쪽에도 연락했습니다."

나는 곧바로 집에서 뛰쳐나왔다. 초겨울 아침은 아직 어둑어둑했고, 공기는 살을 에는 듯 차가웠다. 그의 아이들도 지금쯤 긴장한 채 병원으로 가고 있을 것이다. 차는 아직 전조등을 끄지 않은 대형 트럭을 가끔 스쳐 지나가면서 아침 공기를 가르고 병원을 향해 질주했다.

나는 드디어 그와 이별할 때가 왔다고 생각했다. 그의 온화한 얼굴과 의지가 깃든 눈이 눈앞에 떠올랐다. 그와의 만남, 그 후의 여러 가지 일들이 머릿속에 떠올랐다가 스러져갔다. 그리고 그때 그가 어느새 나의 환자가 아니라, 나의 친한 친구가 되어 있음을 깨달았다.

병원에 도착하자마자 나는 그의 병실로 달려갔다. 그곳에는 이미 그의 아내와 아이들뿐만 아니라 소식을 듣고 달려온 형제들이 그의 침대를 둘러싸고 있었다. 그는 눈을 감은 채 얼굴을 찡그리고, 괴로운 듯 숨을 헐떡이고 있었다. 어제까지의 표정이 아니었다. 아침부터 증상이 나빠졌다고 간호사가 말해주었다.

나는 그의 베갯맡에 무릎을 꿇듯이 앉아 그의 얼굴에 내 얼굴을 가까이 대고 큰 소리로 말을 걸었다.

"접니다. 알아보시겠습니까?"

그러자 그가 눈을 떴다. 내 얼굴을 보고 고개를 끄덕이면서 쉰 목소리로 대답했다.

"잘 알지요, 선생님. 정말로 신세 많이 졌습니다."

그리고 숨을 거칠게 쉬며 괴로운 듯 말을 이었다.

"가슴이 답답해요. 이제 좀 편안하게 해주세요."

통증은 잘 컨트롤되고 있었지만, 요 며칠 사이 오른쪽 가슴에 흉수가 급속하게 고이기 시작해 호흡곤란을 호소하던 차였다. 그 때문에 하루에 한 번 흉수천자胸水穿刺(흉수를 주삿바늘로 뽑아내는 것)와 산소흡입이 필요했다. 산소를 흡입해서 안정을 되찾으면 증상이 진정되었는데, 이날 아침부터 호흡곤란이 심해졌던 것이다.

산소흡입으로도 좋아지지 않는 호흡곤란은 인공호흡기로 호흡 보조를 실시하거나 의식을 저하시켜 얕은 수면 상태로 해두는 수밖에 없지만, 말기 암으로 인한 호흡곤란에 인공호흡기는 사용할 만한 게 못 된다. 그것은 환자의 목소리를 빼앗고, 고통스러운 상태를 하루 연장시키는 것밖에 되지 않기 때문이다.

나는 그의 의식을 저하시키는 수밖에 없다고 생각했다. 하지만 지금 상태에서 강한 진정제를 사용하면 그는 의식이 회복되지 않은 채 세상을 떠나게 될 것이다. 한편 진정제를 주사하지 않아도 지금의 혈압이라면 스물네 시간 이상 버티는 것은 불가능할지도 모른다. 이 시점에서 그가 굳이 고통을 참고 견뎌야 할 이유는 없었다. 나는 편안해지고 싶다는 그의 호소를 들어주기로 했다.

이 점에 대해 오해를 사지 않기 위해 한 가지 해두고 싶은 말이 있다. 내가 사용하려고 하는 주사약은 결코 그의 죽음을 앞당기는 것이 아니다. 단지 그의 의식을 얕은 수면 상태로 바꿔서 그가 느끼는 고통을 줄여주는 것일 뿐이다. 주사약을 사용하든 사용하지 않든 그의 죽음은 똑같이 찾아올 것이다.

"그럼 이제부터 편안해지는 주사를 놓을 테니 조금만 기다리세요."

나는 이 말을 남기고 그의 병실에서 나왔다. 그리고 가족을 불러 그의 고통을 없애주기 위해서는 주사약을 사용해 의식을 떨어뜨리는 수밖에 없다는 것을 설명하고, 그에 대해 어떻게 생각하는지 물어보았다. 그러자 아내와 형제들도 아무 망설임 없이 대답했다.

"주사를 놔주세요."

"주사를 놓으면 의식이 떨어져 더 이상 대화를 나눌 수 없게 됩니다. 그러니 주사를 놓기 전에 그와 작별 인사를 나누십시오."

나는 가족들이 그와 작별 인사를 나눌 수 있도록 조금 기다렸다가 다시 병실로 들어갔다. 가족과 그 사이에 어떤 말들이 오갔는지는 알 수 없었다. 다만 그들의 눈자위가 빨갛게 변해 있었다.

나는 주사를 놓기 전에, 즉 그의 의식이 떨어지기 전에 그에게 꼭 해두어야 할 말이 있었다. 설령 가족이 아무 말도 건넬 수 없었다 해도 나는 어떻게든 말하고 싶었다.

"그럼 이제부터 주사를 놓겠습니다. 이 주사를 놓으면 틀림없이 편안해질 것입니다. 그런데 깊이 잠들어버릴지도 모릅니다. 그래도 괜찮으시겠어요?"

그는 내 얼굴을 보며 고개를 끄덕였다.

그리고 다음 말을 입 밖에 끼내려던 나는 갑자기 격한 감정에 휩싸여서 잠시 아무 말도 할 수 없었다. 어떤 말이라도 한 마디 꺼냈다간 내 감정을 더는 억누를 수 없을 것만 같았다. 하지만 지금 말하지 않으면 언제 또 말한단 말인가. 나는 떨리는 목소리를 진정시키면서 어렵게 입을 뗐다.

"Y씨, 당신이 잠들기 전에 꼭 해두고 싶은 말이 있습니다. 저는…… 저는 당신을 만나 정말로 좋았습니다. 항상, 항상 당신을 존경했습니다. 당신은 정말 훌륭한 분이셨습니다."

그러자 그는 괴로운 숨을 몰아쉬면서도 미소를 지어 보이며 말했다.

"선생님, 감사합니다. 저도 선생님을 만나 좋았습니다."

그리고 눈을 감았다. 가족들은 우리 두 사람이 대화하는 모습을 눈물을 글썽이며 지켜보고 있었다.

"그럼 주사를 놓겠습니다."

내가 말하자 그는 눈을 감은 채 고개를 끄덕였다. 주사를 놓고 15분이 지나자 그는 얕은 숨을 쉬며 잠에 빠져들었다. 그는 그날 저녁까지 계속 잠을 잤다.

오후 6시. 그의 최고 혈압은 50을 밑돌았다. 이제 한 시간도 채 남지 않았을 것이다. 나는 다시 그의 아내를 간호사 스테이션으로 불러 그의 임종이 곧 찾아올 것이라고 말하고 나서 조심스럽게 그녀에게 물어보았다.

"저희들은 의료인이기 때문에 멈추기 시작하는 심장과 호흡을 잠시나마 인위적으로 더 움직이게 할 수 있습니다. 남편의 임종 때 그런 심장 마사지나 인공호흡 같은 소생술을 시행하는 것에 대해 어떻게 생각하십니까?"

그녀는 잠시의 망설임도 없이 대답했다.

"지금은 그저 조용히 남편을 보내주고 싶은 마음뿐입니다. 이대로 지켜보겠습니다."

그녀와 똑같은 생각을 하고 있던 나는 그녀와 앞으로는 자연의 흐름에 맡겨두기로 합의했다. 그리고 나는 한마디 덧붙였다.

"의식이 없어진 것처럼 보여도 청각만은 마지막까지 남아 있다고 합니다. 아직 살아 계시는 동안 그의 귓전에 대고 각자 자신이 하고 싶은 말들을 해주세요. 그는 이제 아무 반응도 보이지 않을지 모르지만 마음속으로는 틀림없이 기뻐할 것입니다. 가족 분들의 마음은 반드시 전달될 것입니다."

그 후 한동안 울음소리와 함께 차례차례 그를 부르는 소리가 병실 밖까지 들려왔다. 그러나 이번엔 "조금만 더 힘내요." 따위의 격려의 말은 아무도 하지 않았다. 그가 이미 지나칠 정도로 충분히 힘을 냈다는 것은 누구나 알고 있었기 때문이다. 그곳에서 들려오는 것은 그와의 만남을 기뻐하고, 이별을 슬퍼하는 솔직한 말들뿐이었다.

그로부터 한 시간 후 간호사 스테이션에서 대기하고 있던 나는 병실에서 보내오는 심전도 모니터의 파형이 크게 흔들리기 시작한 것을 확인했다.

'마침내 올 것이 온 건가?'

나는 조용히 병실로 갔다. 그의 호흡은 거의 정지되어 있었다. 턱만 가끔 가볍게 움직였다. 그의 폐 속으로는 이미 산소가 공급되지 않는 상태였다. 아내와 아이들은 그의 손을 잡고 마른침을 삼키면서 그 모습을 지켜보고 있었다. 나도 가족들의 등 뒤에 서서 그의 조용한 얼굴을 말없이 지켜보았다.

내가 병실로 들어가고 나서 5분 후 그의 호흡은 완전히 정지되었다. 그리고 조금 더 지나 심장도 움직임을 멈췄다. 심전도 모니터에 그려지는 평탄한 한 줄의 선이 그 사실을 말해주고 있었다.

나는 그의 동공에 손전등을 비춰보았다. 동공은 손전등의 빛을 그대로 빨아들이듯 크게 열려 있었다. 회중시계를 꺼내 시간을 보았다. 오후 7시 5분이었다. 나는 침대 곁에서 숨을 죽인 채 내 모습을 지켜보고 있던 가족들의 얼굴을 한번 둘러보고 나서 말했다.

"꿋꿋하게 버티셨지만, 방금 오후 7시 5분을 기해 임종하셨습니다."

그리고 깊은 우정을 느끼고 있던 그에게 깊숙이 고개를 숙여 작별 인사를 했다.

병실 여기저기에서 오열이 시작된 순간, 그의 아내와 딸이 눈물을 주르륵 흘리면서 우연히 똑같은 말을 했다.

"아빠, 오랫동안 정말 고생하셨어요."

확실히 그렇게 말했다. 조용하지만 마음속에 스며드는 말이었다. 그의 사랑하는 아들은 그의 손을 꼭 잡은 채 아무 소리도 내지 않았다. 아직 온기가 남아 있는 아빠의 손 위에 굵은 눈물방울을 뚝뚝 떨어뜨릴 뿐이었다. 그 광경을 보고 있던 나는 눈시울이 뜨거워지는 것을 참을 수가 없었다.

나는 그가 쌓아올린 가족관계, 그가 자신의 운명을 알고 그것을 받아들인 후에 가족끼리 나눈 마음의 교류 같은 것을 눈앞에서 보는 듯했다. 열여섯 살 딸에게까지 이별이 슬퍼서 그저 눈물만 흘리는 것이 아닌 "아빠, 정말 고생하셨어요."라는 말을 들은 그라는 존재의 크기를 분명히 느낄 수 있었다.

사람은 누구나 죽는다. 그때 사랑하는 사람들에게 자신이 존재했다는 것을 마음속으로부터 높이 평가받는 것만큼 행복한 일도 없을 것이다. 그리고 다시 한번 그에게 진실을 전하길 잘했다는 생각이 들었다.

그의 임종을 선언하고 나서 30분 후 그의 아내에게 물어보았다.

"병리 해부는 어떻게 하시겠습니까?"

그러자 그녀가 대답했다.

"남편을 괴롭힌 암을 몸에서 모두 제거해주고 싶어요. 남편은 늘 자신의 불룩한 배를 쓰다듬으며 '이것만 없앨 수 있다면.' 하고 말했으니 병리 해부가 유언이기도 합니다. 게다가 남편의 죽음이 의학에 도움이 된다면 그것은 남편으로서도 원하는 바라고 생각합니다."

몇 시간 후에 병리 해부가 끝났다. 암이 제거되어 깨끗해진 그의 시체는 초겨울의 별이 빛나는 밤에 가족들과 함께 그리운 집으로 돌아갔다.

일주일 후 그의 아내가 인사를 하러 왔다.

"무사히 장례를 치렀습니다. 그런데 남편이 죽을 때까지 전혀 몰랐어요."

그녀의 말은 그가 가족 한 사람 한 사람에게 보내는 유서를 딸에게 맡겨놓았다는 것이었다. 그것이 이 이야기의 처음에 나오는 아들에게 보내는 편지다.

| 그리고 나는 호스피스를 목표로 |

거짓 없는 교류 속에서

이상의 열 편 남짓한 이야기를 쓰기 위해 나에겐 2년의 세월이 필요했다. '고작 이 정도의 이야기를 쓰느라 2년이나 필요했다니 정말 허풍쟁이군.' 하고 생각하는 사람도 있을지 모르지만 나는 작가가 아니라 의사다. 정말로 바빴다. 하지만 이들의 이야기는 꼭 쓰고 싶었다.

비참한 죽음을 맞이해야만 했던 많은 환자들의 원통함을 조금이라도 달래주고 싶었고, 환자의 입장에서 배려한다면 자기 나름대로의 마지막을 맞이할 수 있다는 것을 증명해준 사람들의 이야기를 알리고 싶었기 때문이다. 이상의 이야기가 독자 여러분에게 어떤 식으로든 참고가 되었으면 좋겠다.

그런데 이 글을 틈틈이 쓰고 있던 2년 동안에도 나는 많은 말기 암 환자들을 만났다. 그리고 그중 몇 퍼센트의 사람들과는 나름대로 깊은 교류를 맺을 수 있었고, 또 그 몇 퍼센트 가운데 내가 진실을 전한 사람들 모두는 적어도 아무것도 모른 채 투병하다가 죽어간 사람들에 비하면, 자신의 의지를 확실하게 말하고 가족과의 거짓 없고 깊은 교류 속에서 훨씬 값진 시간을 보내며 마지막을 맞이했다.

어느 50대 여성 환자는 암이 재발되었다는 것과 자신이 말기 상태라는 것을 인지하면서 투병하고 있었는데, 죽기 며칠 전 한창 일상적인 대화를 나누다가 옆에서 시중들던 딸에게 아주 자연스럽고 무심하게 말했다.

"내 제삿날이 네 생일과 겹칠지도 모르겠구나. 미안하다."

그러자 딸은 눈물을 뚝뚝 흘리면서 말했다.

"그런 말은 하지 말아요! 얼마 동안은 더 살 수 있다고요."

그녀는 거짓이 없었기 때문에 어머니 앞에서 솔직하게 울 수 있었던 것이다.

어머니도 딸이 우는 모습을 보고 위로하듯 "그래도 어쩌겠니."라며 눈물을 글썽였다. 만약 거짓말로 일관하는 상황이었다면 딸은 결코 어머니 앞에서 울 수 없었을 것이다. 어머니의 말을 강하게 부정하며 끝까지 눈물을 참다가 집에 돌아와서 몰래 울어야 했으리라.

이처럼 스스로 죽음을 예감할 정도로 몸 상태가 나빠졌을 때는 밝고 건강한 목소리로 억지 격려를 받기보다는 자신과 이별할 날이 가까워진 것을 슬퍼하며 눈물을 흘려주는 모습을 보는 게 훨씬 편하지 않을까. 적어도 딸이 자신을 그렇게까지 사랑하고 있다는 것을 그 자리에서 확인할 수 있을 테니 말이다.

나는 최근 절친한 동료를 한 명 잃었다. 겨우 서른다섯 살의 젊은 나이였던 그녀는 자신에게 유방암이 재발했다는 것도 병세가 악화되고 있다는 것도 모두 알았다. 그녀에 대한 이야기는 머지않아 다시 쓸 생각이지만, 어쨌든 그녀는 죽기 열두 시간 전에 부모님과 형제자매, 여덟 살 난 아들 그리고 동료들과 따로따로 이 세상에서의 마지막 작별 인사를 나누고 돌아오지 못할 여행을 떠났다.

부모님에게는 어린 아들을 남기고 먼저 가게 된 것을 사죄하고 나서 아들을 잘 부탁한다고 말했고(그녀는 남편과 이혼했다), 아들에게는 "넌 나의 보물이야. 하늘나라에서 보고 있을 테니 할머니, 할아버지 말씀 잘 듣고 건강해야 돼."라고 말했다. 동료들에게는 만나서 기뻤고, 모두의 보살핌을 받으며 지금까지 살아올 수 있었던 자신의 인생은 행복했다고 말했다.

우리는 모두 그녀와 하늘나라에서 다시 만나자고 약속하고, 그녀와의 이별에 눈물을 억지로 참을 필요도 없이 마음껏 슬퍼했다. 그녀는 우리의 그런 모습을 보고 마치 부드럽게 감싸 안는 듯한 미소를 지으면서 고개를 끄덕였다. 믿을 수 없을지 모르지만, 그녀의 얼굴에는 어떤 공포도 없었다. 얼굴에서는 자신의 생각대로 살며 운명에 맞선 사람만이 보여줄 수 있는 온화함과 편안함마저 느껴졌다.

그녀는 모두에게 인사하고 난 후 피곤해서 자고 싶다며 수면제 주사를 놔달라고 했다. 나는 "언젠가 꼭 다시 만날 테니 먼저 가서 기다리고 있어."라고 말하고 편히 쉬라는 말과 함께 주사를 놓았다. 그녀는 기다리고 있겠다고 말하고 얼마 안 있어 잠에 빠져들었다.

그리고 열두 시간 후 세상을 떠났다. 그녀와의 이별을 실제로 체험한 사람들은 한결같이 그녀처럼 죽을 수 있다면 좋겠다고 말했다. 또 죽음이 전혀 무섭지 않게 느껴졌다고도 했다. 물론 이렇게 되기까지 여러 가지 일들이 있었겠지만, 그녀는 거짓말 속에서가 아니라 많은 사람들의 사랑을 느끼면서 살아갈 때 이 같은 마지막도 가능하다는 것을 가르쳐주었다.

나는 지금 있는 병원에서 7년 동안 일했다. 그동안 내가 병명과 병세를 전해준 말기 암 환자는 20여 명에 이른다. 그들에게 진실을 전할 때는 마지막까지 함께 싸우고 함께 있겠다는 말도 전하고, 가능한 한 그 말을 실천했다. 그리고 그들 모두와는 깊은 교류를 맺을 수 있었다.

여기서 한 가지 알아주었으면 하는 것은 병명과 병세를 전했다고 해서, 즉 거짓이 없어졌다고 해서 깊은 교류 관계가 성립되었다기보다는 깊은 교류를 맺었기 때문에 진실을 전할 수 있었고, 또 그에 따라 더욱 깊은 신뢰 관계로 발전할 수 있었다는 점이다.

그런데 의료인과 환자 그리고 환자 가족이 서로에게 우정을 느낄 정도로 교류를 할 수 있으려면 당연히 충분한 시간이 필요하다. 그러나 재삼재사 강조하지만 실제 의료 현장은 매우 바쁘게 돌아가는 곳이다.

그러므로 환자에게 진실을 전하고, 환자가 자신이 처한 진짜 상황에 근거한 인생을 보내게 해준다는 것은 나름대로 각오하고 매달리지 않는 한 불가능에 가깝다. 즉 대부분의 말기 암 환자가 죽어가는 일반 병원의 경우, 충분한 시간을 필요로 하는 그들에 대한 간호는 통상적인 업무 리듬과 맞지 않기 때문에 대개는 형식적으로 이루어지고 있다.

그런 상황을 바꾸기 위해 나는 지금 근무하는 병원에서 종말기 의료(터미널 케어)에 몰두했던 것인데, 그 성과는 아무리 노력해도 입원 중인 말기 암 환자의 20퍼센트 정도밖에 되지 않았다. 그것이 일반 병원에서 할 수 있는 터미널 케어의 물리적인 한계임을 여실히 느꼈다.

결국 지금의 이 체제나 상황에서는 아무리 노력해도 80퍼센트에 가까운 환자는 자신의 진정한 욕구를 깨닫지 못하고, 설사 깨닫는다 해도 도움을 받지 못하고 있다.

그렇다면 왜 이런 비참한 상황에서 환자나 그 가족은 불만을 터뜨리지 않는 것일까. 대부분의 말기 암 환자는 자신의 실상을 모른 채 투병하고 있고, 가족과 의료인은 환자에게 진실을 전하지 않는 것을 당연시하고 있기 때문이다. 이들의 가치관이 바뀌지 않는 한 의료 현장의 실상 또한 그리 쉽게 바뀌리라고는 생각할 수 없다.

이런 상황에서 자신의 진실을 알고 나름대로 인생을 마무리하려는 자립적인 사람들에게는 일반 병원만큼 최악의 장소도 없을 것이다.

호스피스에 대해

사람은 누구나 해가 갈수록 늙는다. 지금까지와 같은 대처라면 불모의 상태를 바꿔 자립적으로 살려는 말기 암 환자의 욕구에 부응하기도 전에 우리는 지치고 늙어버릴 것이다. 전국 각지에서 나와 같은 뜻을 가진 사람들이 일반 병원의 실상을 바꾸려고 노력하고 있다는 것은 잘 안다.

하지만 나는 일반 병원을 개선해 나가는 노력과는 별도로 자립적으로 살아가려는 말기 암 환자와 그 가족을 응원하는 구체적인 프로그램인 호스피스의 수를 늘리는 것이 선결 과제라고 생각하게 되었다.

호스피스의 이념과 호스피스의 구체적인 내용이 사람들에게

널리 알려지면, 피할 수 없는 인생의 마지막 시간을 불모의 병원이 아니라 인간적인 호스피스 간호를 받으면서 보내고 싶다는 사람들이 반드시 늘어날 것이기 때문이다. 그리고 결과적으로는 그쪽이 종말기 의료의 실체를 바꾸는 지름길이 될 것이다.

그런데 호스피스란 도대체 어떤 것일까. 그럼 여기서 호스피스에 대해 간략히 설명해보겠다.

- 호스피스는 말기 환자, 특히 말기 암 환자 및 그 가족을 응원하기 위한 시설이기도 하고, 응원하기 위한 프로그램이기도 하다(그런 일을 하는 사람을 호스피스라 부르기도 한다).
- 호스피스의 근간이 되는 이념은 말기 암 환자가 마지막 순간까지 쾌적하고 환자 본인의 선택과 의지에 근거해서 살 수 있게 응원한다는 것이다.
- 호스피스에서 시행되는 의료는 환자의 고통을 없애는 것에 최대 역점을 둔다. 특히 동통 컨트롤은 큰 줄기가 된다. 통상적인 항암치료나 연명치료도 환자가 바란다면 당연히 제공된다.
- 호스피스에서는 환자의 의지와 인권이 최대한 존중되고 지켜질 것이다.
- 호스피스에서는 환자의 진심에 근거한 의지를 응원하기 위해 늘 환자에 대한 올바른 정보가 전달될 것이다. 그리고 환

자가 스스로 정보 제공을 원하지 않는다면 그 또한 가능하다.

- 호스피스에서는 기독교, 불교 등 종교를 불문하고 환자가 원하는 종교적 원조를 모두 받을 수 있다.
- 호스피스에서는 환자의 가족은 환자와 마찬가지로 응원받게 될 것이다.
- 호스피스를 지원하는 사람들은 의사, 간호사뿐만 아니라 사회복지사, 영양사, 종교인, 다양한 직업의 자원봉사자 등이고, 이런 사람들이 팀을 짜서 환자가 원하는 바를 가능한 한 응원할 것이다.
- 호스피스는 자체 시설에서의 간호도 가능하지만, 재택 간호의 프로그램도 갖고 있으므로 환자가 자신에게 친숙한 집에 있기를 원한다면 그 또한 충분히 가능할 것이다.
- 호스피스에서는 정기적으로 이루어지는 콘서트, 그림 전시회 등의 예술 활동에 환자가 참가하거나 관여할 수도 있다. 그런 프로그램을 가지고 있기 때문이다.
- 호스피스에서는 환자인 가수가 자신의 삶이 얼마 남지 않았다는 것을 알고 마지막을 무대에서 노래하면서 청중의 갈채 속에서 맞이하고 싶어 한다면 그것을 실현시켜주기 위해 최대한의 노력이 이루어질 것이다.
- 호스피스의 1인실에서 환자가 자신이 사랑하는 사람과 같은 침대에 있었다고 해도 누구 하나 비난하지 않을 것이다. 그것

은 인간이라면 지극히 자연스러운 행위이기 때문이다.

- 호스피스에서 환자는 자신과 친한 사람들과의 만남을 기뻐하고 머지않아 찾아올 이별을 자신이 죽기 전 마음의 교류가 가능할 때 서로 눈물을 흘리면서 진심으로 슬퍼할 수 있다. 거짓이 없기 때문에 환자는 자신이 누구를 사랑하고, 누가 자신을 사랑한다는 것을 구체적으로 느끼면서 살 수 있다.

호스피스란 대략 이런 것이다.

시설로서의 호스피스는 결코 인간이 죽는 장소가 아니라 마지막까지 인간답게 살아가는 장소다. 호스피스 간호를 받을 수 있는 사람은 위와 같은 호스피스의 이념이나 실체를 알고 나서 호스피스 간호를 스스로 받고 싶다고 원하는 사람이다. 그러므로 환자가 자신의 병명과 병세를 알고 있는 것이 전제가 된다.

또 환자가 아니라 가족이 원해서 호스피스 간호를 받는 경우, 호스피스 간호의 과정에서 환자가 진실을 알고 싶어 한다면 당연히 알려주어야 한다. 호스피스는 모든 것을 알고 나서 스스로 살아가기를 원하는 사람들을 응원하는 프로그램이기 때문이다.

후생노동성(우리나라의 보건복지부에 해당)의 시설 기준에 맞는 호스피스는 의료비를 의료보험에서 받을 수 있지만, 그것만으로는 경영에 적자가 날 가능성이 높다. 따라서 호스피스는 호스피스의 이념을 이해하는 다양한 사람들의 응원과 기부를 필요로 한다. 호스피스는 서로를 보살펴주는 곳이기도 하기 때문이다.

호스피스에 대해 좀 더 보충해서 할 말이 있다.

시설로서의 호스피스는 서로를 보살펴주는 곳이기도 하지만 동시에 생명을 지닌 인간은 언젠가 반드시 죽는다는 사실을 알려주는 곳이기도 하다.

내가 1988년에 방문한 미국 코네티컷 주의 호스피스가 좋은 예다.

대자연 속에 자리 잡은 그 호스피스는 시설 맨 안쪽에서 유치원을 운영하고 있었다. 세 살부터 네 살까지의 아이들을 위한 유치원이었는데, 아이들은 집에 돌아갈 때 반드시 호스피스를 지나가게 되어 있었다. 그 때문에 아이들은 호스피스의 복도에서 환자들과 인사를 나누거나 이야기를 주고받았고, 또 일주일에 두세 번은 병동을 방문해 환자들과 직접 교류하는 시간도 갖고 있었다.

죽음을 눈앞에 둔 환자들에게는 천진난만하고 생명의 빛으로 충만한 아이들과 이야기를 나누거나 함께 놀이를 즐기곤 하는 것이 무엇보다도 즐거운 일이었다.

그리고 그것은 어떤 환자에겐 그리운 자신의 과거를 돌아보게 하는 계기가 될 것이고, 어떤 환자에겐 자신이 죽은 뒤에도 계속 이어질 미래 세계에 대한 희망을 발견하는 계기가 될지도 모른다. 또 아이들에게는 아무리 친한 사람이라도 언젠가는 죽어서 이 세상에서 사라진다는 것을 깨닫는 기회가 된다. 이 호스피스에서는 아이들이 "그 사람은 어디로 갔어요?"라고 물어와도 솔직하게 사실대로 말할 수 있을 것이다.

어렸을 때부터 나이에 맞는 형태로 인간의 유한성을 아는 것은 대단히 중요하다. 끝이 있는 인생을 좀 더 바람직하게 살아가게 해주는 계기가 될 것이기 때문이다. 이 코네티컷 호스피스와 같이 호스피스와 유치원을 함께 열어 운영하는 것은 환자와 아이들 모두에게 유익하다고 본다.

또 서로를 보살펴주는 장으로서의 호스피스를 지탱하는 큰 힘이 자원봉사라는 것도 이 코네티컷 호스피스를 통해 알게 되었다.

미국에는 1,000곳이 넘는 호스피스가 있는데, 어느 곳이나 자원봉사자의 도움을 받지 않고서는 존재할 수 없을 정도다. 44개의 침상을 보유하고, 50명에게 재택 간호를 실시하고 있는 코네티컷 호스피스도 200명의 직원과 그 두 배에 달하는 400명의 자원봉사자가 있었다. 그리고 이곳에는 매년 100만 달러의 기부금이 답지한다고 한다.

자원봉사는 미국뿐만 아니라 영국에서도 매우 활발하다. 나는 영국 프린세스 앨리스 호스피스의 의사로 활동하는 앤드류 호이 씨의 강연을 들을 기회가 있었다. 그때 그는 자신이 일하는 호스피스를 지원하기 위해 자원봉사자들이 몇 군데나 되는 매점을 운영하고 있고, 그 판매 수익을 호스피스 운영을 위해 기부한다고 했다.

호스피스에 대해 또 하나 중요한 것이 있다. 그것은 종교적인 도움의 문제다. 영국과 미국의 호스피스가 성공적으로 운영되고 있는 것은 호스피스 간호를 제공하는 쪽이나 받는 쪽이 모두 기독교라는 공통된 종교를 지녔기 때문이라고 지적하는 사람도 있다. 아무래도 종교적 배경이 두텁고 같아야 환자의 종교적인 필요와 욕구에 부응하기 쉬울 것이다. 그래서 종교적 배경이 허술한 일본에서는 호스피스 간호가 곤란한 것이 아닌가 하는 의견이 제기되기도 한다.

이 점에 관해서는 1989년 7월 9일자 〈아사히 신문〉의 사회면에 게재된 국립 제2암센터의 개요를 전하는 기사를 통해 다시 한번 생각해보고 싶다.

그 기사는 '말기 암에 녹음의 병동'이라는 제목으로 시작된다. 일반 병원의 지극히 흔한 병동 안에서 갖가지 난관에 부딪혀가며 말기 암 환자의 치료와 간호를 해온 나로서는 후생노동성이 마침내 종말기 의료의 중요성을 인식해 구체적인 계획을 내놓았구나 하는 생각에 매우 기뻤다.

기사에 따르면 실로 거창한 계획이었다. 병동은 단층 건물이고, 병실은 대부분 1인실이었다. 각 병실에는 테라스, 샤워기, 화장실 그리고 가족을 위한 공간이 마련된다고 한다. 환자는 기존 병원의 회색 병실과는 차원이 다른 그곳에서 마치 자기 집의 어느 한 방에 있는 듯한 기분으로 투병할 수 있을 것이다.

게다가 기사에 따르면 병동 앞에는 잔디가 깔린 정원을 만들고, 나무를 많이 심어 숲도 만들고, 그 안으로 환자들이 느긋하게 산책할 수 있는 길을 낸다고도 한다. 정말이지 더 바랄 게 없는 시설이었다. 만약 내가 말기 암 환자이고, 집에서 투병하기가 곤란하다면 꼭 신세를 지고 싶은 곳이라고 단순하게 생각했다.

그러나 기사를 좀 더 읽어본 나는 큰 의문을 갖지 않을 수 없었다. 기사에서 '국립 시설이라 종교에 의한 정신 간호는 어렵다. 이 때문에 숲과 야생 조류 등 자연을 충분히 도입해 환자의 마음을 어루만지며 임종을 맞게 하려는 배려…….'라는 구절을 보았기 때문이다.

결국 종교 대신 울창한 숲, 야생 조류 등의 자연환경을 조성해서 죽음을 눈앞에 둔 환자의 마음을 위로하겠다는 것이리라. 이 짧은 기사만으로 섣불리 판단하는 것은 위험할지도 모른다. 하지만 나는 이 발상이 종말기 의료에서 가장 근본적이고 본질적인 것을 제대로 보지 못했기 때문에 나온 것이라고 생각한다.

풍요롭고 아름다운 자연환경도 결코 종교를 대신할 수는 없다. 물론 쾌적한 병실도 대신할 수 없다. 대신할 수 있는 것은 인간이 서로에게 신뢰와 공감을 가질 때 느끼는 마음이다. 나는 특정한 종교 없이도 우리가 일상 속에서 그런 마음을 느끼고 있다고 생각한다.

요컨대 말기 암 환자에게는 자신이 결코 고독하지 않으며, 자신을 사랑하고 신뢰하고 공감해주는 사람들이 있으며, 자신도 마찬가지로 그 사람들을 사랑하고 신뢰하고 있음을 실감하는 것이 중요하다는 말이다. 환자와 그 주변 사람들 사이에 그런 관계가 성립되어 있다면 누구라도 어떤 곳에서든 생기 넘치는 삶 속에서 투병하며 죽음을 초월할 수 있을 것이고, 죽음을 받아들일 수도 있을 것이다. 이는 종교가 없는 많은 환자들과 교류하면서 깨달은 것이기도 하다.

쾌적한 병실이나 풍요로운 자연환경을 갖춤으로써 환자의 종교적 필요나 욕구에 부응한다는 잘못된 전제를 세우고 만족해 버리지 않는 한, 굳이 특정한 종교를 갖지 않아도 호스피스 간호는 가능하다고 말하고 싶다.

무엇보다도 자연을 아름답다고 느끼거나 자연 속에 있으면 마음이 온화해지는 것은 사람이 자연과 조화하는 마음을 가질 때일 것이다. 따라서 만약 사람이 자신의 병세도 모른 채 의심 상태에 있거나 정신적 우울 상태에 있을 때는 아무리 아름다운 풍경도 그저 회색 벽에 지나지 않을 것이다.

자신은 누구이고 지금 어디에 있느냐는 존재의 문제가 해결되지 않는 한 풍요롭고 아름다운 자연환경도 종교적인 정신 간호를 대신할 수 없다는 사실을 다시 한번 말해두고 싶다.

더군다나 이 종교적인 문제에 관해서는 내가 존경해 마지않는 엘리자베스 퀴블러 로스 여사가 다음과 같이 말하기도 했다.

"말기 암 환자가 가진 몇 가지 욕구 가운데 신체적인 욕구, 사회적인 욕구, 정서적인 욕구에 주위 사람들이 충분히 부응하고 그것들을 만족시킬 수 있다면, 종교적인 욕구는 특정 종교의 유무와 상관없이 자연스럽게 충족될 것이다."

그리고 그녀는 그것은 마치 햇빛과 물만 충분하면 자연스럽게 꽃이 피는 것과 같다고 설명했다.

나 또한 종교가 없지만, 호스피스 간호를 받을 사람과 제공하려는 사람이 서로의 존재를 있는 그대로 성심껏 인정해주면 저절로 우정이 생기고 사랑이 싹트게 되어 종교적 배경이 허술한 일본에서도 호스피스는 충분히 가능하다고 생각한다.

남극에서 퀴블러 로스의 책과 만나 종말기 의료에 눈뜬 내가 결국 다다른 곳이 호스피스인 것 같다. 나는 호스피스가 모든 말기 암 환자를 간호의 대상으로 삼아야 한다고는 생각하지 않는다. 또 모든 말기 암 환자가 호스피스 간호를 바란다고는 보지 않는다. 인생의 마지막 시기를 보내는 방법과 그에 대한 바람은 사람마다 다르다.

그렇기에 호스피스는 호스피스 간호가 자신에게 적합하다고 생각하는 사람이 마지막 삶의 한 방법으로 선택할 수 있는 것이면 충분하다.

하지만 지금 일본에서는 호스피스 간호를 받고 싶어도 그것을 제공할 수 있는 제대로 된 호스피스의 수가 너무 적다. 그래서 나는 여태껏 몰두해온 종말기 의료를 더욱 발전시켜 호스피스를 구체적인 목표로 삼고 싶다.

그것은 내가 그동안 관계를 맺어온, 지금은 이 세상에 없는 많은 말기 암 환자들로부터 부여받은 숙제의 회답이라는 생각도 든다.

내 앞에도 뒤에도 호스피스로 이어지는 길은 있다. 하지만 그 길은 아직 좁고 험난하다. 나는 그 길을 정비하는 데 의사가 직업인 사람으로서 참가하려고 한다. 21세기가 과학기술 만능의 사회가 아니라 조금이라도 더 인간적인 사회가 될 수 있도록.

나오며

세상에 알리고 싶은 의료 현장의 실상

이 책을 읽는 데 하루가 걸렸는지 한 달이 걸렸는지 알 길이 없지만, 어쨌든 두서없이 써내려간 글을 마지막까지 읽어주신 독자 여러분께 진심으로 감사의 말씀을 드린다.

나는 이 책에서 다양한 문제를 이야기 형식으로 전개했다. 각각의 이야기가 독자 여러분의 논의 대상이 되었으면 좋겠다. 또 이 책 자체가 몇 가지 문제를 안고 있을지도 모른다. 비판의 소리도 듣고 싶다.

이 책의 전반부를 읽고 불편하게 느낀 사람이 적지 않으리라 본다. 특히 현재 투병 중인 환자 분들이나 그 가족들에게는 불편함 그 자체였다고 생각한다. 하지만 현 상태를 바꾸기 위해서는 이런 이야기가 상징하는 실상도 알아두었으면 하는 바람에서 쓴 글이었다. 이 책을 읽고 혹 상처를 받은 독자 분이 계신다면 이 자리를 빌려 진심으로 용서를 구하고 싶다.

또 의료 현장에 계신 분들로부터는 의료 불신을 조장할 수 있는 내용을 썼다고 질타를 받을지도 모른다. 그러나 나는 결코 의료 불신을 부추기기 위해 이 책을 쓴 것이 아니다. 오히려 신뢰를 회복하는 하나의 계기가 되길 바라는 마음에서 썼다. 이 책에 불쾌감을 느끼는 의료 종사자 역시 현재의 의료 체제하에서는 이 책의 전반부와 같은 일들이 일어나고 있다는 것도, 일어날 수 있다는 것도 알 것이다.

하지만 이런 고약한 문제는 뚜껑을 덮어두는 편이 낫다고 생각한다면 결국 환자 입장에서의 의료는 조금도 개선되지 않을 것이다. 또한 자기 의지가 배제된 환자의 막바지 삶과 죽음이 병원 안에서 끊임없이 되풀이될 것이다.

환자의 죽음이 환자의 것인 이상 어떤 태도로 여생을 보내다가 마지막을 맞이할지는 결국 환자 본인이 결정해야 한다. 그렇기 때문에 환자는 자신이 맞닥뜨릴지도 모르는 의료 현장의 비참한 현실도 알아두는 것이 좋다.

그리고 그렇게 알아두면 비참한 사태를 피하는 데도, 의료진에게 맡겨버린 죽음을 자신의 의사와 선택에 의한 죽음으로 되돌리는 데도 도움이 될 것이다.

또 성실하고 진지하게 의료 행위에 몰두하는 사람들 중에 내가 이런 이야기를 써서 곤혹스러워하는 사람이 있다면, 자신의 의료 시설에서는 이런 터무니없는 사태가 일어나지 않을 것이라는 설명을 환자나 그 가족들에게 반드시 해주고, 의료 행위를 통해 실제로 증명해 보이면 된다고 생각한다.

나는 이 책을 1988년 10월부터 쓰기 시작했다. 1984년부터 몰두하기 시작한 종말기 의료의 실체는 5년이 흘렀지만 크게 달라지지 않았고, 의료 현장에서 노력하는 것만으로는 그 개혁이나 개선이 수십 년은 걸리지 않을까 하는 생각조차 들었다.

그리고 의료 현장에서의 노력도 중요하지만, 차라리 많은 사람들에게 자신도 받을지 모르는 의료의 실체를 알려서 사회 운동을 꾀함으로써 실제로 의료계를 바꿀 수 있는 힘을 지닌 행정을 움직일 수 있을 것으로 기대했다.

그런 이유로 의료 현장에서 일어난 여러 사건들을 의료 관계자뿐만 아니라 일반 사람들에게도 구체적으로 알리기 위한 이야기 형식의 글을 쓰기로 했던 것이다.

본문에서도 언급되었지만 나는 이 책을 다 쓰는 데 2년이 걸렸다. 도중에 몇 번이나 좌절할 뻔했을 때 눈앞에 떠올라 나에게 힘을 넣어준, 지금은 이 세상에 없는 많은 환자 분들께, 그리고 이 책이 완성되면 무덤에 가져다 달라는 말을 남기고 1990년 7월 22일 오전 10시 18분에 서른다섯 살의 나이로 이 세상을 떠난 우리의 절친한 동료 스즈키 유코 씨에게 이 책을 바친다.

좀처럼 글을 쓸 수 없을 때도 단념하지 않고 격려해준 '주부의 친구' 사의 기무라 후미코 씨가 없었다면, 그리고 병원 업무가 없는 일요일에는 집필에 매달리느라 가정을 제대로 돌보지 못했는데도 이해해준 가족이 없었다면 이 책은 완성되지 못했을 것이다. 깊이 감사드린다.

마지막으로 한계가 많은 일반 병동 안에서 터미널 케어에 몰두할 수 있도록 이해하고 협력해주신 히코사카 다이지 선생님, 하시바 에이조 선생님, 기쿠치 노리오 선생님 등이 계셨기 때문에, 그리고 동료 간호사와 요카이치바 터미널 케어 연구회 멤버들이 격려해주었기 때문에 지금까지 버텨올 수 있었다고 생각한다. 감사합니다.

야마자키 후미오

해 설

의사 인생의 전환점이 된 뜨거운 기록

야마자키 후미오 선생님의 《병원에서 죽는다는 것》이 출간되고 나서 얼마 안 되었을 때였다. 나는 삶과 죽음에 관한 강연을 하기 위해 어느 의학 관련 학회에 나갔다. 빈 회의실에서 학회 사람 몇 명과 잡담을 나눌 때 베스트셀러가 된 이 책이 화제에 올랐다.

"야마자키란 사람 아직 젊은 것 같던데."

"○○병원에서 함께 일한 적이 있는데, 마흔은 되어 보이더군요."

"책 참 잘 썼네요."

"그렇죠? 아무래도 크리스천 같아요."

"맞아요. 호스피스니 터미널 케어니 하는 건 대개 크리스천들이 하는 일이잖아요."

이 대화를 듣고 있던 나는 그만 어이가 없어져서 대화에 낄 마음을 잃고 말았다. 이곳에 있는 의사들은《병원에서 죽는다는 것》을 제대로 읽은 것 같지도 않았고, 그렇게 건성으로 읽고 함부로 책에 대해 논하는 것에 울컥 불쾌감이 치밀었기 때문이다.

그때의 불쾌감은 시간이 지나고 나서 생각해보니 그저 단순한 감정적 반발이 아니었다. 그것은 일종의, 그때까지 10여 년 동안 나 나름대로 종말기 의료를 취재해오면서 갖게 된 문제의식과 그날의 의사들이 보여준 문제의식이 너무 달라서 생긴 불쾌감이라 할 수 있었다.

아무튼 앞서 언급한 대화는 대학병원이나 종합병원에서 의료체제 구축의 중심이 되고 있는 5, 60대 의사들이 어떤 문제의식을 갖고 있는지 잘 보여주는 예라 할 수 있다. 그 문제의식을 굳이 글로 정리해보자면 아래와 같지 않을까.

(1) 의사는 환자의 목숨을 일분일초라도 연장시키는 것이 본래의 사명이고, 죽음에 직면한 환자를 서포트(지원)하는 터미널 케어 따위는 크리스천 의사나 간호사가 하는 것이다.
(2) 즉, 그런 문제에 몰두하는 사람은 봉사 정신으로 불타오르는 특별한 부류다.
(3) 이 책에 적나라하게 그려져 있듯이 따뜻한 인간미를 잃은 병원사病院死의 비참한 실태를 의사가 직접 고발하듯 쓰는 것은 아무래도 기분이 좋지 않다.

이런 반응의 근저에는 열심히 치료하지만 치유의 가망이 없어진 환자에게는 관심을 갖지 않는다는, 현대 의학의 한 특징인 휴머니티 결핍의 경향이 깔려 있다. 그 경향은 죽어가는 환자로부터의 도피, 죽음의 임상에 대한 무관심이라고도 할 수 있다. 물론 나에게 강연을 의뢰한 학회 간부들이 엉터리 의사들이라고는 생각하지 않는다. 그들은 각자의 전문 분야에서 진료에 온 힘을 기울이며 업적을 쌓고 있다.

단지 나는 의료인이 치유될 가능성이 없는 환자, 죽어가는 환자와 어떻게 관계를 맺느냐는 점에서, 과학기술 중심의 현대 의료에서 결여된 부분이 그들의 무심한 대화 속에 투영되어 있다고 느낀 것이다.

야마자키 선생님은 진정으로 그것을 깨달았고, 그 깨달음을 자신의 의사 인생을 전환시키는 동기로 삼았다. 그리고 그렇게 전환한 자신을 증명하기 위해 《병원에서 죽는다는 것》을 썼다.

그렇다면 야마자키 선생님은 어디에서 어떤 형태로 깨달았을까.

책에 쓰여 있는 내용이지만 야마자키 선생님은 1983년 겨울 지질조사선에 선의로 승선해 남극해로 4개월 간의 항해에 나섰다. 선의가 되어 항해하는 것은 오랫동안 가슴에 품어온 염원이었다고 한다. 소화기 외과의가 된 지 8년, 서른여섯 살 때의 일이었다.

야마자키 선생님은 많은 책을 가지고 남극해 여정에 올랐다.

늘 바쁘기만 한 병원에서는 전공 서적 외에는 다른 책을 읽을 시간이 좀처럼 나지 않는다. 선박 여행은 인생을 재충전할 기회였다. 야마자키 선생님은 바로 그 기회에 다양한 책들을 느긋한 마음으로 읽어야겠다고 생각했다. 그 책들 가운데 죽어가는 사람들의 심리를 연구한 미국 정신과 의사인 엘리자베스 퀴블러 로스의 《죽음과 죽어감》이 있었다.

야마자키 선생님은 처음부터 그런 문제에 관심이 많았던 것은 아니다. 그 책은 그저 읽을거리로 사둔 것에 지나지 않았다. 그런데 빙산이 떠다니는 바다를 항해하던 어느 날 《죽음과 죽어감》을 읽기 시작한 그는 내면에 심한 충격을 받게 된다. 이 책에서 그중 한 구절을 인용해보자.

"읽기 시작해서 30분도 채 지나지 않아 내가 의사가 되고 8년이나 걸려서 얻은 몇 가지의 '바로 그런 것'이라는 상식이 너무나도 쉽게 뒤집혀버린 것을 내 가슴속에 차오른 뜨거운 감동 속에서 깨닫게 되었다.

그리고 그때까지는 당연하다고 생각하던 몇 가지의 의료 행위가 급속도로 괴로운 과거가 되어가는 것을 느꼈다."

'당연하다고 생각하던 의료 행위'의 대표적인 것이 소생술이었다. 사고나 심근경색 등으로 가사 상태에 빠진 환자에게는 의미가 있는 행위라 할지라도 이미 온몸이 쇠약해질 대로 쇠약해진 말기 암 환자에게까지 심장이 막 멈추자 의사가 강심제를 직접 심장에 주사하고, 환자 위에 걸터앉아 심장 마사지를 하는 것은 도대체 무엇을 위한 행위일까.

가족들은 병실 밖으로 내보내져 환자와 마지막으로 나눌 수 있는 조용한 이별의 순간마저 빼앗기게 된다. 머리카락을 흐트러뜨리면서까지 전력을 다해 시행하는 한 시간의 심장 마사지는 의사의 입장에서 보면 직업적인 정열을 불태우는 행위이지만, 결국 소생하지 못하고 죽어버린 환자와 그 가족들에게는 참담한 마지막이 되는 것이다.

그런데도 의사는 일분일초라도 더 환자를 살게 해야 한다는 의무와 책임을 다했다는 기분에 만족스러워한다. 수련의 시절 그런 선배 의사의 행위에 감동을 받아 자신도 소생술을 멋지게 해내는 의사가 되어야겠다는 생각을 하고, 그 후 8년 동안 그대로 실천해왔다.

그러나 야마자키 선생님은 퀴블러 로스의 글을 읽고 중대한 사실을 깨달았다.

'소생술에 대한 정열, 이해, 만족은 도대체 누구의 입장에 선 것이었는가. 나는 의사 측 논리만으로 지식과 기술을 익히고 실천하고 있었다. 환자와 그 가족들의 입장에서 본다면 의사가 열정적으로 실천하는 소생술이라는 기술은 그 무엇과도 바꿀 수

없는 이별의 시간을 영원히 빼앗아버리는 파괴적인 결과를 초래하는 것에 지나지 않는다.'

그 사실을 깨닫고서 7년이 지나 쓴 책이 바로 이《병원에서 죽는다는 것》이다. 환자와 그 가족의 입장에 서서 생각한다는, 시점을 바꿔서 보는 것의 중요성을 자각한 후 매일매일 병원에서 펼쳐지는 행위나 정경은 야마자키 선생님의 눈에 이전과는 다른 색깔로 들어왔음이 틀림없다.

이 책에 쓰인 내용은 환자의 몸에 걸터앉아 혼신의 힘으로 심장 마사지를 하는 것을 더 이상 아름다운 노력이라고 여기지 않고 새출발을 하려는 의사가 '마음의 눈'으로 해독한 의료 행위와 정경이고, 의료의 장에서 '생과 사'의 핵심에 다가설 수 있게 하는 문제제기다.

이 책의 전반부에는 병원에서 병이 나을 가망도 없고 고작 병리 해부의 표본 정도로 간주되며 따뜻한 간호도 받지 못한 채 버려지듯이 죽어가는 환자의 예가 몇 가지 나온다. 게다가 그런 일은 결코 예외적이지 않을뿐더러 어디에서나 종종 일어나고 있다는 것이 드러난다. 너무나 비참하고 서글픈 현실이다.

그러나 이 책의 목적은 결코 폭로가 아니다. "희망을 말하고 싶어서 어둡고 우울한 메시지를 전할 수밖에 없었다."고 야마자키 선생님은 말한다.

실제로 후반부에는 과잉 의료나 무의미한 연명치료에서 해방되어 따뜻한 마음의 지지를 받으며 자신의 마지막 나날을 납득하고, '좋았다'고 생각하고 죽음을 받아들인 사람들의 이야기가 나온다. 그리고 그러한 경험은 야마자키 선생님 본인의 '나는 호스피스를 목표로 한다.'는 결의로 이어진다.

'바람직한 죽음'을 다룬 에피소드를 읽으면 사람은 누구나 그렇게 되고 싶어 하고, 그렇게 됨으로써 죽음을 받아들일 수 있지 않을까 하는 생각도 할 것이다. 그런 '바람직한 죽음'을 가로막는 것이 무엇인지 정리해보자. 아마도 다음과 같은 사정이 얽혀 있지 싶다.

(1) 의료에 크게 기대하기 때문에 병원사가 압도적으로 많아지고, 그런 경향은 싫든 좋든 의료인의 사정을 우선하는 관리하에서의 죽음을 초래한다.
(2) 의료 기술이 발달하면서 종말기 환자에게 시행하는 조치가 과격해지는 경향이 있다.
(3) 연명 기술이 발달함에 따라 의사는 연명치료를 당연하게 생각하고, 환자나 그 가족도 죽음은 피할 수 있는 것이라는 환상에 쉽게 사로잡히게 된다.
(4) 죽음이 비일상화되어 있기 때문에 환자와 가족은 죽음의 과정을 몰라 죽음을 맞이하는 방법까지 의료인에게 맡겨버리게 되었다.

상황이 이렇게 되자 선구적인 의사나 간호사들이 1970년대 중반부터 드문드문 터미널 케어에 몰두하기 시작해 1980년대에 서서히 확산되어갔던 것인데, 그런 시대의 흐름 속에서 야마자키 선생님의《병원에서 죽는다는 것》이 1990년 단행본으로 출간되자 병원사의 문제점과 바람직한 죽음에 대한 사람들의 관심이 폭발적으로 증가하게 되었다.

이 책은 야마자키 선생님의 의사 인생에서 전환점이 된 체험적 수기이고, 현대 의료 현장의 다큐멘터리이며, 시대 변혁에 기폭제 역할을 한 뜨거운 기록이다.

야나기다 구니오(논픽션 작가)

옮긴이의 말

인간다운 삶, 인간다운 죽음의 이야기

《병원에서 죽는다는 것》을 처음 우리말로 옮긴 것이 지금으로부터 15년 전의 일이다. 그리고 2011년도에 개정판이 나오고 이번에 세 번째 판을 갈며 다시 나오면서 뜻하지 않게 주기적으로 원고를 읽게 되었는데, 15년이라는 세월이 흘렀음에도 처음 번역하면서 느꼈던 불편한 마음과 분노, 슬픔, 감동이 오롯이 느껴지는 데 새삼 놀랐다.

2005년에 처음 이 책이 우리나라에 소개되었을 때 사회적으로 꽤 많은 관심을 불러일으켰다. 언론사에선 병원에서 죽는다는 것의 실체를 밝힌 이 책을 집중 조명하며 인간으로서의 존엄을 지키고 싶다면 절대 병원에서 죽지 말라고 앞다퉈 소개했고, 병원이나 의사들은 자신들에겐 불편한 진실에 대한 고발일 수도 있는 이 책을 오히려 자신들의 현재 모습을 돌아보고 저자가 주장하는 바람직한 병원과 의사의 모습으로 돌아갈 수 있는 계기가 되었다며 환영했다.

2년 여의 세월 동안 이 책을 쓰며 저자가 원했던, 또 나 자신이 이 글을 우리말로 옮기며 세상에 바랐던, 인간이 인간답게 삶의 마지막 순간을 맞이하는 '존엄사'에 대한 올바른 인식과 그것을 대하는 태도의 변화가 어느 정도는 성공적으로 이루어지는 것 같았다.

그러나 2005년 당시만 해도 우리 사회에는 죽음에 대해 공론화하기를 터부시하는 풍조가 있었고, 병원에서의 죽음에 대해 환자나 그 가족들은 수동적인 입장에 처하는 것이 보편적이었다. 그 때문인지 좀 더 많은 사람들에게서 관심을 받지 못하고, 결국 일본에서처럼 사회 이슈화되어 존엄사에 대한 논쟁을 불러일으키는 데는 실패했다.

하지만 시간이 흐름에 따라 세상도 달라졌다. 웰빙Well-being만큼이나 웰다잉Well-dying이 사람들의 관심을 모으게 되었다. 다시 말해 한평생을 행복하고 건강하게 보내는 것도 중요하지만 인생의 마무리라 할 수 있는 생의 마지막 순간을 어떻게 하면 인간답게 맞이할 수 있는지에 대해 관심을 갖게 된 것이다.

인간답게 죽는다는 것, 돌연사나 사고에 의한 죽음과 같이 갑작스럽게 죽는 경우가 아니라면 죽음도 얼마든지 자신의 의지대로 준비하고 맞이할 수 있다는 사실을 사람들도 인식하기 시작한 것이다.

이는 '사전연명의료의향서'를 작성한 사람이 2019년 12월 31일 기준 53만여 명으로 사전연명의료의향서 제도가 도입된 2018년의 9만여 명에 비해 1년 만에 거의 여섯 배나 늘어난 것에서도 알 수 있다.

'사전연명의료의향서'란 19살 이상의 성인이 앞으로 겪게 될 임종 단계를 가정해 연명의료(치료)에 대한 자기 뜻을 미리 밝혀 두는 문서다. 질병이나 사고로 의식을 잃어 본인이 원하는 치료 방법을 스스로 선택할 수 없을 때를 대비해 무의미한 연명치료를 거부한다는 것이 주된 내용이다.

아마 이 책을 읽은 독자라면 많은 사람들이 '사전연명의료의향서'를 작성하는 데 별다른 거부감은 없지 않을까?

이 책의 전반부는 다분히 내부 고발적인 요소가 강하다. 현직 의사인 저자조차 자신이 불치의 병에 걸린다면 절대로 병원에서는 죽고 싶지 않다고 말하듯이 '병원에서 죽는다는 것'의 비참한 실상을 한 치의 가감도 없이 생생하게 묘사하고 있다.

하지만 그것은 어디까지나 '병원에서도 얼마든지 인간적인 죽음을 맞이할 수 있고, 인간적인 죽음을 맞이할 수 있도록 도와줄 수 있다.'는 저자의 바람을 뒷받침하기 위한 장치에 불과하다. 실제로 책 후반부에 나오는 다섯 편의 이야기는 병원에서도 저자가 바라는 인간다운 죽음이 충분히 가능하다는 것을 잘 보여주고 있다.

특히 마지막 이야기인 〈아들에게〉는 자신의 죽음을 충분히 납득한 가운데 맞이하는 인생의 마지막 순간이 인간으로서 얼마나 존중받는 삶인지를 똑똑히 보여준다. 주인공은 자신이 시한부 인생임을 알게 된 후 병원에서 외출 허락을 받고 집에 와서 잠자는 아이들의 숨소리를 들으며 유서를 남긴다. 그리고 아이들에게 자신이 얼마 후 죽게 될 것이라 말하고, 자신의 죽음에 대해서 자기 자신과 가족들에게 이해를 구한다. 그렇게 자신과 가족들이 납득한 가운데 그는 어떠한 거짓과 꾸밈이 없는 순수한 슬픔 속에서 생을 마감한다.

이 이야기는 주인공이 지금의 나와 비슷한 또래라 그런지 읽는 내내 가슴이 먹먹해지면서 내가 만약 주인공처럼 얼마 후 생을 마감하게 된다면 나는 과연 내 가족과 주위에, 내 인생에 어떤 태도를 보일 수 있을까 하고 생각해보는 계기가 되었다. 더불어 내 아내와 아들에게, 내 주위 사람들에게 죽음의 순간 부끄럽지 않은 내가 될 수 있는 인생을 살고 있는지 돌아보게 되었다.

누구에게나 인생은 한 번밖에 없다. 오늘이란 시간도 인생의 마지막 순간인 죽음도 인간에게는 단 한 번밖에 주어지지 않는다. 그 한 번뿐인 인생을, 비록 그것이 인생의 마지막이 되는 죽음의 순간일지라도, 인간으로서 충분히 존중받으며 보낼 수 있다면 그 인생이야말로 진정 행복한 인생이라 할 수 있지 않을까.

이 책《병원에서 죽는다는 것》이 비록 슬프고 불편한 진실을 소재로 삼고 있지만, 이 책이 말하고자 하는 것은 결국 인간으로서 존중받는 아름다운 죽음, 인간으로서 누려야 할 마지막 아름다운 삶의 순간이 아닐까 싶다.

옮긴이 김대환

1판 1쇄 발행 2011년 3월 25일
2판 1쇄 발행 2020년 4월 20일

지은이 | 야마자키 후미오
옮긴이 | 김대환
펴낸이 | 김대환
펴낸곳 | 도서출판 잇북

책임디자인 | 한나영
인쇄 | 에이치와이프린팅

주소 | (10893) 경기도 파주시 와석순환로 347, 212-1003
전화 | 031)948-4284
팩스 | 031)624-8875
이메일 | itbook1@gmail.com
블로그 | http://blog.naver.com/ousama99
등록 | 2008. 2. 26 제406-2008-000012호

ISBN 979-11-85370-36-1 03830